CYBERPUNK AMERICA

サイバーパンク・アメリカ

増補新版

巽 孝之
Tatsumi Takayuki

勁草書房

CYBERPUNK AMERICA

はじめに

本書は、一九八〇年代のアメリカSF界に忽然と登場したひとつの「運動」に関する評伝である。したがって、五人の作家と三人の編集者、及び各一名の学者・批評家・音楽家から成る群像のうち、必ずしも中心人物は設定されていない。むしろ彼らは全員「サイバーパンク」というドラマの登場人物として、ひとまず紹介されるだろう。

さもなければ、本書はあたかもサイバーパンクを主人公とするビルドゥングス・ロマンの風貌を垣間見せるかもしれない。そう、この名で呼ばれる「運動」はやがて「現象」としてSF内外を席巻し、SFジャンルに接続しつつも切断された新たなるサブジャンルを実現した。そればかりか、やがて小説どころか映画・演劇・美術・音楽の枠を超え、新たなるサブカルチャーさえ確立するに至る。ほとんど「成長物語」にもたとえられる歴史。

もちろんこれは、「サイバーパンク」という記号が発明された刹那、八〇年代においてすでに同時多発的に進行していた諸領域の先端的実験が、最も要領を得たかたちで一挙に発見されてしまった事実に等しい。つまり、こう要約できよう。SFがサイバーパンクを創造したというよりも、SFではサイバーパンク小説という実験が試みられていたのだ、と。

SFと同時代環境にまつわるこのようにいささか逆説的な関係について、本書は多くの証言を集成しながら、やがてひとつのフィールドワークを完結させることになる。

ありがたいことに、この現象は薄れはじめていて、
想い出話になりつつある。
——ギブスン「ガーンズバック連続体」

サイバーパンク・アメリカ　目　次

目　次

＊印のものは各章末に作家へのインタヴューを収録。

序　サイバーパンク・グラフィティ
Cyberpunk Graffiti

"Johnny Mnemonic" illustrated by Jun Suemi

何かが起こりはじめている――アメリカSF界をこんな予感が貫いたのは、いったいいつのことだったか。そのうごめきをぼくたちが感知したのは、いったいいつのことだったか。いまはもう、時間を特定することさえ無益な努力となりかねない。

もちろん、アメリカSFはこれまでにもさまざまな予感を孕んできた。

ヒューゴー・ガーンズバックによって科学小説《サイエンス・フイクシヨン》ジャンルが宣言された一九二〇年代――「未来予測の時代」。

ジョン・W・キャンベルの演出した三〇~四〇年代――「外挿法《エクストラポレーシヨン》の時代」。

アルフレッド・ベスターに象徴された五〇年代――「黄金時代」。

サミュエル・R・ディレイニーがSFすなわち思弁小説《スペキユラテイヴ・フイクシヨン》としてずらす計略を思弁した六〇年代――「内宇宙《インナースペース》の時代」。

そして、ジェイムズ・ティプトリー・ジュニアが人生そのものを賭けて探究した七〇年代――「性差解体《ポスト・ジエンダー》の時代」。

それらはいずれも、何かが起こることによってのみ認知されてきた時代性だろう。

やがて、八〇年代。

この時代のSFにおいても、いま確実に何かが起こった。そしてそのゆくえは、なお予断を許していない。というのも――何かが起こって何かが終わるのか、もしくは何かが終わって、何かが起こるのか――それは、誰にも推断できないからだ。

ぼくたちに許されているのは、すでに蒔かれてしまった胸さわぎの種子を発見しなおすことにつきる。その種が蒔かれていなかったらどういう顚末になっていたかを想像してみることにつきる。

あの時、あの場所で。何かが、誰かを。

一、デンバー一九八一年――ギブスンとスターリング

一九八一年夏、コロラド。

ロッキー山脈の高峰をのぞむ州都デンバーを舞台に、世界SF大会《ワールドコン》「デンベンション」が開催された。ウィリアム・ギブスンは回想する――「あのときのパネルで、誰よりも意気盛んだったのは司会のガードナー・ドゾワだった。彼は、新しいSF運動が起こるのを切望していたんだ。」

パネルというのは「パンク・ネビュラの彼方」と題されるシロモノ、ドゾワはのちに『年間SF傑作選』や〈アイザック・アジモフズSFマガジン〉の編集者となり「サイバーパンク」誕生のへソの緒を切る中堅SF作家・評論家。パネルの名には、もちろん毎春アメリカSF作家協会が選ぶ最優秀作品賞「ネビュラ賞」がひっかけられているのだが、それはこの前年八〇年に若手作家ジョン・シャーリイの『シティがやってくる』やブルース・スターリングの『アーティフィシャル・キッド』といったパンクふう長編が出て話題になったあたりに、多分に戦略的なドゾワが鋭く注目し

ジョン・シャーリイ『シティがやってくる』

たためと思われる。

そう、いま読みかえしてみると、これら二作には現在一般的なサイバーパンク・イディオムがすでに少なからず胚胎していた。ギブスン永遠のヒロイン・モリイ・ミリオンズをひときわ印象づける〈眼窩埋め込み式ミラーシェード〉はすでに『シティがやってくる』の主人公シティ〈サンフランシスコの擬人化〉が装っているし、もうひとりのヒロイン・アンジェラ演じるところの擬験《シムステイム》女優の役柄はすでに『アーティフィシャル・キッド』のクローン・ヴィデオスター〈アーティ〉にその萌芽が見られたものだ。

ただし、ここでデンベンションの日付にもういちど気を留めていただきたいのだが、八一年といえばギブスン自身はまだ「記憶屋ジョニイ」を含む短編を四つほど発表していたにすぎず、いわばまったくの新人だった。シャーリイやスターリングは彼よりずいぶん年

ウィリアム・ギブスン（by Richard Thompson）

ブルース・スターリング（by Richard Thompson）

下ながら、すでに複数の長編を持つ先輩作家だったのである。スターリング処女長編『退縮海《インヴォリューション・オーシャン》』（邦題『塵クジラの海』）を偶然読んだギブスンは、こう述懐する。「この男は――エリスンにいわせれば〝坊や〟だが――すでに一冊書いてしまっているし、それがかなりいい。じっさい、どことなく新鮮ですらある。だからぼくだって――。」

このときの立場にしても、パネリストには新進気鋭のスターリングのほか、今日では『13日の金曜日』ノヴェライゼーション（八七年。邦訳・創元推理文庫）で知られるパンク／バイク作家ニコラス・ヤーマコフ（筆名サイモン・ホーク）らが含まれていたが、無名に近いギブスンのほうは、フロアを埋める一視聴者にすぎない。彼はだからこそ、この年下の先人たちに熱いまなざしを送り続けた。

やがて、パネル自体はＳＦよりも音楽の話に集中していく。しかしドゾワは「いたずらっぽい眼」を輝かせながら、戦略のポイントだけは外さない――「どうだい、これだけＳＦ作家のパンク・ファンがいるんだから何か運動でも起こせるんじゃないかね?」

だが、そのときのスターリングには「まさか将来こんなことになるなんて」予想もつかず、むしろ彼の熱弁がクライマックスに達したのは、デヴィッド・ボウイの「ダイアモンドの犬」の歌詞をすらすら暗唱してみせた瞬間だった。これがギブスンの心を一挙に捉えてしまう。というのも、彼自身、大のボウイ・ファンなのだ。やがてデビュー作にして出世作となる『ニューロマンサー』

（八四年）には、ボウイをモデルにしたホログラフィック・アーティスト（ピエール・リヴィエラ）さえ登場させているほどなのだから。

「おいおい、こいつらについてけば、おもしろいかもしれないぞ」――前年にはニューヨークでシャーリイと、そしてこの年にはスターリングと初対面をとげたギブスンは、急速に密度を増す友人関係の中に、鋭く「運動」の萌芽を見抜いたものだった。

ちなみに同大会ではギブスン初の朗読会が計画されており、そこでは逆にスターリング夫妻が聴衆となって、彼がちょうど書きあげたばかりのタイプ原稿「クローム襲撃」を朗読する一幕もあったことは付け加えておかねばなるまい。もっとも、いささか緊張しながら朗読会にのぞんだギブスンを待っていたのは、小会議室の中にスターリング夫妻を入れてもたった四人の聴衆。あとは三〇個ばかりの空席の椅子。となれば、これはほとんど八〇年代ＳＦの伝説だろう。

そして、もうひとつ肝心な点は、このデンベンションのパーティでギブスンが初めて名編集者テリイ・カー（当時エース・ブックス）から処女長編を書くよう依頼されたこと。

カーはすでにタイトルの心配もしており、ギブスンもそれに応えてすでに冒頭だけ書き始めていた作品をもとに『没　入《ジャックト・イン》』という仮題を考えていたのだが、あいにくその場で一蹴されてしまう。だが、これが功を奏したにちがいない。というのも、『没　入《ジャックト・イン》』と呼ばれるかもしれなかった長編の冒頭部分は千葉市《チバ・シティ》とは似ても似つかぬ、とある映写室の描写から始まるもので、作家はそこから先をどう展開すべきかわからず、執筆が頓挫していたからだ。したがって、カーの批評眼がこの仮題の再考を命じなければ、『ニューロマンサー』はおろかサイバーパンクさえ決して胚胎しなかったといってもいいすぎではない。

こうして、ひとつのパネルを縁にギブスンとスターリングは出会った。ドゾワがくだんのパネルに思い込めた目論見は、その意味で十二分に成功したといえよう。ジョン・シャーリイというサイバーパンクの洗者ヨハネ《ジョン》を実質的な仲人としながら、サイバーパンクの党首ブルース・スターリングとサイバーパンクの帝王ウィリアム・ギブスンは、ここに深い契りを結ぶ。

新しいSFと〈ミラーシェード・グループ〉

あとの出来事は、きわめてスピーディに展開する。「クローム襲撃」の草稿を手みやげにテキサス州オースティンへ帰ったスターリングは、さっそく同地で創作合評会《ワークショップ》を続ける〈ターキー・シティ・ワークショップ〉の仲間にもちかけ、ギブスンを次の例会に招くべく決定してしまう。盟友ルイス・シャイナーにも何ら異存はなく、翌春シャイナー邸で開かれたワークショップには、ギブスンも「クローム襲撃」改稿版を持参する。

効果は満点、参加者たちはそろって、偉大な才能の出現に舌をまいた。シャイナーは思い返す――「あのとき合評用に提出された作品の中では、とにかく『クローム襲撃』が抜群だった。ギブ

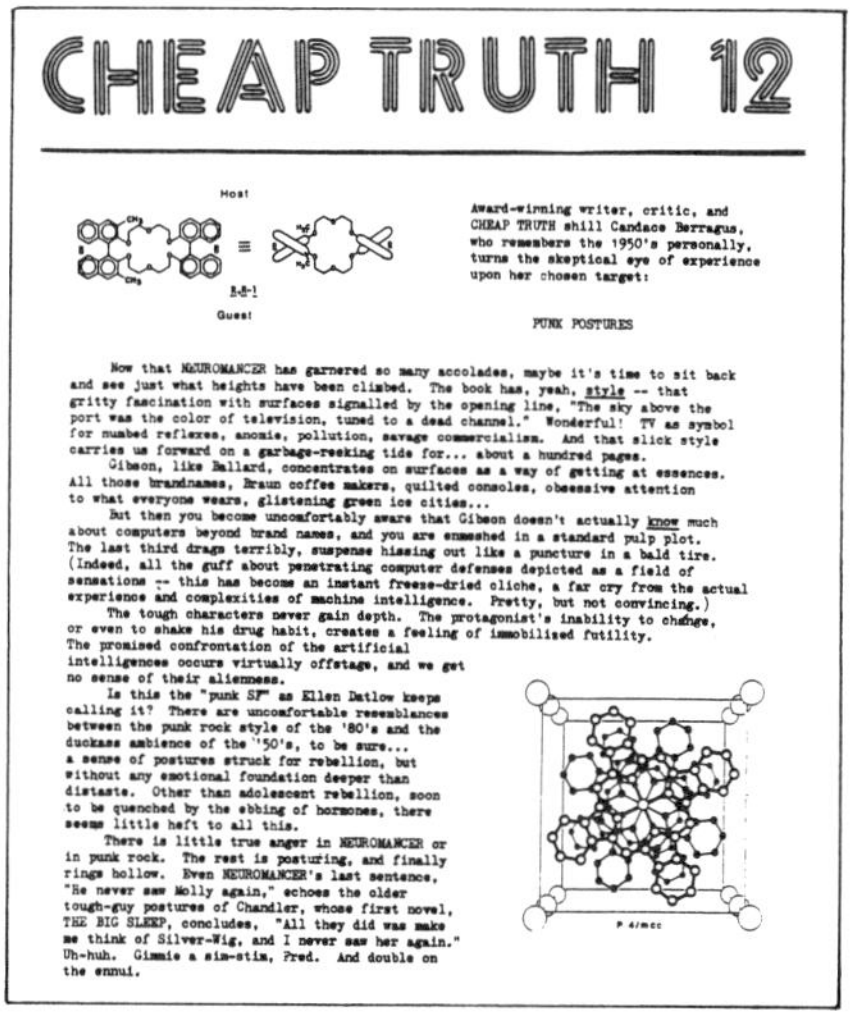

CHEAP TRUTH 12

Host!

Guest!

Award-winning writer, critic, and CHEAP TRUTH shill Candace Barragus, who remembers the 1950's personally, turns the skeptical eye of experience upon her chosen target:

PUNK POSTURES

Now that NEUROMANCER has garnered so many accolades, maybe it's time to sit back and see just what heights have been climbed. The book has, yeah, style -- that gritty fascination with surfaces signalled by the opening line, "The sky above the port was the color of television, tuned to a dead channel." Wonderful! TV as symbol for numbed reflexes, anomie, pollution, savage commercialism. And that slick style carries us forward on a garbage-reeking tide for... about a hundred pages.

Gibson, like Ballard, concentrates on surfaces as a way of getting at essences. All those brandnames, Braun coffee makers, quilted consoles, obsessive attention to what everyone wears, glistening green ice cities...

But then you become uncomfortably aware that Gibson doesn't actually know much about computers beyond brand names, and you are enmeshed in a standard pulp plot. The last third drags terribly, suspense hissing out like a puncture in a bald tire. (Indeed, all the guff about penetrating computer defenses depicted as a field of sensations -- this has become an instant freeze-dried cliche, a far cry from the actual experience and complexities of machine intelligence. Pretty, but not convincing.)

The tough characters never gain depth. The protagonist's inability to change, or even to shake his drug habit, creates a feeling of immobilized futility. The promised confrontation of the artificial intelligences occurs virtually offstage, and we get no sense of their alienness.

Is this the "punk SF" as Ellen Datlow keeps calling it? There are uncomfortable resemblances between the punk rock style of the '80's and the duckass ambience of the '50's, to be sure... a sense of postures struck for rebellion, but without any emotional foundation deeper than distaste. Other than adolescent rebellion, soon to be quenched by the ebbing of hormones, there seems little heft to all this.

There is little true anger in NEUROMANCER or in punk rock. The rest is posturing, and finally rings hollow. Even NEUROMANCER's last sentence, "He never saw Molly again," echoes the older tough-guy postures of Chandler, whose first novel, THE BIG SLEEP, concludes, "All they did was make me think of Silver-Wig, and I never saw her again." Uh-huh. Gimmie a sim-stim, Fred. And double on the ennui.

P 4/mcc

オムニアヴェリタス名義でスターリングが編集している批評紙〈チープ・トゥルース〉

スンとは初対面だったけれど、もちろんすぐにファンレターを書いたさ。」

ギブスンは、これに引き続き八二年の秋にテキサス州地区SF大会《ローカルコン》〈アルマジロコン〉に初参加し、ますます彼らとの親交を深めるが、このころには、すでに彼をも一員とする若手作家同士のグループがかたちを成していた。

その「動き」は、たとえばメンバー間の共作を日常化することによって実演され、その「考え」は、この年スターリングがヴィンセント・オムニアヴェリタス名義で編集発行することになる批評紙〈チープ・トゥルース〉に結実していく。これはせいぜい一号分が二〜四ページペラペラのもので雑誌というより新聞に近いのだけれど、ここを拠点とする「ミラーシェード・グループ」の筆蜂は鋭かった。彼らは既成のSFや体制的なSFを攻撃して、オムニアヴェリタス提案の「新しいＳＦ」を擁護したのだ。

新しいＳＦ――それは、いかにして可能か？　オムニアヴェリタスは、のちに英国ＳＦ誌〈インターゾーン〉へ進出した折、エッセイ「新たなるサイエンス・フィクションへ向けて」（八五年）の中で、このように煽動している。まず旧来の私生児意識を一掃するとともに、ゲットーを進んで解放し、加えて現在の文化・社会・テクノロジーに内在する〈真の未来〉を再考すること。その実現のためには、以下の諸点に留意すること――

①真の現代科学への関心。
②外挿法《エクストラポレーション》を軸にした想像力の再評価。
③高感度の幻視力による精神世界拡大。
④全地球的《グローバル》で二一世紀的な視点設定。
⑤ニューウェーヴの革新さえいまや当然のものとみなしうる小説技法の洗練。

右の宣言こそ、ニューウェーヴの思弁性とハードＳＦの外挿法の幸福きわまる結婚形態「ラディカル・ハードＳＦ」をラフ・スケッチしたものであり、それすなわち今日でいう「サイバーパンク」のヴィジョンに等しい。

しかも、ここに旗印を定めた〈チープ・トゥルース〉はパソコン・ネットワークを媒体として簡単に入手可能であったため、たちまち絶大な影響力を獲得した。仮にサイバーパンクのフォーマットが「コンピュータ・ネットワークで謀略を企むアウトロー・テクノロジスト」によって性格づけられるものならば、それは文字どおり〈チープ・トゥルース〉のネットワークに集う革命的ＳＦ作家たち自身のすがただったと断言できる。

中でも、同紙が生んだ毒舌のＳＦ批評家スー・デニムの華麗な活躍については決して忘れるべきではない。同時代作家にしてもデイヴィッド・ブリンやキム・スタンリー・ロビンスンといったヒューマニスティックな作家たちを軒並みボロクソにこきおろしてみせるこの女性名批評家の正体は、ルイス・シャイナー。

のちにマイクル・スワンウィックがエッセイ「ポストモダン利用案内」（八六年）の中で八〇年代ＳＦを「ヒューマニスト」（人文科学的な成果と文学形式を重視するメタＳＦで別名「バッフォー」“boffo”）と「サイバーパンク」（ノン／ポスト・ヒューマニスト）に分けてみせたり、それを受けたジョン・ケッセルが評論「ヒューマニスト宣言」（八七年）をしたためたりしたのも、もとはといえばスー・デニムの毒舌書評が「サイバーパンク内外」をはっきり区別してしまったためだった。

作家としてのシャイナーは長編『フロンテラ』（八四年）で注目され、スターリングとの共作では電脳時間もの「ミラーグラスのモーツァルト」（八五年）が名高い。それればかりか、商業誌《プロジン》では陽の目を見そうもない作品を集めて創作同人誌を出したり、日本SFの英訳計画や政治的SFのアンソロジー編集を進めたりと、「運動」の具体化に関しては重要な仕掛人ぶりを発揮している。多国籍性や政治的雑多性といったサイバーパンク作品の特徴は、実のところ作家自身の出版活動そのものによって演じられるべきものだったのである。

ギブスンの記号性、スターリングの思想背景、シャイナーの行動力。ではシャーリイの場合は何かといえば、それは一種の強迫観念《オブセッション》ではなかったか。これにはシャーリイがサイバーパンクの洗者ヨハネにならざるをえなかった複雑な事情がからむ。そして、ひょっとしたらその点にこそ「サイバーパンク運動」の起源が潜んでいるかもしれないのだ。

時間はデンバーから十年ほどさかのぼる。

二、シアトル一九七二年――エリスンとシャーリイ

一九七二年、オレゴン州ポートランド。

夏なお肌寒いアメリカ太平洋岸北部のこの町に、十八才になるナイーヴな少年がひとり暮らしていた。その名を、ジョン・シャーリイという。

ジョンは十六才のときアメリカ・ニューウェーヴの旗手ハーラン・エリスンを一読して以来、『世界の中心で愛を叫んだけもの』（六九年。邦訳・ハヤカワ文庫SF）をはじめとするその暴力的な

小説世界、いわゆる「ストリート・フィクション」の魅力に心酔してきた少年だった。

エリスンといえば、なるほどアメリカSF界ではそれこそ永遠のスーパースターである。たとえば、あなたがいまアメリカのSF大会に行き、映画上映でもないのに何だか長蛇の列ができているのを発見したとしたら、それは十中八九エリスンのサイン会と断定してよい。そのパワフルな文体と乱舞する同時代イメージ群によって、エリスンはデビュー後三〇年になろうという今日でさえ、カリスマ的な人気を勝ち得ている。そこにはSFがアメリカでありアメリカがSFでなくてはならない確固たる文学的必然性があった。そしてジョンもまた、それを目撃してしまったのだ。

自分もエリスンのように書きたい——ジョンはしだいにこんな憧れを抱きはじめる。ひとりの少年がSF作家を志すには、それは充分すぎる動機であった。そして七二年という年は、彼が当時アメリカSF界最高の創作講座「クラリオン・ワークショップ」への参加を許された年でもあった。場所はワシントン州シアトル、ポートランドからは決して遠くない。しかも講師は他ならぬハーラン・エリスンというのだから、まだ幼いジョンの魂が熱くならないわけはない——「エリスンに会える！」

だが、同時にそのことがジョンを異様におびえさせたのもたしかなことだ。こんな逸話がある。シアトルでのワークショップにはジョンの友人で現在サイバーパンク雑誌〈SFアイ〉の編集長スティーヴ・ブラウンも参加することになっており、ジョンはとりあえずこのスティーヴの運転する車に乗っていくことになった。ところが、シアトルへ北上する道の途中で、ジョンは何度も何度もこうくりかえしたという――「スティーヴ、車を止めてよ、引きかえそうよ」。

いまふりかえってみると、このときスティーヴが本当に車を止めて、ジョン・シャーリイがポートランドへ引きかえしていれば、おそらくサイバーパンクは運動のかたちをとるには至らなかったかもしれない。なるほどジョンはスティーヴとともに最初エリスンからずいぶんにらまれながらも、ほどなく認められるようになる。それが短編「『ランダム』の一語を故意にくりかえして」だった。ジョンの非凡な才能をすぐに認めたエリスンはたちまち大絶賛をはじめ、あげくのはてには少年のさしだした本にこんなサインまで残すのだ――「とうとう自分以上の作家ジョン・シャーリイを発見したことに大いなる恐れと喜びをこめて」。

少年がすっかり舞い上がったのもムリはない。かくしてエリスン＝シャーリイ間の蜜月が確実にスタートする。

が、これは長くは続かなかった。やがてエリスンは、ニューウェーヴ・アンソロジー第三弾『最後の危険なヴィジョン』（いまなお未刊）を出すからといって、シャーリイにも投稿するよう誘いかけるのだが……

アメリカSF界最大の父親殺し

ところが、何かが起こった。

結局一九回にわたってシャーリイはボツにされ書き直しを命じられ、おしまいには豹変したエリスンからすでにシャーリイ抜きでアンソロジーが印刷へ回ってしまったことを聞かされるのだ。

何かが、確実に起こった――つまり何かわけのわからない理由によって、エリスンは決定的にシャーリイを捨てたのである。このあたりの事情について、スティーヴ・ブラウンはこう説明している。「ハーランの仕打ちは、実にむごいものだった。それはたとえば、ヘビーメタル・ギターを習いたての十六才の少年のところにある日突然ジミー・ペイジがやってきて、自分以上のギタリストだと褒めちぎり、レッド・ツェッペリンへ加わるよう要請しながら、結局生殺しにしてしまうようなものだった」。

以来――エリスンとシャーリイは、ことあるごとにつっきあう犬猿の仲となる。激怒したシャーリイは、七七年に至ってことごとくエリスンを批判し、とうとうこんなことさえ書くに至った。「エリスンは決して神なんかじゃない。偶像崇拝なんかにつきあってるヒマはないんだ。」

ただし、彼は忘却している、かつてエリスンを神と崇めたのは、誰よりも自分自身だったことを。アメリカSF史上最大の父殺しないしはエディプス・コンプレックス。だが、「ジェネレーターの下で」（七六年）など一連のシャーリイ作品を貫く死のモチーフの根底に、十才で父をなくした彼個人の精神的外傷《トラウマ》があるのは確実だろう。彼という作家にとって、むしろ「父の死」こそがすべて

エリスン（右）とシルヴァーバーグ

ジョン・シャーリイ

の原動力だったのだ――たとえそれがエリスンという、かぎりなく神に近い父であったとしても。

　この事件をスキャンダルと呼ぶのは簡単だし、現にこのあたりの事情をレポートしたジーン・ヴァントロイヤーのエッセイにしてからが、まさしくそのタイトル「憎しみと嫉妬の渦」が物語るとおり、ことを情緒的問題に還元してしまっている。ただし、いまになって――一九八〇年代も終わりに近づいたいまになって――この事件を再検証するなら、これは何よりも歴史的問題として考えなおすべきではあるまいか。つまり、単にエリスンとシャーリイの仲たがいとして受けとめるのではなく、むしろSF史が要請した事件だったのではないか、と捉えかえしてみたいのだ。

　そう考えると、エリスン編集の『最後の危険なヴィジョン』が即「最後のニューウェーヴ」として予定され、そこからシャーリイが弾き出されてしまったことは何とも象徴的に響きはじめる。というのも、シャーリイというのは「最後のニューウェーヴ」作家群のうちにくくられるより、むしろ「最初のパンクSF作家」としてこそ記憶されるべき人物だったからだ。シャーリイがパンクSFの父とかサイバーパンクの洗者ヨハネ《ジョン》とか呼ばれる理由も、そのへんにある。

　再びスティーヴ・ブラウンのことばを引けば――「ジョンは生粋のパンク作家だと思う。ハーランはひとつの（アウトローの）イメージをこしらえているだけだが、ジョンにとってそれはむしろリアリティそのものとして自ら生き抜くべきものだったんだ。」そして最近ではギブスンもスターリングも、シャーリイの初期長編『トランスメニアコン』（七九年）こそ元祖サイバーパンクであ

ジョン・シャーリイ『トランスメニアコン』

るのを認めている。

　エリスンとシャーリイが勝手に断絶したのではない、逆にＳＦの歴史がニューウェーヴとそれ以後を厳然と区分するためにこそ、どこかの時点で断絶が必要だったのではないか。そしてそのような世代間の断絶に対してシャーリイこそはいちばん強迫観念にかられていた男だった。いうなれば、サイバーパンクがサイバーパンクであるためにこそ、シャーリイ的な断絶への強迫観念が必要だったのではないか。

　そして実際、ニューウェーヴ的なアンチ・テクノロジー志向は、サイバーパンク的な「アンチ・テクノロジーを語る者さえテクノロジーの申し子である」という論理によって確実に分断されてゆく。「サイバーパンク」という記号の効果は、だから何よりもニューウェーヴとの関連と同時に断絶をも実演してしまう点にこそ、最初の意義を持つだろう。

三、オースティン一九八五年——最初のサイバーパンク・パネル

一九七二年と一九八一年というポイントをすでに確認したあとは、残るもうひとつの、ひょっとしたらいちばん重要な時と場所とをプレイバックしなくてはなるまい。そう、一九八五年八月三一日、テキサス州はオースティン市における北米SF大会《ナスフィック》へ、そこで最初に公表された「サイバーパンク宣言」へ焦点を定めて。

このころのぼくは、〈SFマガジン〉誌にしばしば訳出されていたブルース・スターリングの作風に強い親近感を覚えていた。とりわけ「巣」や「スパイダー・ローズ」といった短編群〈生体工作者《シェイパー》／機械主義者《メカニスト》〉のシリーズにはSFの魅力が満ちあふれていたし、ニューヨークからテキサスへ赴く機上では、出たばかりの第三長編『スキズマトリックス』を読みだしている。ハイテクの色彩を日常のものとしてしまったそのデカダンな美学には、明らかに新世代の感性があった。ギブスンという新人が『ニューロマンサー』という処女長編で快進撃を続けているのは知ってはいたが、未だスターリングほどにはなじみがなかった時代である。

だからこそ、会場に着いて初めてスターリングと対面したときの興奮はひとしおだった。同世代であることがわかると、スターリングは即座にこう叫んだものだ——「いよいよ俺たちの時代が来《アワ・タイム・ハズ・》たの《カム》さ！」もちろんこのときには、彼がいささかの興奮をこめた「俺たちの時代《アワ・タイム》」というのが具体

最初のサイバーパンク・パネル。左より、ルーディ・ラッカー、ブルース・スターリング、ジョン・シャーリイ、ルイス・シャイナー、リチャード・マイヤーズ、パット・キャディガン、グレッグ・ベア© LOCUS

的に何かを指しているのかいないのか、知るべきよすがもありえなかったけれども。

ところが——ホテルのカフェテリアでプログラム・ブックをひもときながら、そこにほかならぬスターリングをも出演者に含むパネルの名として「サイバーパンク」という聞きなれない、しかしとてつもなく響きのいい単語を発見したとき——この響きがぼくの足をパネル会場に運んだとき——何かが起こった。すべてが、はじまった。

「サイバーパンク」という単語は、本当のところ、一九八〇年の段階で若手作家ブルース・ベスキが完成していた短編のタイトルである。少年少女ハッカー集団が飛行機会社や銀行口座に侵入を繰り返しながら、最後には親に見つかり、おしおきを食らう……いいかい、これだけの話だ。この短編は当初〈アジモフズ〉誌に持ち込まれながら却下され、八三年秋になってようやく〈アメージング〉誌に掲載された。そのあとである、ドゾワがこの新語「サイバーパンク」をもちだして、一群の作家たちを形容しはじめるの

サイバーパンク瞼の父、ブルース・ベスキ

サイバーパンク普及の皮切りとなった『年間SF傑作選・85年度版』

編者ガードナー・ドゾワ

は。その名を広めたいちばんのメディア『年間ＳＦ傑作選・八五年度版』（八五年五月刊行）の序文において、彼はこう述べたのだった。

「八〇年代作家たちは、一様に互いの作品を好まず、誰かとひとまとめにされるのを嫌うのだが……少なくともひとつだけ自己主張を伴う美学的流派といえるものがあるとするなら、それは鋭利でグロテスクなハイテク小説を書き、時として〈サイバーパンク〉の名で呼ばれてきた作家たちのグループだろう。ここにはスターリング、ギブスン、シャイナー、キャディガン、ベアが含まれる。」

作品の名ではなく、作風の名としての「サイバーパンク」――この戦略が、当時相当に新鮮に映ったのは、いうまでもない。戦略が新しいぶんだけ、北米ＳＦ大会パネリストの顔ぶれも、当時はひどく新しく思われた。シャイナー、シャーリイ、パット・キャディガン、それにグレッグ・ベア、そして司会にはルーディ・ラッカー……いまでこそおなじみだけれど、そのころの日本では名のみ知られる作家たちであったのだから。

サイバーパンクとは何か?

パネルの口火を切ったのは、各人の「サイバーパンク」定義である。ご参考までに、いまいちど採録してみよう。というのも、ここには現時点のサイバーパンクスに照らしてさえ寸分違わぬヴィジョンが、すでにあまりにもはっきりと焼きつけられているためだ。

スターリング「サイバーパンク、それはハイテク志向の、ラディカルなハードSFの一種といっていい。これは雑誌を中心にポップ・メディアとも密接に関わった、ひとつのSF運動であって、ラッカーこそ最強のサイバーパンク作家だ。MTVをもっと見よう」。

ラッカー「音楽の領域でパンクが出てきたとき、ちょうどポップスは死にかけていた――ディスコ・ミュージックかロックンロールばかりになってね。この状況はサイバーパンクにもあてはまる。それは既成のSFを打破する、よりハードで、より速く、より優れて、より騒がしいタイプのSFだ。ギブスンこそ偉大なサイバーパンク作家だろう」

キャディガン「コンセプトとしては非常に広いけれど、何といっても〈アウトロー・テクノロジスト〉の出てくるSFでしょうね」

シャーリイ「パンク・ロックはあらゆるものを歪曲しようとする力だろう。いっぽう、SFは多くの文化――主流文学、現代詩、ロック――を吸収するジャンルだった。パンクはそんなSFを強く弁護しうるものとして浸透した――それはいってみれば〈水の中の氷〉のようにSFのなかにしたたり、少なくとも二〇年間というものSFの成長を不毛にしてきたクリシェの一群を拭い去ってくれるひとつの浄化作用なのだ。サイバーパンクは、だからパンク音楽における怒りのエネルギーと幻視力の強さをあわせもったグローバルな世界観であって、同時に新たなメディア・マトリック

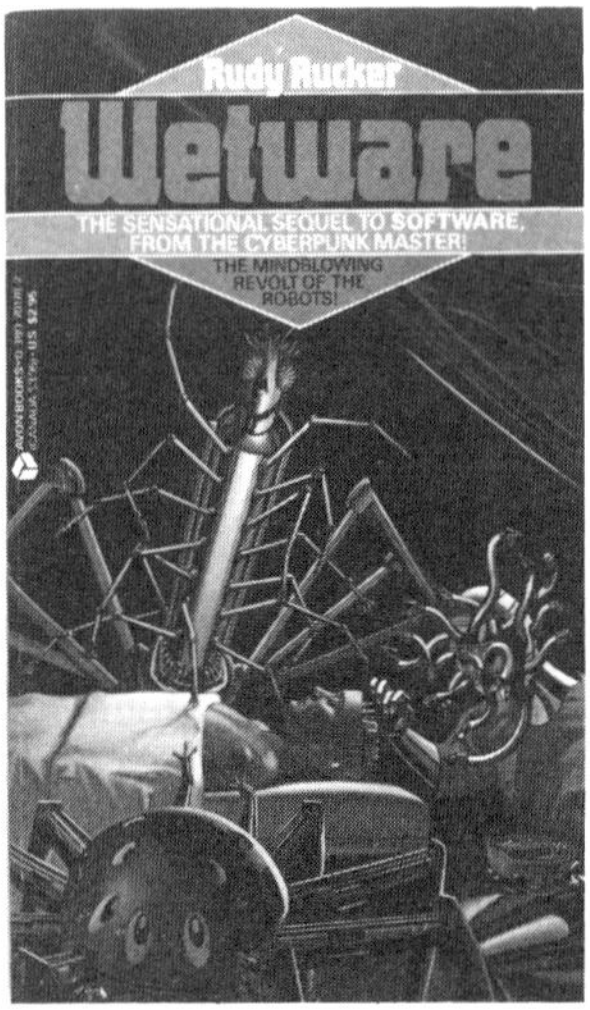

ルーディ・ラッカー『ウェットウェア』

チャールズ・プラット（右）とパット・キャディガン

スを利用する点でSF的プロセスの等価物と呼ぶことができる。MTVに関しては、それが役に立つなんてことはまずありえないが、いまの若者の集合的無意識に胚胎するイメジャリーに満ちあふれていると思う」

これこそスターリングが『ミラーシェード』の序文にまとめたヴィジョンのめばえであったろう。そのときまで「サイバーパンク」などという単語さえ知らなかった人間には、たいへんわかりやすかったことはいうまでもない。ただし、ある程度知ってしまった人たちには、これはたいそうな反応を巻き起こしたものだ。そしてそれは、なまじパネリストの意見だけに向けられた反応ではなかった。

たとえば、毒舌で知られる作家・評論家・編集者のチャールズ・プラット。彼はパネルの間中ずっと手を挙げて、何か意見を言いたそうにしていたが、このときぼくは気づいた、パネルが始まるやラッカーから司会の座を奪ったリチャード・マイヤーズという人物が（実行委員のひとりで、一応作家でもあるらしい）、含みでもあるのか彼をなかなか指名しようとしないのを。

その理由はあとからわかったのだが、マイヤーズ自身サイバーパンクについて皆目知らない割に、それに対する悪意だけは最初から持っているたぐいの男だったのである。なるほどプラット自身サイバーパンクのシンパだったから、いまから考えるとそれも彼を指名しなかった要因かもしれない。そんなわけで業を煮やしたプラットは会場から出て行く。パネリスト連中は「チャールズ、どこへ行くんだ」と懸命に呼びかけたが、彼はただひとこと「つまらんパネルだからさ」と言い残したまま立ち去ってしまう。

瞬間、立ち上がったのは、サイバーパンクというよりはヒューマニストに近い作家オースン・スコット・カードだった。彼はぼくの座っていた客席の列の左端でずっと聞き入っていたのだが、プラットが退出するとおもむろに立ち上がり、こうまくしたてたのだ。

「チャールズの気持ちもよくわかるな、あなたがたはえんえんと自分たちがいかに優れた作家かということしか話してないじゃないか。」

もっともプラットは主に司会に腹を立てたのであり、「優れた作家」云々というサイバーパンクの誇大妄想を仮定するのは、むしろカード自身の被害妄想ないしは明確なるライバル意識であったろう。このことは、以後のカードがサイバーパンク批判を徹底し、今日『エンダーのゲーム』(八六年)や『死者の代弁者』(八七年。以上、邦訳・ハヤカワ文庫SF)などのミリタリーSFでギブスン以後のヒューゴー・ネビュラ両賞を独占している進攻状況からもうかがわれるところだ。

語る「運動」のスキャンダル

これに追い討ちをかけるように、ほかならぬパネリストのひとりベアが話しだす。彼はその年出たばかりのサイバー・パニック長編『ブラッド・ミュージック』で高い評価をかちえていたが、そ

『ブラッド・ミュージック』

グレッグ・ベア

の中にもみられるドイツのことわざを反復しながら、以下のような主張を展開したのだった。

「現代のテクノロジーがめざましい速さで発達している事実を考えてみてほしい。今日において物事というのはまさに弾丸みたいなもので、ドイツ人のいう『殺されるときの弾丸の音は聞こえない』状況をもたらしている。銃音が聞こえたときには（気がついたときには）すでに撃たれてしまっているというわけさ。同じく、何か『運動』めいたことを発想したときには、それはもう起こってしまっているのだ。ゆえにサイバーパンクもすでに実現してしまい『体制内』にあるわけで、いまさら『運動』を謳うのはおかしい。したがってサイバーパンクというラベルに対して、及びそれに関わるすべての運動に対して、私が望むのは『死』だ。」

この瞬間、いきなりガタン！という音が響きわたったかと思うと……とっさにぼくは何が起きているのかわからなくなった。司会マイヤーズの悪意とベアの批判に嫌気がさしたのだろうか、怒りに頬をほてらせたスターリング、シャイナー、シャーリイの三人が荒々しく席を蹴り、中央の通路からサッサと退場してしまったのだ。シャイナーだけは呼び止められて途中復帰したものの、パネル終了間際にはシャーリイが再登場、パネルの席のマイクを奪い取るや残ったラッカーにもボイコットを強要。そして「一時間しか与えられていないパネルを本来の司会者をさしおいてマイヤーズらが牛耳った非道」を、四文字言葉たっぷりの口調で説いたのである。

当然ながら、夜のパーティはこのパネルの話題でもちきりになった。アトランタのファン、パット・モレル女史のように「あらかじめ計算された演出効果」とわりきる人もいたり、ジャンル内品定めについては、若手作家ソムトウ・スチャリトクル氏のように「ギブスンがとにかく最高、スターリングはまあまあ」と採点する人もいたり、SFブック・クラブのモッシュ・フェダー氏のように「サイバーパンクはベスターからジョン・ヴァーリイに至る流れをくむアメリカSFの典型だ」と看破する人もいたり……

ところが、情報誌〈ローカス〉はこの顚末に「サイバーパンク青二才どもの子供じみたケンカ」云々という「お叱り」を与える。むろん、シャーリイは黙っていない。さっそく「あれこそオレたちが世間にサイバーパンクの何たるかを宣言するチャンスだったのに、それを司会者が抑圧しやが

アメリカSF界唯一のタイ系作家
ソムトウ・スチャリトクル

った」と応酬するという一幕も展開された。しかも、そのころ〈チープ・トゥルース〉紙自体に掲載された『ニューロマンサー』批判にも、シャーリイはすぐさま再批判を試み、大いに熱弁をふるっているのだ——「おれは西海岸初のパンク・バンドにいて、最初の演奏《ギグ》にだって参加してる。パンク『運動』の怒りはホンモノだぜ、断じてブリッ子なんかじゃない。」

けれども同時に、抑圧に抵抗すること、それこそがパンクであったし、シャーリイが四文字言葉《フォー・レター・ワード》を連発したこと、それこそがときに「Cの字文学《シー・ワード・リタラチャー》」とも呼ばれるサイバーパンクの記号性を表わすものではなかったか。四文字言葉と同じぐらい口にするのも卑猥で、だからこそ抑圧されなくてはならない新しいSF！

逆にいうなら、抑圧への抵抗だけでは単なる「パンクSF」にすぎないものが、これに四文字言葉にも似た記号性の強さが加わって初めて「サイバーパンク」ができあがる。そして最初のサイバーパンク・パネルというのは、まさにその意味で「サイバーパンクの理念」を説明するより早く「サイバーパンクの構造」自体をパネリスト自身が演じてみせてしまった出来事だった。

本当に偶然のなりゆきだったとはいえ、サイバーパンクが語られるべきものではない、演じられるべきものであること。その意味においてのみ、それはさまざまなメディアへと流通する記号であること——最初のパネルには、実にこれらの本質がすべて叩きこまれていたのである。

序曲

このようにして、サイバーパンクは「運動」としてのかたちをとった。翌八六年には、アメリカ各州の地方SF大会でサイバーパンク・パネルがちょっとしたブームになり、当事者たちも事情の許すかぎりこれらすべてに参加していく。サンディエゴでのSFRA（SF研究協会《リサーチ・アソシエーション》）年次大会、同地での西海岸SF大会ウェスターコン、アトランタでの世界SF大会《ワールドコン》……そのパターンはケンカ腰のものからナレアイ気味のものまでさまざまだったが、サイバーパンク・パネルの場合、対抗勢力がいればいるほどおもしろくなるということだけは、断言してもよさそうだ。サイバーパンクの功績のひとつは、SFがSFについてもういちど考えなおす絶好の機会を与えた点にこそあるのだから。

その意味で、一九八六年十月、総本山オースティンでの第八回アルマジロコンを舞台に組まれたオールスター・パネルは記念碑的といえよう。それも、単にサイバーパンクが勢揃いした点にかぎらず、何よりもサイバーパンクス内部の差異が暴露された点において。

司会のスターリングはギブスンからシャーリイ、シャイナー、トム・マドックス、それにエレン・ダトロウまで全パネリストを「同志《コムラド》」と呼んで紹介、さながら革命軍事会議のごときトーンを帯びたが、内容的にはあくまで「活字SFの運命」にこだわる同大会自体の特色をふまえて、サイバーパンク論議の争点を以下のように浮き彫りにしていった。

①ラベルについて……ギブスンはサイバーパンクなる名称の商業的人工性を批判するが、シャイナーらは「それによっておれたちの作品が売れれば上等じゃないか」と応酬。

②政治性について……シャーリイが「ギブスンにだって政治性はある」と誤読してみせるのに対し、ギブスンは「ぼくは何の政略的立場《ポリティカル・スタンドポイント》も採らない、採るとすれば美学的計略《エスセティック・ポリティクス》だけだ」と返答。

③ヒューマニズムについて……マイクル・スワンウィックが前掲論文「ポストモダン利用案内」で素描したヒューマニスト／ノン・ヒューマニストの党派的対立図式をパネリスト全員がボイコット、ふだんは温厚でスワンウィックとの間には共作「ドッグファイト」まで持つギブスンさえ「マイクルは研究成果を発表したにすぎず、本当に起こっていることの現場証人にはなりえない」と発言。

このパネルが、ひとつの転回点となった。以後、各地で戦わされるサイバーパンク論はいっそう

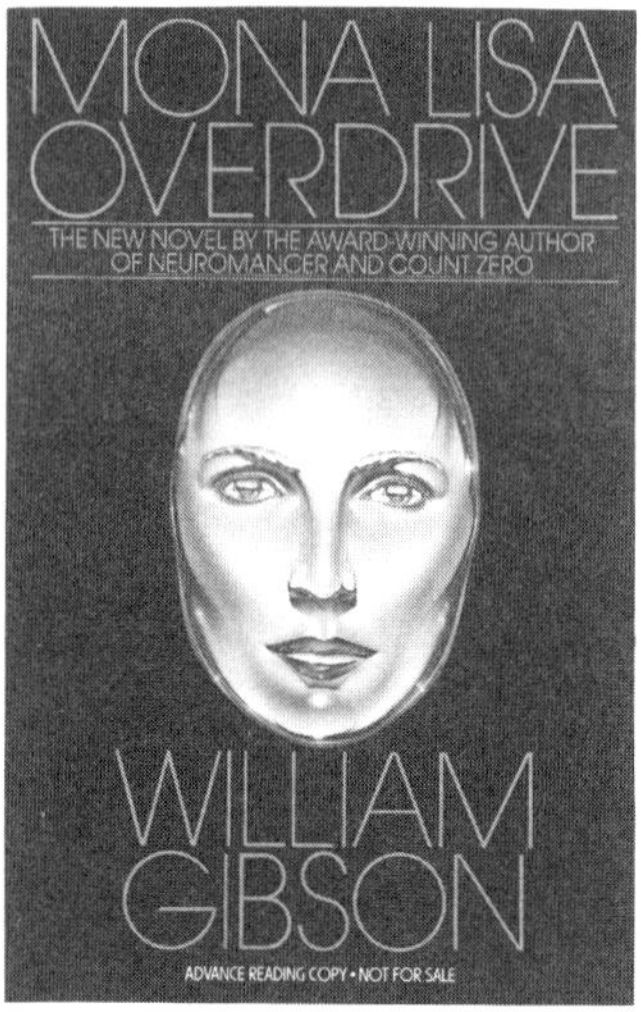

ウィリアム・ギブスン『モナ・リザ・オーヴァードライヴ』

ＳＦ論争の色彩を濃厚にしはじめる。

たとえば、同年秋にはサイバーパンクスの師匠格とも呼べる作家・評論家サミュエル・ディレイニーがコーネル大学で文字どおりギブスン論の講座を持ち、続く八七年三月には前出ブラウンの手でサイバーパンク系批評誌〈ＳＦアイ〉がスタート。創刊号掲載のジョン・ケッセルによる前掲『ニューロマンサー』批判がサイバーパンク初の本格的大論争をまきおこす。

そして一九八八年春、東京《トウキョウ》。

二月のギブスンに続いて四月にはスターリングが来日。日本におけるサイバーパンク受容のピークをかたちづくった。これがまんざらいいすぎでもないのは、このところスターリングの新作『ネットの中の島々』やシャーリイの新作『素晴らしき混沌』、シャイナーの新作『うち捨てられし心の都』、それにギブスン自身の電脳空間三部作完結編『モナリザ・オーヴァドライヴ』などの出版が相次いでいるからだ。

サイバーパンクスはどこへ行くか。

かつてぼくはギブスンとともに、日本における血液型占いのブームについて話し合ったことがある。「そんなものが、どうしてブームになるんだい？」――親日家のギブスンでさえ目を丸くせざるをえなかったほどに、日本人の記号的感性は根深い。だが、彼もまた長いこと実体ならざる日本を、日本という記号を愛してやまなかった。記号の中の日本こそサイバーパンクの故郷《ナショナリティ》なのである――あたかもサイバー・カウボーイたちの故郷が無法地帯ならぬ無国籍地帯であるように。

国と国とのはざまに横たわる「国際的《インターナショナル》」な差異ではなく、国家意識の内部を浸蝕する「多国籍的《マルチナショナル》」な差異を見つめて――いま、SFは来たるべき「現在」をめざす。

1　おれたちはポップ・スターだ！
——ブルース・スターリング

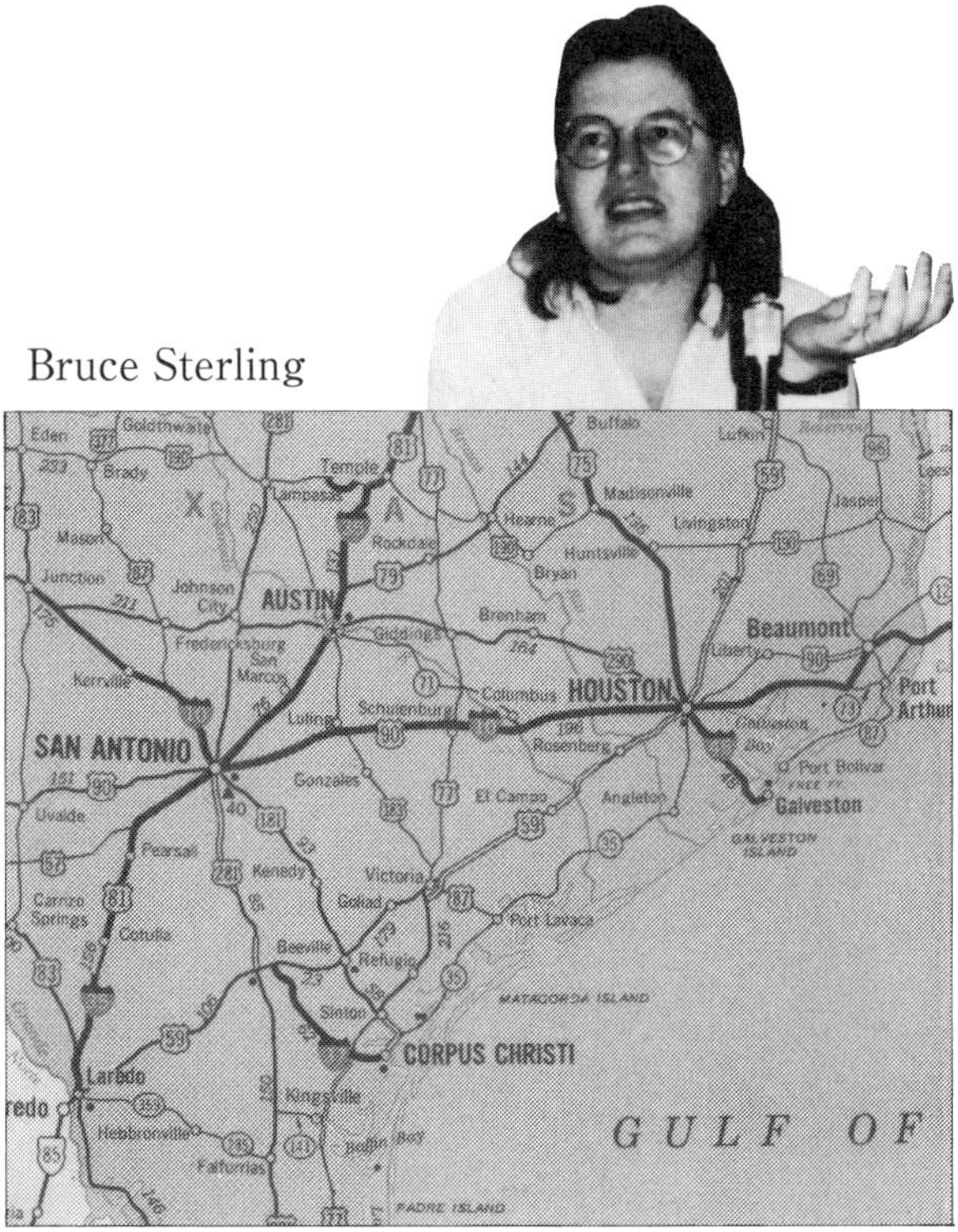

Bruce Sterling

テキサスはいつも暑いが、テキサスSF界はいまが熱い。ぼくとサイバーパンクは、まさにそのような印象のもとで出会った。そして中でもずばぬけて熱っぽい作家が、ブルース・スターリングだった。

当時、一九八〇年代半ばのアメリカが、なぜかテキサス州だけを特権化する雰囲気に包まれていたのを思い出そう。ヴィム・ヴェンダースの映画「パリ、テキサス」のヒット（八四〜八五年）、ジェイムズ・ミッチェナーの長編『テキサス』のベストセラー（八五年）、さらに年が明ければ、それこそトーキング・ヘッズのデイヴィッド・バーンがテキサスを舞台に製作した「トゥルー・ストーリー」に至るまで「いまテキサスがおもしろい！」という風潮が確実にあったのだ。

そもそもアメリカ五〇州中では、一九五九年にアラスカが連邦加入するまで長く最大の規模を誇った州テキサスのもつ神話性には、一種独特なものが感じられる。ふりかえってみても、最初のサイバーパンク・パネルが起こった八五年度北米SF大会《ナスフィック》の愛称自体「ローン・スター・コン」といい、テキサスが「一つ星《ローンスター》」の州である事実を誇示したものだ。というのも、この州はいわゆるテキサス革命（一八三六年）、メキシコ戦争（一八四六〜四八年）、連合脱退（一八六一年）、南北戦争（一八六一〜六五年）、再併合（一八六五年）を経ることで「独立への志向とその挫折」を自らの歴史としてきたからである。そしていまでも孤高の「一つ星《ローンスター》」たらんとする信条において、テキサス人はまったく変わっていない。だとすれば、ミッチェナー『テキサス』に関してヒューズ・ラッドがこんなふうに書評したのは、はたして正しかったろうか——「テキサス人の自慢は自分たちが六つの旗——スペイン・フランス・メキシコ・テキサス共和国・アメリカ南部連合国・アメリカ合衆国——のもとに生き抜いてきたことだ」（〈ニューヨーク・タイムズ・ブックレヴュー〉一九八五年十月十三日号）。

とんでもない！　現役のテキサス人にいわせたら、こんなみかたほど見当はずれなものもない。なぜなら、いかなる「国家」の支配からも離れて自由な「独立」を謳歌することのほかに、テキサスという「地域」の理想は存在しないのだから。デイヴィッド・バーンも「トゥルー・ストーリー」のロケ地設定についてまったく同じ理由を挙げ、こんな所感を加えている。「テキサス人というのはいろんな物事にはうるさいくせに、こと人間については一クセあろうが二クセあろうがＯＫときてる。テキサスぐらいのだだっ広さがあれば、人それぞれどんなライフスタイルを選ぼうと許されるってわけさ。」（ペンギン版『トゥルー・ストーリー』序文）

それなら、こういう言いかたはできないか——その圧倒的に広大な空間を一挙に掌握するために、テキサス人は何らかの意識を必要としたのだ、と。それこそが、まずは個人レベルの独立意識であり、その集積としての州レベルにおける独立意識だったのだ、と。

アメリカの内部にありながら依然「独立」の意識を抱き続けているテキサス、にもかかわらず、まさにその意識ゆえにかぎりなくアメリカそのものでもあり続けるテキサス。このような逆説は、

SFの中で発生しながらつねに既成SFへ「反抗」しようとするサイバーパンク、にもかかわらず、まさにその意識ゆえにかぎりなくSFそのものでもあり続けるだろうサイバーパンクの逆説を思わせてやまない。そして、ぼくがテキサスの地を初めて踏んだと同時にサイバーパンクへの扉も初めて開けてしまったとき、この逆説を一身に体現する人物ブルース・スターリングとも初めて出会うことになったのは、しごく当然の成り行きだった。

インドからの道

そう、むしろテキサスSF界のうちでさえスターリングの存在は逆説的に響く。彼自身一匹狼《ローンウルフ》ならぬ「孤高の星《ローンスター》」的でありながら、同時にテキサスSFそのものの体現者にほかならない。なるほど、彼は一九五四年、エンジニアの息子としてテキサス州ブランズヴィルに生まれてはいるものの、続く彼の人生において、右の逆説を生きるに十分な事件が起こっているのだ。それが、インド体験である。

十五才から十八才まで（一九七一〜七四年）、スターリングは父親の仕事の関係でインドのマドラスに住む。何の苦もなく環境適応しはしたけれど、実際のところは「バラードの結晶世界に比べればずっとまし」という程度であった。故郷はあくまで「遠いアメリカ」、インドにおける自分はあくまで「異邦人」にすぎないという疎外感。そんな日々が過ぎ去る中で、楽しみといったら毎月船便で届く故国のハードSF雑誌〈アナログ〉だけ。だが、それにもやがて飽き足らなくなった彼は、とうとうイギリス領事館の図書室に入りびたり、ブライアン・オールディスやマイクル・ムアコックら英国ニューウェーヴ作家にのめりこむ。

このころSF以外で愛読したのはもっぱらジョン・キーツやらS・T・コールリッジやらといったイギリス・ロマン派にかぎられていたが、それがスターリングの疎外感からくる異郷感覚の正当化、ないし今日でいう「オリエンタリズム」（エドワード・サイード）の源となったのは、まずまちがいのないところだろう。ニューウェーヴSFの前衛志向を一身に浴びつつエキゾチックな幻視力も決して失わないスターリング独自のSF観は、まさにこのように形成されたのだ。それはインドの視覚的効果と融和しつつ、のちに処女長編『退縮海』（一九七七年、邦訳題名『塵クジラの海』）や短編「火星の神の庭」（八四年）その他一連の歴史ファンタジーのうちに生かされていく。

そして十八才になった年（七四年）、彼は再び故郷テキサスの土を踏みしめる。ところが、アメリカへの再適応には予想外の時間と努力を要した。故郷でもまた別の「異邦人」になってしまったという新たな、そしてなおさらふくれあがる疎外感。しかし、このときすでに何冊ものノートに小説を書き溜めていたスターリングは、さっそくSFファンダムに足を突っこみ、そこでだけは自分を「異邦人」と感じずにすむのを知って狂喜することになる。これは当然すぎることかもしれない、SFを愛する者は、なべて世界自体にとっての異邦人を気取るものだから。

テキサスSF界の重鎮
ハワード・ウォルドロップ

二三才（一九七九年）になるまでには、テキサスの若手ＳＦ作家たちから成るＳＦ創作合評会《ワークショップ》「ターキー・シティ」に参加。この名称が、むろんテキサスのお国柄とともに「駄作・失敗作」を意味する俗語"Turkey"からきているのはいうまでもない。そして、結局この「ターキー・シティ」でスターリングが知り合った連中、たとえばハワード・ウォルドロップやルイス・シャイナー、パット・マーフィーといったメンツが、文字どおり彼を叩き上げる。

もっとも……より正確にいうならば、スターリングのデビューに関するかぎり、ここでひとりのアメリカ・ニューウェーヴＳＦの大立物が果たした決定的な役割を無視することはできない。そう、この局面に至って、またしてもハーラン・エリスンが登場するのだ。

我らが導師エリスン

ハーラン・エリスン編集ニューウェーヴ・アンソロジー『危険なヴィジョン』

一九七四年四月一四日、テキサスはカレッジ・ステーション――これが因縁だった。この時、この場所で、前述のターキー・シティ創作合評会《ワークショップ》が開催され、最終的な講評者として巨匠エリスンが招聘されたのである。参加者にはウォルドロップのほかスティーヴン・アトリーやリサ・タトル、いまは亡きトム・リーミイといった面々。そして彼らに混じり、無名の若者スターリングの顔が見える。ここで、当時の共通了解にしたがわず、スターリングにとってもエリスンは最大の教祖であった事実は明記しておいてよい。彼はとりわけ、エリスン編集のニューウェーヴ・アンソロジー『危険なヴィジョン』（六七年。邦訳・ハヤカワ文庫ＳＦ）に多大な影響を受けている。「収録作品中では」と彼は回想する、「フィリップ・ホセ・ファーマーの『紫年金の遊蕩者たち――あるいは壮大な強制飼養』（邦題「紫綬褒金の騎手たち、また大いなる強制飼養」）がショッキングだったな。あれこそ破壊的で啓示的な読書体験だった。」
到着したエリスンは、参加者の中にすぐにもこの新参者スターリングの顔を認める。そこには「痩せぎすだが、田舎者なりになかなかハンサムな若者」がいた、と巨匠は回顧する。そしてその若者は「自分の属するワークショップのメンバーについて、ひどく気づかっているふうだった」とも。

合評会が始まる。この瞬間、エリスンはふと、なぜかスターリングの短編にだけは自分が目を通してこなかったことに気づき、内心あわてふためいた。しかたがない、ほかのメンバーが批評を述べたてている間に、読み飛ばそう……だが、ターキー・シティの面々が、その作品について一様にけなす言葉も、いやおうなしに聞こえてくる。「ブルース、こいつはひどいな」「人物描写を別にすれば、前の作品のほうがましだったぜ」「いやあ、まるっきり問題外さ」そのうちに、いよいよエリスンの番が回ってきた。

劇的な沈黙。

みんながみんな、かたずをのんで見守っていた。教祖エリスンは何というだろうか。それとも、何かいうより先に、エリスン名物のパフォーマンス、すなわち原稿をビリビリに破いてバラまく式の面前罵倒がみられるだろうか。

嵐の前の静けさ。

ところが、ここで奇跡が起こってしまう。エリスンはいきなりこう切り出したのだ。「ブルース、この作品はひどくすばらしい、今度出すアンソロジー『最後の危険なヴィジョン』のために買おうじゃないか。」

ターキー・シティのメンバーは、ひとり残らず腰を抜かした。タトルは口をポカンとあけたままふさげなくなり、ジョー・ピュミリアはズルズルッと椅子からずり落ちんばかり、アトリーに至っては目をパチパチパチパチしばたたき続けて止まらない。不信と嫉妬、罵声と怒号があたり一面に渦まいた。

しかし、エリスンにとっていちばんの驚きは、まったく別の点に潜む。それは、彼がこの小説（二二五〇語、一〇頁程度）を一語二セント、総額六八ドルで買うと申し出たとき、ほかならぬこの無名作家スターリングが眼の色ひとつ変えずにこう答えたことである。

「まあいいんじゃないかな。」"That'll be okay, I guess."

熱血漢のエリスンにしてみれば、あまりにも冷静すぎる反応だったのは想像に難くない。「まあいいんじゃないかな」だって？　それだけかよ？　この巨匠であるオレさまが認めてやったのに、いうことはたったそれだけかよこの若造？――とでもどなりだしていたかもしれない、これはもっともな驚きであったろう。とはいえ、このときの短編「リヴィング・インサイド」自体は、当の『最後の危険なヴィジョン』自体が未刊のために、ついに今日まで陽の目を見ていないのだが。

さて、同じような事件が、実は同じ七四年のうちにもういちど、舞台をその夏の「クラリオン創作講座《ワークショップ》」に移すかたちで起こっている。その年のクラリオンはミシガン州立大学にて慣例どおり六週間の講師／生徒の合宿生活として行なわれたが、このときスターリングは「モビイ・ダスト」という短編四〇頁足らずをエリスンに提出した。当然ほかの受講者たちは、これをメルヴィルの『白鯨《モビイ・ディック》』の単なるパロディと捉えていっせいに批判を浴びせかける。だが、そんな嬌声のこだまを尻目に、またしてもエリスンはこういったのだ。

「ブルース、もし君がこいつを六万語の長編に拡大して、このくそいまいましいタイトルを変更してくれたら、〈エリスン新人発掘シリーズ〉の第四巻に入れてやってもいいぜ。」

そしてスターリングのほうも、再び「まあいいんじゃないかな」と応じて、ここでもクールを貫いた。商談は成立し、かくてエリスンから放逐されたシャーリイとはうらはらに、スターリングはエリスン学校優等生の地位を確保するばかりか、今日に至って、むしろかつてのエリスンを彷彿とさせるSF運動指導者としての立場を占めていく。

文明ではなく、文化を

件の短編が、のちにスターリング二一才のデビュー長編、短編時のタイトルを変更して『退　縮　海《インヴォリユーション・オーシャン》』（邦題『塵クジラの海』）となる作品だった。塵の惑星ナラキアにて、禁じられ

ブルース・スターリング『退縮海』

た麻薬「フレア」を求めるあまりにその源「塵鯨《ダストホエール》」を狩り、かつて、塵の海に栄華を誇った、異形の古代文明の潰滅を幻視する主人公ジョン・ニューハウスの物語。そこには、ヴィデオ・スターの体制離脱・帰還・再離脱というかたちでクローン少年の人間化を描いた第二長編『アーティフィシャル・キッド』や、太陽系内の世代間・派閥間闘争を扱った第三長編『スキズマトリックス』にも当然つながる「新しい世代」のテーマがすでに垣間見られるだろう。

そう、人類文明の代わりに大衆文化を、老いたる「マッド・サイエンティスト」の代わりに若々しい「ポップ・スター」を！

この対照こそ、グレッグ・ベアのハードコアSF長編『ブラッド・ミュージック』（八三年）の主題をスターリングがラディカル・ハードSF短編「我らが神経チェルノブイリ」（八八年）によって書き換えねばならなかったゆえんだ。超進化は、文明ではなく文化によってもたらされるというヴィジョン――ここに、スターリングの根本がある。だとすれば、彼の代表シリーズ〈生体工作者《シェイパー》／機械主義者《メカニスト》〉にしたところで、本当のところ太陽系「文明」ならぬ太陽系「文化」を描こうとした点のほうに、その意義が求められるのかもしれない。そしてそれがサイバーパンク的世界観の根本ではないとは、いまのところ誰にも断言できまい。

ところで……このようなサイバーパンク理念は果たしてテキサスに独自のものか、それともSFジャンルの本質であるのか。八七年十月の年次テキサスSF大会〈アルマジロコン〉では、パネル席上、ジェイムズ・パトリック・ケリーがそんな問いを投げかける。すかさず答えたスターリングのすがたは、このときとても印象的だった。

「ざけんじゃねえよ、イデオロギー闘争が終わったってことなら認めるがな、運動がいったいいつ終わったたってんだ。おれたちはようやく革命臨時政府を樹立して、長期活動計画に入ったばかりだぜい！」

スターリングとの対話

巽　ハーラン・エリスンの序文によれば、きみの処女長編『退縮海』（邦題『塵クジラの海』）の原型がクラリオン・ワークショップで読まれたとき、メルヴィル『白鯨《モビイ・デイック》』の亜流としてさんざん

ブルース・スターリング『アーティフィシャル・キッド』

叩かれたそうだけれど、それはもとのタイトル『モビイ・ダスト』が効いたのにすぎないと思う。ナラキア塵芥世界のむせかえるような構築は、むしろ初期バラードの雰囲気を想わせるものだった。

　ところが、第二長編『アーティフィシャル・キッド』になると、一転、ヴィデオ・スター自身の語るピカレスク・ロマンが生き生きと伝えられていて、すでにサイバーパンクSFの息吹をうかがうことができる。この転換、すなわちポスト・ニューウェーヴからサイバーパンクへの変容について、まず話してもらえないだろうか。

スターリング　サイバーパンクの本質というのは、結局ニューウェーヴSFとハードSFの統合なんだよ。

　たとえばウィリアム・ギブスンはサイバーパンクの典型だが、彼はつねにハードSF特有の外挿法《エクストラポレーション》で未来世界を設定しながら、同時にニューウェーヴの表現法を採用する。ニューウェーヴ作家としてのバラードがきわだっていたのは、科学こそ社会機構の侵略者として、ハードSF作家以上に鋭く捉えたことさ。当時のハードSFときたら、せいぜい魔法めいたガジェットを使いながらも、社会の大半にはまだまだ利用可能な資源が広がっているものと信じて疑わないところがあった。サイバーパンクがニューウェーヴのうちに再発見したのは、むしろ社会的安定を誇る事物などというものがいかに有限か、という一点なんだ。科学技術的革新も結構だが、ひとたびそれを社会に持ちこめば、必ずおそろしい余波が現われ、社会本体に浸透する。

ぼくやギブスンが作中よく人工器官を備えた人物を出すのも、これと無縁じゃない。「クローム襲撃」のオートマティック・ジャックや『スキズマトリックス』のアベラール・リンジーといったキャラクターは、テクノロジーが実に皮膚の下まで支配して、もはや人間的個性とテクノロジー環境の境界線が取り払われてしまったことの象徴だからね。

ただし、ニューウェーヴがテクノロジーへの懐疑をはっきり打ち出したのに対して、サイバーパンクはもっとクールに、そう、実験報告でもするみたいにクールに、道徳的判断をカッコでくくってしまう。もちろん、ニューウェーヴ作品はすべてサイバーパンク的可能性を内包していたわけだけど、実際のところ主流文学的価値体系を愚直で通俗なSFジャンルに流用したあげく、ついでに人文科学的教養やら英文科文芸創作コース的技法やらの価値体系をも移入して、C・P・スノー的な紋切り型「二つの文化」（文学と科学）を復活させるに至った。

サイバーパンクは、そうした価値体系の産物をすべて「テクノロジーへのあまりに直情的《ウェット》な対応」とみて切り捨てる。それは、六〇年代的反体制ユートピア観を——そう、「共同体と旅して山羊でも育てる」式の思想を——やすやすと甦らせようとするヒッピー流のたわごとでしかない。

巽　サイバーパンクという名称を耳にしたのは、八五年夏の北米SF大会《ナスフィック》が最初だった。でも、いわゆるサイバーパンク作家の中核が勢ぞろいしたのも、あのときのスキャンダラスなパネルが最初だったと考えていいのかな。

スターリング　ひとつの「運動」としては、サイバーパンクと呼ばれる前からすでに成立していたんだ。「八〇年代SF」という名称も考えたし、ギブスンの提案には単に「商業的SF」という名称もあった。こう名づけておけば、まず容易に分類されることはないし、まさか編集者も「こんなキチガイじみた商業的SFは買えない」なんて言葉の矛盾は口にできないしね。（笑）

そもそもサイバーパンク作家といったらせいぜいが十人、そのうち核といえるのは五人ほどだし、連中にしてからがさまざまな趣向の持ち主ときてる。ギブスンのダーク・ファンタジイ、ぼくの歴史ロマンス、ルイス・シャイナーの政治小説、ジョン・シャーリイのシュールレアリスム、ルーディ・ラッカーの時間もの……これらを全部収束させるファクターとして「ミラーシェード」が登場した。クロームとマット・ブラックに彩られる鋭利なSFだったら、すべてこの名で呼べばいい。

そしてミラーシェードは、テクノロジーには深く傾倒しても感傷趣味は全面的に排除する——ひいては、いっさいの緩慢で退屈なものを軽蔑する。

北米SF大会《ナスフィック》のパネルは、たしかにひどかった。もっとも、あの時点までにサイバーパンクが「運動」だってウワサは広まってたし、SF界にはここんとこずっとまとまった運動がなかったから、大会参加者たちの警戒心も強まったんだろうな。その意味で、あのパネルがグチャグチャになるのは避けがたかったのかもしれない。

だいたいぼく自身、本来ならパネル・ボイコットなんてしそうもない人間なんだぜ。ところが司会の雲行きが怪しくなって、ぼくらに発言権を与えないんで、怒り心頭に発したってことさ。以来、〈ローカス〉誌他が騒ぎたててサイバーパンクは危険視されるけれども、冗談じゃない、ただのコップの中の嵐だよ。誰が誰を傷つけたってわけでもない。ハーラン・エリスンがチャールズ・プラットをなぐりつけたみたいなことは起こらなかったじゃないか。(笑)

巽　サイバーパンク作家間の親交はたいへん緊密にみえる。ギブスン第一短編集『クローム襲撃』の序文できみは戦略的にか「サイバーパンク」の名称を隠しているけれど、同時に仲間同士の共作を強調している。

スターリング　何らかの決意を持った文学革命ならば、共作は自然の成り行きだよ。ターキー・シティ・ワークショップがはじまってからこのかた、ぼくらは互いの原稿を叩き合うことで改稿していったんだもの。そこから共作へ進めば、他の方法では決してありえないナマの手ごたえを得ることができる。もっとも、フレデリック・ポールとシリル・コーンブルース、スプレイグ・ディ＝キャンプとフレッチャー・プラットの時代からSFに共作は珍しくないんだけどね。

巽　当時はSF自体が文学革命《ムーヴメント》だったんじゃないだろうか。そういえば、ニューウェーヴ運動のもうひとつの展開というべき「バッフォー」系作家とはどうつきあってるの。

スターリング　バッフォーというのは、サイバーパンクに対抗して生まれた第二自我みたいなものだが、個人的な感想をいってしまえば、連中は七〇年代後半にすでになされた仕事をいくぶん高尚にしようとしているだけだ。サイバーパンクが過去の伝統とは断絶した地点からはじまったとするなら、バッフォーはSFの文学的伝統を発展させようとする。その方向に未来はない。

とはいっても、バッフォー作家、たとえばジェイムズ・パトリック・ケリーとは七四年以来の友人だし、彼だってすでに三編ものサイバーパンクを書いている。そのうちの一編「夏至祭」は『ミラーシェード』に収録させてもらう予定だよ、実によくサイバーパンクらしさを捉えているからね。また、ジョン・ケッセルとは、あんまり会ったことはないんだが、定期的に文通しているよ。二年ほど前だったか、ぼくらの作風のちがいについて、手紙で大いにやりあったこともある。作家としてのケッセルは、ジョージ・R・R・マーティンやエド・ブライアントといったLDG《レイバー・デイ・グループ》作家や、さらにトマス・ディッシュとさえ比べても遜色ないぐらいすばらしい。

サイバーパンク転向組、ジェイムズ・パトリック・ケリー

そうそう、キム・スタンリー・ロビンスンも最近サイバーパンクのパロディを書いてたな。いずれにしても、仮にポップ・ジャンルというものの成功がどれだけ頻繁に模倣され様式化されるかという点にかかっているとしたら、サイバーパンクもとうとうポップ・バンド的運命へ歩みだしたってことだ。たとえばだれかがボーイ・ジョージふうのメイクとへアスタイルで街に現われたとしてみろ、四ケ月もしないうちにパクリ屋どもがあふれかえるに決まってる。

もっとも、サイバーパンク第二世代の中にはイキのいいのもいるぜ。とりわけ、まだ短編二本しか発表してないが、ポール・ディ＝フィリポは見逃せない。彼の第二作「スキンツイスター」（八六年）は実に強力で、シリアスで、完成度も高くて、しかもサイバーパンクと呼ぶ以外にないときてる。まったく負けそうになったよ。

巽　ウォルター・ジョン・ウィリアムズなんかはどう？

スターリング　彼は新人じゃない、もう何冊も出版している非常に優れた商業作家だ。たぶん、サイバーパンクを使って何か実験しようとしてるだけじゃないか。

巽　逆に、サイバーパンクの先祖を特定するのもたやすいように思うんだけど。

スターリング　バラード、ベスター、ウィリアム・バロウズといった作家たちだよね。彼らはSFの中では周縁的かもしれないが、同時に作家のための作家でもある。決して中心にはならない反面、たえず影響力を持っている。そんなところが八〇年代SF運動の共感を呼ぶんだ。

巽　そしてもうひとり、トマス・ピンチョンを忘れちゃいけない。

スターリング　そう、ピンチョンを絶賛しないサイバーパンク作家はいない。作家としての彼の功績は、まず反体制とテクノロジーを統合してみせた点にあるんだが、さらに細部描写による場面の迫力やら、百科全書的といわれる『重力の虹』（七三年。邦訳・国書刊行会&新潮社）の全地球的《グローバル》な視点やら、数えきれないよ。これはギブスンの『ニューロマンサー』の舞台が東京（千葉）からはじまって地球上の各地を飛びまわった末に宇宙空間へ移っていくことや、ぼくの『スキズマトリックス』では地球や月はもちろん全太陽系が射程に入ってくることとも大いに関係している。ピンチョンの用いる多元文化的な視点人物も重要だ。アメリカ人だろうとドイツ人だろうと南アフリカの黒人だろうと、彼はいともたやすく視点に捉えて、ディケンズをも彷彿とさせるグロテスクな効果をあげる。そしてそれこそ、サイバーパンクの共有する側面といっていい。

巽　ジョン・バースになるとダメだろう。

スターリング　『酔いどれ草の仲買人』（六七年。邦訳・集英社）は気に入ってるけど、全体としてバースは小難しい《スタッフィ》、いかにも〈ニューヨーク・タイムズ・ブック・レヴュー〉好みのメタフィクションだからな。つまり、ぼくらがピンチョンを評価するのは、彼がメタフィクショニスト的な落し穴にはまることなく、あくまで二〇世紀的な観念に——たとえばテクノロジーの飛躍に——こだわるためだ。

巽　それじゃあ、ギブスンとスターリングというふたりの作家についてはどう判定する？

スターリング　たしかに、他のどの取合わせよりもぼくらふたりが似ているのは認めよう。共作もしているし、情報交換もしている。ビル・ギブスンも最近アップル・コンピュータを購入したから、これらのことはいままで以上にうまくいくはずだ、パソコン通信でね。（笑）そのうえ、ぼくらの興味というのがまた重なってる——ＳＦ観にしても、大衆文化への関心や科学技術的考証にしても。
　ところが同時に、ふたりのちがいもまた歴然たるものさ。たとえば、ぼくはこれまでキザで気取った文章を書くスタイリストとして批判されもしたけれど、本領はやっぱり「ラディカルなハードＳＦ」なんだな。つまり、文学的なスタイリストという点ではギブスンのほうがずっと上だってこと——あっちは「ラディカルな文学ＳＦ」とでも呼べるか。

スターリング夫妻

巽　でも、そう言っちゃうと「バッフォー」との区別がつかない。

スターリング　うん、ギブスンは断じてバッフォーじゃないよ。彼は思想にも科学にも通じている。ただね、やっぱり彼の学士号は英文学だし、ぼくのほうはジャーナリズムだから。彼は小説構造を尊重するけど、ぼくはアイデア先行だから。

巽　ギブスンの経歴は霧に包まれた印象が濃いんだが。

スターリング　ああ、彼はぼくにだって明かさないよ。ぼくのほうも知られたくない「秘密」はあるしね。というのも、サイバーパンク作家というのは、文学者というよりポップ・スターに近いせいだ。それだけに、自分たちのプライバシーを死守しなきゃならない。もちろん、主流文学なんて書く気も読む気もないさ、うんざりするだけだもの——いま話したピンチョンやドン・デリーロ、ジョン・ガードナーといった境界領域作家以外は。

とにかく大衆文化を愛してるんだ、各国のロック・ミュージックから浮世絵に至るまで。

巽　そういう姿勢は、たしかにニューウェーヴの時代には明確じゃなかった。

スターリング　それどころか、たとえばH・P・ラヴクラフトを考えてみろよ、彼は決して才能に恵まれちゃいなかった。作家じゃなくて何か別物だったんだ。その秘密は、ともあれ彼の作品が以後決して絶版にならず再版され続けている事実にある。つまり、ポップ・スターだったんだよ。

エドガー・ライス・バローズにしたって、カタギの職に挫折した男にすぎない。ところが、彼の同時代作家、たとえばF・マリオン・クロークォードに比べて、今日バローズの知名度のほうがはるかに上だ。しかも、世代交替とともにたえず新たな読者を獲得し続けている。もちろん、これもポップ・スターであることの証明だろう。

ヘンリー・ジェイムズが水墨画（高級芸術）とすれば、ディケンズは浮世絵（大衆芸術）じゃないか。それぞれ大切なものではあるけれど、ぼくとしては禅や武士道より、春画までひっくるめて大衆的想像力のほうを選ぶ。

巽　それは、ひょっとしたらきみとギブスン双方に何らかの崇高を前提にする傾向があるのと関わるだろうか。

たとえば、『ニューロマンサー』結末の人工知能の進化にはどうしても神秘性がつきまとうし、いっぽう『スキズマトリックス』の結末では超越的存在に導かれていく主人公のすがたが描かれて

ブルース・スターリング『スキズマトリックス』

いる。デイヴィッド・ハートウェルはヴァン＝ヴォート以外の影響を認めていなかったけれど、きみの最後の一文「どこかすばらしいところへ《サムウェア・ワンダフル》」に至って、ぼくはむしろクラークの原作をハイアムズが映画化した『二〇一〇年宇宙の旅』（八五年。邦訳・早川書房）のリフレイン「何かすばらしいことが起こる《サムシング・ワンダフル・ウイル・ハプン》」との共鳴さえ感じた。

スターリング　『スキズマトリックス』は『二〇一〇年』公開前に仕上がってて、出版社にも渡していたから、事実上の影響関係はない。でも、たしかに『二〇一〇年』を観たときには、おやおや最終行がスッパ抜かれちまったぞ、と思ったねえ。皮肉なことに、ぼくはクラークを尊敬してるし、神秘家としても評価するし、そもそも仏教的作家とさえ断言したいぐらいさ。まあこれは、彼が目下スリランカに住んでることから自明だけども。

ところが、ぼく自身はべつだん神秘家じゃないんだ。それに、サイバーパンクと超越的ヴィジョンの結びつきは、ぼくらふたりにかぎられるものでもない。むしろロック・ギターでいうフィードバック奏法に近いな、ギターをスピーカーに向けると増幅音が返ってくるように、サイバーパンクをつきつめると何らかの神秘が返ってくるのさ。

ただし、ぼくらのいう超越的「驚異《ワンダー》」は、同時に六〇年代以来のドラッグ文化に根ざしている。ドラッグをやれば、その見返り《フィードバック》に、いともたやすく神という驚異を垣間見られるからね。

いま強調しておきたいのは、しかしそういうドラッグ文化が一種の産業として幅を利かせているアメリカの特異性だ。かつて地球上に、その国民の大半がドラッグで意識を異形化している国家などというのがありえたろうか？　サイバーパンクが関心を示すのは、まさにそうした状況におけるドラッグ文化の意義なんだ、決してドラッグの無軌道な幻想性のほうじゃない。これはＳＦではかろうじてフィル・ディックが掘り下げたにすぎないテーマだった。

巽　フレドリック・ジェイムソンという批評家の説では、ハイ・モダニズムとポスト・モダニズムを区別する最も重要なファクターにスーザン・ソンタグのいう「キャンプ」性がある。彼はこれを、ジャン・コクトーからデヴィッド・ボウイにまで見られる「ヒステリックな崇高」と再定義して、このファクターゆえに「自然の中の崇高」から「人工的な崇高」への皮肉なパラダイム転換が行われるというんだが。

スターリング　キャンプはもともとホモセクシュアルの俗語として発生したから、ぼく自身とは直接関係しないはずだが、キャンプの持つアイロニーには大いに共感するよ。ギブスンの短編「ガーンズバック連続体」はキャンプ・ストーリイの典型じゃないかな。旧来のSF的要素を徹底的に笑いのめしている。マンガや広告に使う商業的記号論のテクニックを使って、既成の価値体系を破壊してみせた。

巽　あそこでヴィクトリア朝と一九三〇年代アメリカが比べられているのもおもしろかったな。そういえば、今世紀は聖母マリアの象徴が発電機《ダイナモ》にとって代わられた時代だ、と喝破したのはピンチョンもお気に入りのヘンリー・アダムズだけれど、あれが最初の崇高パラダイムの転換だったかもしれない。

スターリング　サイバーパンクになれば、もはや発電機《ダイナモ》どころかシリコン・チップさ。根本的には五〇年代のハードSFと何ら変わっていなくても、そうした新たなテクノロジーの象徴《イコン》を用いることで、八〇年代SFはまるでちがった仕上がりを見せる。

たとえば『スキズマトリックス』でいちばんやりたかったのは、古臭いスペース・オペラを水っぽいビールとすれば、それを「決定版サイバーパンク」なるウィスキーに蒸留し直すことだった。そしてそのカギは多元的性格の持ち主リンジーにある。彼はハイテクによっていまや人間とはいえない、「脱人間《ポスト・ヒューマン》」の意識を持たされている。「スパイダー・ローズ」（八二年）でも、正気とも狂気ともつかない人物の意識の流れを探ろうとした。異常精神を科学実験的に扱うことに興味があるんだよ。ギブスンの場合だったら、人工知能《AI》の思考をいかに科学実験的に描写するか、という問題だろうね。

つまりさ、崇高にしたって、頭脳に電気ショックを与えたり、あるいはLSDを服用したりすることで得られる感覚なんだから、そうした医学的テクノロジーの効用と宗教的解脱なるものとの差異はいったいどこに求められるのか、求められないのか——こいつは哲学的難問だぜ。

巽　そうした「改造への興味」は、「火星の神の庭」（八四年）や『スキズマトリックス』に登場する「惑星改造計画《テラフォーミング》」（惑星地球化計画）にもつながってくるんだろうか。

スターリング　あれを思いついたのは、むかしトリニダード・トバゴの主島に短期間滞在したとき、そこの湿原で紅樹《マングローブ》や巨大なショウジョウコウカンチョウを目撃したことが大きい。生態学的にいって、すべてが絶妙なバランスを保っていたから、こんな風景はまさに神のごとき知的なデザイナーが芸術作品でもこねあげるみたいに造りだしたにちがいない、と感じたんだ。やがて、実際に惑星改造が技術的に可能であることを説明する科学論文にも行きあたった。だから惑星改造によって苦しむ人々と、惑星改造をいわば超越論的な崇高ゲームとして楽しむかのようなポスト・ヒューマンとの対照を描きだしてみようと考えた。

巽　そういえば、ギブスンが人間存在のハイテク＝サイバネティックス的可能性に固執するいっぽ

昆虫のオモチャと戯れるブルース・スターリング

うで、きみはつねに動植物を含めた有機体／無機物の弁証法を意識しているように思える。とくに「巣」や『アーティフィシャル・キッド』以来めだつのは、なぜか昆虫のイメージだ。きみはサイバーパンク感覚のためにMTVを勧めているが、そういえば日本には昆虫（の脳内）をTVのメカにたとえて歌った女性パンク・シンガーもいる。

スターリング　それは本当に同時発生的な偶然だな——おもしろいものだ。

たしかに、きみが指摘したとおり、昆虫が示しているのは有機／無機の合体感覚だが、それは昆虫が生物として一定の知性と任務を持ちながらも意識に欠けてて、機械的な印象を与えるせいじゃないか。

アリの一群を見ればわかるよ、連中はまさにサイバネティックス組織というかプログラムされたマイクロ・コンピュータ群のように精密な美を誇っている。ところが、これはイリヤ・プリゴジンが蜂やシロアリを例に論証していることなんだが、昆虫個々にしてみれば自分の動きがどう見えるかなんて、まったく考えていないわけさ。つまり、実はまったく計画性を欠いた混沌から整然たる美が生まれてるんだ。

さらに、昆虫のすがたかたちの優美さにも魅力を覚える。まったく別の、あたかも並行世界そのものであるかのようなロジックにしたがって機能するその身のこなしは、ほとんどエイリアンないし自走性のメタファーと呼びたいぐらいだよ。だからもちろん、大学でも生物学のクラスは積極的に取ったし、そもそも叔父が昆虫学者なんだな。つまり、ぼくの場合は家系的な影響もあるんだけど、文化的には、それも特に絵画の面から見て、昆虫を積極的に描きだしてきたのは西欧美術よりも日本美術のほうじゃないか。これは日本における昆虫というのが、西欧とちがいすっかり自然の一部になっているためだと思う。

ちなみに、『スキズマトリックス』では昆虫ならぬ微生物を扱ってみた。昆虫同様意識は持たないけど、その百倍小さくて百倍バカなのがこいつだ。ところが旧来のSFは、誰もが肉体に潜在させているこの微生物をマトモに描いたためしがなかった。それはおそらくSFというジャンル自体が、「ガーンズバック連続体」じゃないけれど清潔で流線形状、おまけに純白ユニセックス・スーツという美学一辺倒だったために、よもやこんな下劣なものが生命を助けてるなんて認めたくなかったからじゃないのかな。

（一九八六年三月十三日午後、テキサス州オースティン市のスターリング邸にて）

スターリング来日

映画『ラスト・エンペラー』の前半、西太后が幼い溥儀を新皇帝に任ずるシーンは、ほとんどＳＦ的といってよい異形の美学で目を奪う。「ベルトルッチ監督なら大友克洋『ＡＫＩＲＡ』のミヤコさまさえ難なく撮ってしまうのではないか」という意見があったが、同じ意味でぼくの場合、あれはスターリングの短編「スパイダー・ローズ」だった。そう、ベルトルッチなら『スキズマトリックス』さえ難なく撮ってしまうかもしれない。

これは、ふたつのことを連想させる。

まず、そんなスターリングの作品にみられる太陽系成金帝国主義とでも呼ぶべきものが、かつて『禅〈ゼン・ガン〉銃』（八三年。邦訳・ハヤカワ文庫ＳＦ）など形而上的宇宙活劇《ワイドスクリーン・バロック》で親しまれた英国作家バリントン・ベイリーの諸作を彷彿とさせること——すなわち、ポスト・ワイドスクリーン・バロック流派の美学。八八年四月の来日で、スターリング自身このように語っていた。

「ベイリーこそはホンモノのＳＦ作家だ。『スキズマトリックス』の中で使った麻薬ＰＤＫＬ95にしたってベイリー初期長編『スター・ウイルス』（七〇年）に出てくる麻薬ＤＰＫＬ59のアナグラムなんだよ。この麻薬は、そいつを飲むと読解力が増進する代わりに、本の内容よりも、ただただ

バリントン・ベイリー『スター・ウイルス』

ブルース・スターリング『ネットの中の島々』

現在、英国唯一のＳＦ誌〈インターゾーン〉

ものすごい冒険をしたという読後感だけを残してくれるシロモノでね、まったくすばらしいアイデアさ、ＳＦの読後感そのものじゃないか。ベイリーを読むたびに、ぼくは『ああ、これまでやってきた仕事は正しかったんだ』と自己納得する。その意味で、ぼくはベイリーの弟子だ。ベイリーはぼくの先生だよ。」

もうひとつには、スターリングの張りめぐらしたクモの巣《ネットワーク》がギブスンを皇帝に任じていまも領土拡張しつつあること——すなわち、サイバーパンク帝国の政治学。なるほど、初対面だった北米ＳＦ大会で、彼はまさしく「いよいよ俺たちの時代が来たのさ！」と叫んだものだが、その秘密がいよいよ明らかになったのは半年後、右の対話ののちに、自宅でくつろぐ彼がおもむろに英国ＳＦ誌〈インターゾーン〉を取り出しながら、こんなタンカを切ったときだ——「見ろ、これだって最近じゃ、俺やギブスンやシャーリイの小説とインタヴューでぎっしりだ。〈インターゾーン〉はいまやアメリカSF軍の駐屯地だぜ!」

圧倒的なカリスマ性とド迫力の饒舌——これこそ、彼がニューウェーヴ運動当時のハーラン・エリスンの役割を反復しているといわれるゆえんだろう。処女長編『退縮海』(邦題『塵クジラの海』)は「マドラスの空港の床で、埃が位置を変えるのをみつめていた」経験に基づくというが、そういえば、ぼく自身、二度目に訪れたオースティンの空港で、自分の荷物がベルト・コンベアに吐き出されてぐるぐる回るのを、手の出しようもなくいつまでもみつめていた。それもそのはず、迎えにきてくれたスターリングがコンベアを背にした格好でぼくと向き合い、次から次へといろんな話をまくしたてていたからだ。

エレン・ダトロウがいかにサイバーパンクの女王であるかということ、アイザック・アジモフはダメなのに〈アジモフズ〉誌がすばらしいのは皮肉であること、テキサスでは日本の昼のメロドラマをスペイン語の字幕スーパーで流し続けていること……スターリングは語り続け、彼の作品も語り続ける。第四長編『ネットの中の島々』のあとには、スチームパンク風味のギブスンとの共作長編『ディファレンス・エンジン』というかたちで。

2　ある女王の伝説
――エレン・ダトロウ

Ellen Datlow

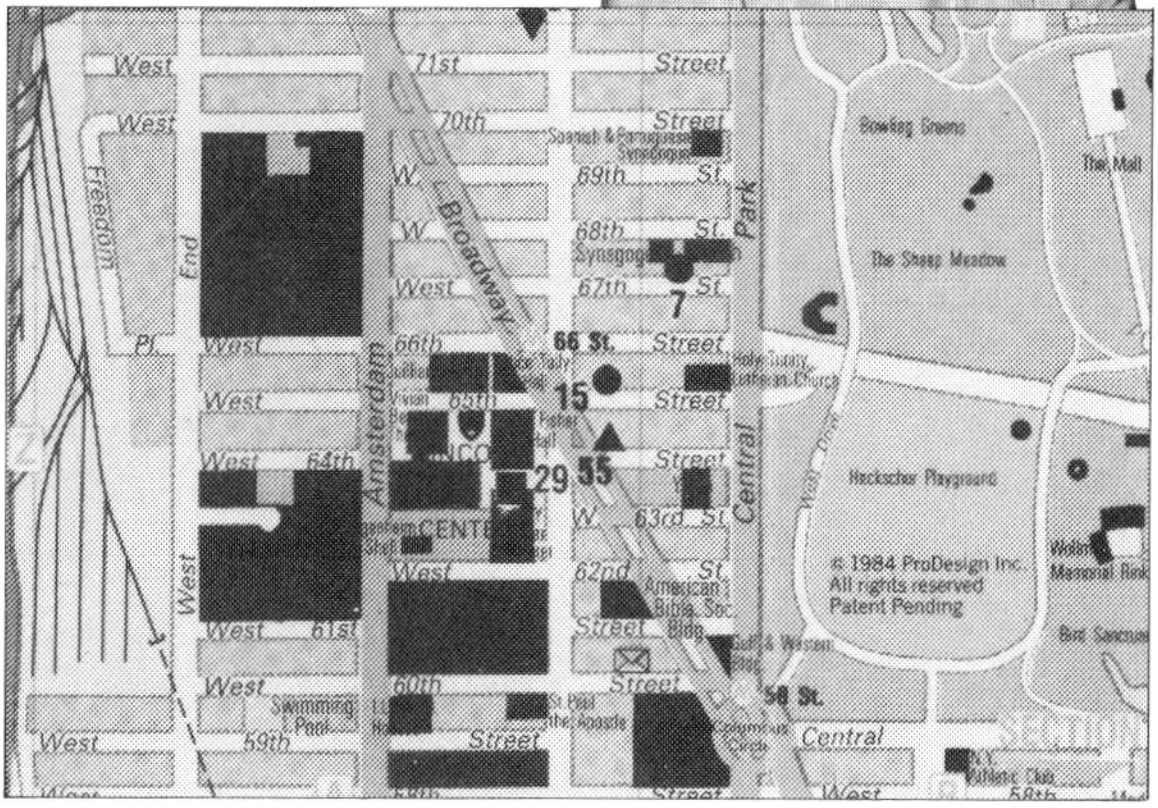

ＳＦの本家論争というやつがある。そう、誰がＳＦの真の祖先で、どこがＳＦの真の発祥地で……と続くあれだ。

たとえば、サム・ルンドヴァル。このスウェーデン人作家・評論家の言葉を借りれば、ＳＦ史は以下のように書き改められなくてはならない。

――「一九二六年四月、ルクセンブルグ生まれの移民が、ニューヨークで、フランスやドイツ、そしてイギリスの作家の短編小説を満載し、オーストリア生まれのアーティストの目を奪う絵を付したＳＦ雑誌を創刊したとき、ＳＦ雑誌の現代史が始まった。」

要するに、世界初のＳＦ雑誌〈アメージング・ストーリーズ〉はアメリカで生まれはしたものの、そもそもヨーロッパの絶大な影響下にあるとでもいいたげな、ルンドヴァル一流の反アメリカニズム。そしてこの一行で始まる戦略的ＳＦ論が英国ＳＦ評論誌〈ファウンデーション〉三四号（一九八五年秋季号）に掲載されるやいなや、もうひとりのサム、すなわちアメリカＳＦ研究界の重鎮サム・モスコウィッツがこれに実証的猛反撃を繰りだしたのは、ごく当然の成り行きだった。やがて両者の論争が、しばし同誌をにぎわせていく。

ロシアより愛をこめて

もっとも、こうしたルンドヴァルの発言（捨てゼリフ？）が良くも悪くもおもしろいのは、同じ

ウィリアム・ギブスンの商業誌デビュー作「記憶屋ジョニイ」の載った〈オムニ〉。

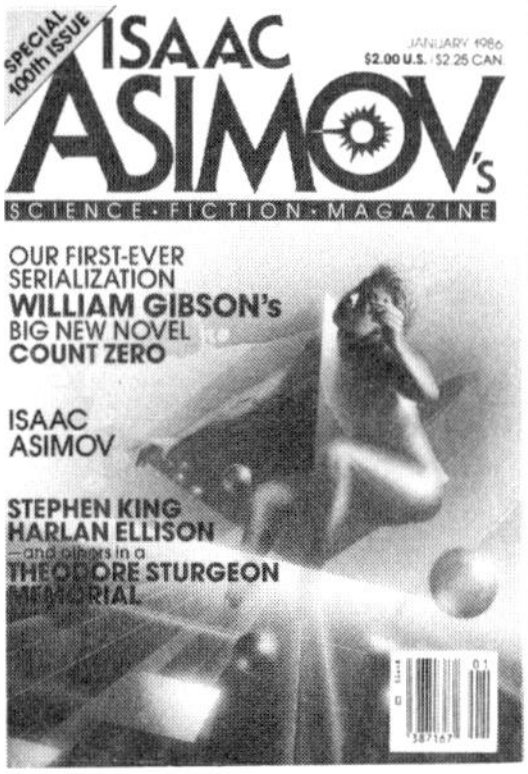

〈アイザック・アジモフズ・SF マガジン〉。『カウント・ゼロ』の連載が始まった号。

レトリックを使ってそっくり80年代アメリカＳＦを語ることもできるからだ。今日、最もスリリングなＳＦ短編が掲載されるのは〈アイザック・アジモフズ・ＳＦマガジン〉と〈オムニ〉の二誌だが、前者はロシア人アジモフが編集主幹《エディトリアル・ディレクター》を、後者はロシア系移民の一家に生まれたエレン・ダトロウ（ロシア名ダトロフ）が小説部門編集担当《フィクション・エディター》を、それぞれつとめている。したがって、ルンドヴァルをもじるなら、アメリカＳＦ界を牛耳っているのはむかしもいまも非アングロ・サクソン系ばかり、とさえ断言できるのである。

エレンは一九四九年、ニューヨークはブロンクスに生まれた。最初の記憶は、ソリに乗り父親に引いていってもらったこと、そして長い長い氷のトンネルを作ったこと。ニューヨーク州立大学オルバニー校では英文学を専攻、八八年に第二版の出た『二十世紀ＳＦ作家事典』（セント・ジェイムズ社）の編者カーティス・

スミス教授の薫陶を受け、純文学その他の出版社を経て七九年三月〈オムニ〉誌に就職。ロバート・シェクリイのもとで働きながら、やがて小説部門の全権を委ねられ、今日に至る。

――とまあ、履歴書ふうに紹介すればスムーズに運んでしまうが、実際、最初の就職先ホルト・ラインハート&ウィンストン社では、女性であるというだけで助手以上の仕事をあてがわれなかったことも、エレンの〈オムニ〉への転進を促している。ところが、せっかく女性差別のない〈オムニ〉に来ても、やがて八〇年代SF界自体に「女性編集者はSFをダメにし、ファンタジーを中心化してしまう」という偏見が根づく。ときには、専門誌の投書欄で公然と女性編集者批判が行なわれる場合も少なくない。そんなとき、エレンはフェミニストまがいの筆鋒で必ず反論したものだ。〈アジモフズ〉の前編集長ショーナ・マッカーシーとともに、いわば売られたケンカはすべて買ったのだった。

そうした女性差別的ジャーナリズムで戦いながら、しかし彼女はなお、ぼくの知るかぎり「最も愛されるSF編集者」のひとりである。生粋のニューヨーカーとして生まれ育ちながら、その風貌に一種独特な異郷的《エキゾティシズム》魅力が備わっていることにも、秘密が隠されていよう。たしかに〈オムニ〉誌といえば、〈ペントハウス〉誌と同じ大富豪ボブ・グッチョーネの経営になるものだから、その原稿料も法外なものだ。何しろ一編二千ドル前後！（一九八〇年代後半には二十万円相当）〈アジモフズ〉を含めた他誌はたいてい五百ドル以下だから、四倍ほどもちがう計算になる。しかし、加える

エレン・ダトロウ、〈オムニ〉誌編集部にて

に何よりエレン自身のそんな魅力と人柄こそが、多くの若い才能を引きつけてきたはずなのだ。

「新作ができたら、あたしんとこに真っ先に持ってこないと承知しないわよ！」——こう口癖のように言われて、いったいイヤな気のする作家がいるだろうか？

エレンは決して社交辞令を言わない。彼女が「読む」というならその作品は必ず読まれるのであり、その動物的とさえ形容される天性の編集者的カンは、傑作か愚作かを一発で見抜く。

安部公房は好きだがスタニスワフ・レムは苦手というふうに、自分の趣味もあらかじめ明言する。そして、既成の主流文学作家で彼女が〈オムニ〉に将来「買いたい」と宣言している名前は、以下のようにリストアップされていく——ジョナサン・キャロル、ジョン・ファウルズ、マーガレット・アトウッド、ドン・デリーロ、トマス・ピンチョン、J・D・サリンジャー、加えてドリス・レッシング。

アートとしての編集

だがもちろん、編集というものはこうした趣味判断だけでは成り立たない。今日彼女に「サイバーパンクの女王」という称号が冠せられているのには、さらに積極的な事情がある。つまり、エレンにとって傑作は最初から傑作として生み落とされるよりも、作家と編集者の徹底的な共同作業――それこそサイバネティックな整形手術《ツギハギ》！――によって演出される場合のほうがはるかに多かったということである。

根強い「形式」へのこだわり――それはエレンにとって「SFが科学小説と同時に短編小説としてスタートしたジャンル」であるという、あまりにも端的なヴィジョンに集約されよう。かくて彼女は〈オムニ〉を「短編SFの牙城」としたのみならず、ひとつの若々しいSFの流派《スクール》・サイバーパンクの育成に成功したが、肝心なのはそれがまさにエレンを教授（の筆頭）とする小説学校《スクール》でもあった、という点だ。

エレンとウィリアム・ギブスンの出会いは八〇年、ジョン・シャーリイの紹介による。だが、ギブスンの〈オムニ〉デビュー作となった「記憶屋ジョニイ」初稿にしても、案の定「すばらしい言語感覚」に満ちてはいたものの「少々つめこみすぎで、そのせいかところどころ意味不明の箇所が

「記憶屋ジョニイ」の初出。〈オムニ〉誌

あった」ため、彼女によって三回に及ぶ改稿を求められた。「あたしの知らない単語が説明なしにいっぱい出てきたの。でも、優れた小説だってことはわかったから、何とかしてあげたかった。それには、作品の圧力をゆるめてやるのがいちばん。さっそく、原稿をもう一部コピーして、その余白に助言やら質問やらをびっしり書き込んだのよ。書ききれない事項は、手紙にしたわ。一ページごと、いいえ一行ごとに及んだかしら。何とかすれば買えそうだと思う原稿は、必ずそうするの。つまり、『記憶屋ジョニイ』は充分それだけの価値があったってことね。」

もうひとつおもしろいエピソードは、マーク・レイドローの短編「ガキはわかっちゃいない」にまつわる。エレンが動物的カンの持ち主といわれるのは、文字どおり無名の新人の投稿作品《ゴミ》の海から、たちまち傑作を発見する——あるいは佳作を傑作へ変容させる——能力に富んでいるためだが、いっぽうモノになりそうなゴミでも編集しすぎれば

サイバーパンク第二世代のマーク・レイドロー

またゴミに逆戻りしかねないことの危険も、この「ゴミの女性教授《ジャンク・アーティスト》」は熟知していた。

「マークはとにかく改稿に改稿を重ねたのよ、そう、ほとんど三年半の間。その結果、『ガキはわかっちゃいない』はとうとう完璧な傑作に仕上がったんだけど、じつは彼はもう一回改稿してきたの、ひとりだけキャラクターを増やしたいといって。冗談じゃないわ、前のヴァージョンがずっとましだったんだから。おやめなさい、マーク、あんたいったい何やってるの?!――あたしはこう叱りつけたものよ。改稿と改稿しすぎは違うのよってね」

ジョージ・アレック・エフィンジャーしかり、トム・マドックスしかり。彼らの場合は改稿以前にボツ扱いも経験しているが、エレンはそのつどウィットに富んだ不採用通知《リジェクション・スリップ》を書くことでも有名で、作家たちはだからボツにされてもエレンへの感銘を隠すことがない。

もちろん、いちがいにボツとはいっても、その意味合はさまざまだ。ひとつには、エレン自身が気に入っても〈オムニ〉誌の読者層には合わないと判断される場合。その理由で、彼女はエド・ブライアントやコニー・ウィリス、さらにスターリングの短編さえボツにしてしまった。とはいえ、凡作でないかぎり作品はやがてほかのマーケットに買い上げられるし、ときには〈オムニ〉を離れてエレン個人が編集する小説アンソロジーに拾い上げられることもある。もうひとつは、どのみち未熟作ゆえに〈オムニ〉には買わないと決断される場合。しかしそんなときでも、彼女は純粋に「改稿するのは作家として勉強になるから」というだけの理由で熱心に改稿を勧めるのである。

「とにかく新人作家を励ますのが好きなの」とエレンはいう。ただし、これだけ有力新人を養成し彼らの傑作群を輩出しながら、エレンは「たぶん〈オムニ〉がSF専門誌ではないために」一度としてヒューゴー賞ベスト編集者部門に推薦されたことがない。人呼んで無冠の女王。だからこそ、彼女はおびただしいSF大会へ足を運ぶ。そこへ行けば読者のナマの声が聞けるからだ。傑作を編集したエレン・ダトロウとして、多くの人々から声をかけられるからだ。「理想をいえば、編集者は読者からぜんぜん見えないところに隠れるべきだと思う。でも、あたし個人としては、やっぱり読者に認めてほしい。」

しかし、中には手の焼ける投稿者もいる。サイバーパンク第二世代の作家のひとりが、ついにエレンのアドバイスを受け入れずボツになったあげく、ひどい捨てゼリフを叩きつけてきた、というのだ——「さんざんだったわ——『あんたは結局ギブスンを発見しただけじゃないか』なんていわれて。」

実際にはギブスンは「記憶屋ジョニイ」以前に三つの短編を発表しているし、エレン自身にしても「彼を発見した」という意識はない。彼女はこう断言する——「あたしの趣味は、新人を見つけることより連中を励ますことよ。」

サイバーパンクの女王

にもかかわらず、彼女の業績が「新人発見」と見られてしまうのは、結局、彼女こそサイバーパンクの母ならぬ「サイバーパンクの女王」と見る伝説の根強さを裏書きするだろう。

ここで、絶好の「事件」が思い出される。エレンが雑誌のみならずアンソロジーの編集にもいそしんでいるのは、先にも述べた。事実、彼女は『オムニ傑作選』（ゼブラ社）ばかりかホラーやファンタジーの傑作選までまとめているほどだが、二年前、同人誌《ファンジン》〈テキサスSFインクワイアラー〉一八号（八六年八月号）にいきなりこんな本の書評が出たのである——「エレン・ダトロウ編、アーバーハウス社刊サイバーパンク傑作選『スループット』二五二頁、一三・九五ドル。」

晴天の霹靂とは、このことではなかったか。何の前評判もないままサイバーパンクの女王がこん

エレン・ダトロウ編集『オムニ傑作選』

なアンソロジーを計画していたなんて……誰もがそう思い、誰もがひどく驚いた。しかも書評はこう続く。――「事前には半商業誌《セミプロジン》以外ほとんど広告されなかった本だが……『スループット』とは21世紀のハイテク・ハイファッション都市の名で……中でもギブスン第九作にあたる中編『オン・エッジ』の草稿を封筒からとりだしたエレンは、その文体の閃光とジェット・スピードの摩擦のために、きっと指をヤケドしたのにちがいない。」

隠密裡に進められたうえに、どうやらこれはすべて書き下ろし中・短編のアンソロジーらしい……となれば、当時近刊予定だったサイバーパンク党主席（ブルース・スターリング）編集になるサイバーパンク傑作選『ミラーシェード』が絶大な影響をこうむることはまず確実だ――しかもごていねいに、同じアーバーハウス社から出るとは?!　書評者アレン・ヴァーニイの筆は、疑おうにもリアルすぎる筆致で迫る。そう、いかにもゲラ刷りでも読んだかのごとき風情をもって。

むろん、いまでさえ『スループット』なる書物の現物がこの地球のどこにも存在しないことからおわかりのとおり、右は実は存在しない本に関する書評。「SF界のボルヘス」と渾名されるポーランド作家スタニスワフ・レムが『完全な真空』などで披露した架空書評形式をまねたもので、これこそSF創作といかにもファンらしいお遊びとが絶妙にダブる接点なのである。存在しない自分の新作短編を評されたシャイナーなどは、ヴァーニイに対し「あいつアタマおかしいんじゃないか?」とひたすらあきれていたけれど、いっぽうさすがエレンは堂々とこういい放ったものだ——

「ゲラゲラ笑っちゃったわ、大好きよ、あの書評!」

かくて伝説はなおも伝説をふくらませていく。彼女はたしかにサイバーパンクという伝説を織りあげたが、それは同時に、一九八〇年代アメリカSFがエレン・ダトロウという伝説を練りあげたことと決して切り離すことができない。

3　サイバーパンクと呼ばないで
――ウィリアム・ギブスン

William Gibson

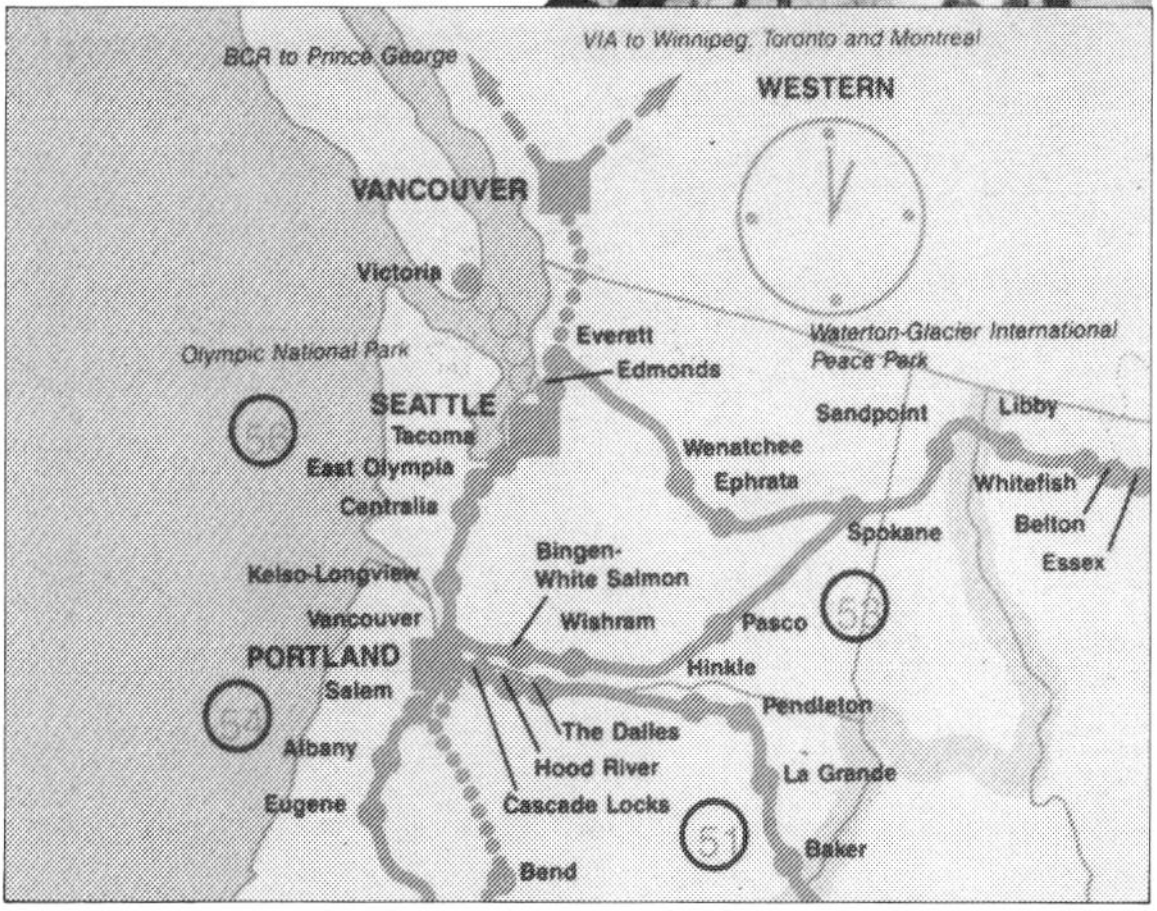

六フィート八インチ、すなわち二メートル強――これが、二一世紀の巨匠と呼ばれ、じっさい物理的にも巨人と呼ぶほかはない作家ウィリアム・ギブスンの身長である。ブルース・スターリングは正しかった。電話でのみ接するギブスンはまるでゾウのようにのっそりとした話しぶりだったので、それを告げたところスターリングはこういったのだ――「会ってみればキリンみたいな奴だってことがわかるぜ。」

ディスクレイヴ'86

かくて一九八六年五月下旬、ぼくはこの「サイバーパンクの帝王」と初対面を果たす。ところは、ワシントンＳＦ協会《アソシエーション》（ＷＳＦＡ）の主催する地区ＳＦ大会「ディスクレイヴ」（「ディス」は「ワシントンＤＣ＝"District of Columbia"」の「Ｄ《ディス》」、「クレイヴ」は「大会《コンヴェンション》」の同義語"conclave"の「クレイヴ」）。会場ニュー・キャロルトン・シェラトンのロビーで出会った瞬間、そのあまりの長身にぼくはこう叫んでしまったものだ――「うわあ、ノッポだなあ！」彼もすかさずこう答えた――「自分でもそう思うよ。」以来、ＳＦ作家ギブスンの「大きさ」というのは、何よりもあの身長の「大きさ」と正比例しているように思えてならない。

だが、そのように巨大なギブスンさえそっくり包みこんでしまえる許容量を持った大会、それがディスクレイヴであったのも、同時にたしかなことなのだ。これは、まごうことなくファニッシ

ディスクレイヴ'86のパンフレット

ュ・タイプの大会である（"fannish"＝「ファン同士の交歓を大切にする」こと、「サーコン」"ser-con"＝「真面目で建設的《シリアス・アンド・コンストラクティヴ》」に対立するSFファン用語）。それはプログラム・ブックを開くと突然「ディスクレイヴするのはカンタン、リラックスすればいい」とはじまるところからも明らかだろう。会場企画はやんわりと、パーティのほうをみっちりと——このいかにも「SF村」ふうのモットーを聞けば、あの「どぶどろ《ガター》（＝"gutter"）から生まれたSF（界）」（デイヴィッド・ハートウェル）を思い出すかたがおられるかもしれない。そして、ウィリアム・ギブスンほど長くSFファンダムではマンガ家として知られてきた人物もいなかった。彼もまた「どぶどろ」から出発した作家なのである。その意味で、ギブスンを初めて「主賓《ゲスト・オブ・オナー》」として招待したのがこの「ディスクレイヴ'86」だったというのは、いかにも象徴的だ。

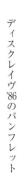

たとえばワシントン・ファンダムの重鎮・ジョー・メイユーはこう述べている――「ソムトウ・スチャリトクル、チャールズ・シェフィールド、ジャック・チョーカー……ＷＳＦＡ（ワシントンＳＦ協会）出身のＳＦ作家たちは数多いけれど、彼らはＳＦＷＡ（アメリカＳＦ作家協会）なる大学院に入ったあとも必ずディスクレイヴには戻ってくる。なぜって、これこそ連中の故郷だからね。」ここには、いわゆるサブカルチャー特有の論理がある。そして同じ論理を借りれば、ギブスンはいまや「主流文学」という大学院（王道）に入りながら、たえず「ＳＦ」という出身校（どぶどろ）に戻ってくる、ということになろうか。

サイバーパンク対サイバープレップ

ぼくが到着したのは、先行するパネル「サイバープレップ」がちょうど終わった時分だった。サイバープレップ――この洒落はディスクレイヴの少し前、同年三月のニューヨーク地区ＳＦ大会「ルーナコン86」で旗上げされたもので、メンバーにはエスター・フリーズナー、スーザン・シュワルツその他主としてファンタジイ作家が含まれている。おおむねアメリカ南部・西部で発生した無頼派サイバーパンク「ＳＦ革命」に対する、いわば北部・東部的ＷＡＳＰ的アイヴィーリーグ中心主義的（「プレッピー」＝“preppy”はアイヴィーリーグ「入学準備《プリペラトリー》」（＝“preparatory”）が語源）な「ウルトラ保守反動」――しかしそんなニュアンスにしたところで、むろん再びＳＦファン的なお

サイバープレップ作家、エスター・フリーズナー（左）とスーザン・シュワルツ（右）。

遊びのたぐいにほかなるまい。おまけに、もっともらしく以下のような「サイバープレップ宣言書」まで配布してしまうのだから、いやはや念の入った……いや、念が入っているからこそプラクティカル・ジョークなのだろう——「パンクはただただ騒々しい。モヒカン刈りやオレンジの髪など見るにたえない。さあ、我々はプレッピーの愛するトップサイダー・シューズをはいて、ＳＦに新たな方向を与え教化していこうではないか！」

ちなみに、彼らが理想とするサイバープレップ作家は、わが国でも『スターシップと俳句』（八一年。邦訳・ハヤカワ文庫ＳＦ）で知られるソムトウ・スチャリトクルであるという（ホントだろうか？）。

さて、こうしたパロディまで出現してきたいっぽうで、引き続き組まれたギブスンのパネルが「サイバーパンクと呼ばないで——新たなるハードＳＦ」と題さ

限定版『ニューロマンサー』のカバー

れていたのは、ほとんど微笑みたくなるほどのご愛嬌だった。二日目の盟友トム・マドックスとの対談と合わせて、大会中ギブスンは休みなく語り続けたものである――そう、いくぶんはにかみながら、しかし持ち前のウィットを存分に発揮するのも忘れない独特の調子で。

……『ニューロマンサー』では「いまや気恥ずかしい青春期の自分」を意識し、いっぽう『カウント・ゼロ』では「家族を持ち変容してしまった成年期の自分」を意識したこと。コードウェイナー・スミスの「スキャナーに生きがいはない」（五〇年。邦訳・ハヤカワ文庫SF『鼠と竜のゲーム』所収）とジェイムズ・ティプトリー・ジュニアの「接続された女」（七三年。邦訳・ハヤカワ文庫SF『愛はさだめ、さだめは死』所収）にはとりわけ熱狂したこと。コンピュータ・サイエンスについては「正式には何ひとつマトモに勉強しておらず、むしろアカデミックな現代批評からヒントを得て一般『電脳用語《ハッカー・スピーク》』

の脱構築を試み、独自のリアリティを持たせようとした」こと。『ニューロマンサー』は一九三七年型ヘルメス・ポータブル・タイプライターで書かれた作品であり、それ以後コンピュータを購入したのも「アップルの実物というよりアップル社がコンピュータを宣伝するそのやりかたがとってもセクシーだったため」であること。爆笑を誘ったのは、しかし科学的背景の正確さを期す戦略について尋ねられ、彼がこう答えたときだった——「ブルース・スターリング切り抜き通信社《クリッピング・サービス》に電話して確かめるのさ！」

コンピュータ・ネットワークと人体の接続感覚《インターフェイス》をめくるめく筆致で描出する作家が、それまでヴィデオ・ゲームひとつ試みたことがなかったというのもおもしろいけれど、当のアップル購入時にさえ、スイッチを入れるやいなやブーンと音をたてはじめたディスプレイに驚き、あわててディーラーに問い合わせたというのも、なかなかに彼らしいエピソードだろう。そう、ギブスンというのはだから決して機械に強いわけではない。あくまで想像力が、それこそ彼自身のすがたのごとくに巨大であるのにすぎないのだ。

ワシントン郊外の夜はふけて

ひきあわせてくれたのは、トム・マドックス。ギブスンと親しい彼自身、傑作短編「スネーク・アイズ」（八六年）によって新鋭サイバーパンク作家の仲間入りを果たし、近々処女長編も出版さ

学者作家トム・マドックス

れる。だが、いっぽうでマドックスの本業が現在フロリダのノヴァ大学に勤める英文学教授であることも明記しておかなくてはならない。そのレパートリーは中世からジョン・ル＝カレに及ぶ。そんな彼と知りあったのは、同年三月、ヒューストンで開かれた国際幻想芸術会議である。マドックスは席上、世界でも初の本格的ギブスン論「コブラ、シー・セッド」を発表し、サイバーパンクを「ポストモダンのダダ」になぞらえるパースペクティヴを打ち出しておおむね好評を博したのだ。いうなれば学者としての経歴が先行するマドックスだが、彼が最近になって小説を書き出した動機は簡潔明快をきわめている。以前の勤務先だったヴァージニア州立大学でのこと、「出来の悪い学生が多すぎて、ある日、とうとう教育ってやつにすっかり絶望したんだ。そう思ったら、がぜん小説が書きたくなった。」

　そのマドックス処女短編にすでに「ＩＣＥ」（侵入《イントルージョン・》対抗電子機器《カウンターメジャー・エレクトロニクス》）のアイデアが登場し、のちにギブスンが借り受けることになるのはあまりにも有名な事実である。いわばギブスン最大のブレーンと呼んでもよいマドックスと、ギブスン育ての母エレン・ダトロウ、当時ＳＦ評論誌〈スラスト〉編集部にいたスティーヴ・ブラウンらとともに、ぼくたちはホテルのバーへ直行、以後もここには大会期間中まったく同じメンツで入りびたることになった。

もっともディスクレイヴは良くいえば開放的、悪くいえば乱脈をきわめる大会だったので、そのぶんこのバーこそは安全圏のひとつだったとも考えられる。ゲストの部屋さえパーティ会場として奪われるのは序の口、きらびやかなコスチュームの少年少女ファンたちによる乱交パーティまがいについては、情報誌〈ローカス〉専属レポーターとしてベテランのはずのジェーン・ジュウェル女史（トー社）もさすがに青ざめていた――「まさか日本のＳＦファンの子たちは、あれほど性的にだらしないことはないでしょうね？」

こうした猥雑なムードは、しかし皮肉にもギブスンのＳＦにはぴったりフィットしていたかもしれない。すっかりリラックスしたぼくたちは、彼の世界について忌憚なく語り続けた。はにかみ屋のギブスンは、しばしばマドックスに意見を求め、ベッドに寝っころがったダトロウとブラウンもひっきりなしに茶々を入れる。缶ビールの一群はつぎつぎに空になってゆく。

このようにギブスンとのふたつの夜半は過ぎた。自ら「時代の産物」を名乗るこの「コラージュ・アーティスト」の巨大さは、まさしく氷山《アイスバーグ》のようなものだ。しかし、マドックスによれば、

SFクイズに答えるウィリアム・ギブスン（右）

いまのギブスンは巨大さゆえの矛盾を抱えている。彼はウィリアム・ギャディスの巨編『ザ・リコグニションズ』（五五年）が描く、イタリアの大聖堂に設置されている巨大パイプ・オルガンを例に引く。
「そのオルガンは、建物の構造には巨大すぎた。したがって、いったん曲が演奏されるやいなや、大聖堂は一気に崩壊してしまう。主流文学という大聖堂にとって、ビルのSFはほかならぬこのパイプ・オルガンの役割を果たすんじゃないか。」
だが、ぼくたちは彼がその巨大さゆえに、何よりもまず「SF」というサブジャンルからはみだして行ったことを、代わりに「サイバーパンク」という新たなサブジャンルの名で呼ばれなくてはならなかったことを知っている。ギブスンがこのうえ文学というジャンル自体からもはみだしていかざるをえないとすれば、それはむしろ文学の領域そのものが文化全般における文字どおりの「下位文化《サブカルチャー》」にすぎぬ事実を痛感させてくれるだろう。そして皮肉なことながらそのような逸脱への力こそ、もともとSFのものではなかったろうか――「周縁《どぶどろ》」の本質でなかったろうか。

ギブスンの巨大さは、だから文化と下位文化《サブカルチャー》の逆説的な関係を巧みなまでに暴露していく契機なのだろう。巨大であるからはみだすのか、もしくは下位文化《サブカルチャー》の本質というのがもともと文化には収まりきらない規模に縁どられているのか――にわかには解決しがたい苦境。その結果、作家本人が少々いごこちの悪い思いをするのも、ここしばらくはやむをえないのかもしれない。

こんなふうに考えながら、ぼくはどうしても連想してしまう――人々と話をするときには決まって、彼がいささか哀れなほどに猫背気味になることを。

ギブスンとの対話

巽　ふだんバンクーバーに住んでいるあなたに、まさか東海岸の、しかもワシントンD・Cで会えるとは思わなかった。もっとも、第二長編『カウント・ゼロ』の二七章には、ターナーとアンジェラがワシントンからニューヨークへ超特急で逃避行するシーンが印象的に描かれているのだけれど。

ギブスン　十数年前にはデュポン・サークル（ワシントン地区中央）界隈に住んでたからね――そう、あのふたりが地下鉄に乗るあたりさ。だからあれは六〇年代ワシントンのイメージなんだよ。

十代のころから記憶に残っている土地というのは、奇妙なことにやがて心の故郷になってしまう。その意味でぼくはカリフォルニアを出さない、『カウント・ゼロ』第一章は例外としてもだ。西海岸はぼくの想像力をさほどかきたてるものじゃないんだ。西海岸に夢を馳せるのはかまわない、だけど住もうという気にはならない。

巽　バンクーバーはどうなのかな。あなたはそこで英文学の教育を受けている。ブルース・スターリングはその点がジャーナリズム専攻だった自分との差異だといっていた。

ギブスン　そのとおりだ。ふつうとはちがって、ぼくの場合、二十代も半ばになった一九七五年ごろブリティッシュ・コロンビア大学（バンクーバー）に入ったんだが、文学理論の勉強ってやつはえらくたいへんで、批評書をイヤというほど読まされたよ。

創作コースは取らなかったけど、その代わり映画史のクラスで教育助手《ティーチング・アシスタント》を三年間勤めた。このとき、むかしの名画もいっぱい観る機会を得て、ものの見方もずいぶん変わったんだ。その意味で、最近では文学より映画の影響が大きかったんじゃないかと思いはじめている。

たとえば『ニューロマンサー』にしても『カウント・ゼロ』にしても、いまになってみるとハワード・ホークスの女性像をあらかじめプログラミングされたかのようだ。あの手の「強い女」ってやつは自分と同等に強いと判断される男しか相手にしない。こういう性格造型があんなむかしに試みられたってこともスゴいが、当時の観客にしてみればただの大衆的娯楽作品以外の何ものでもな

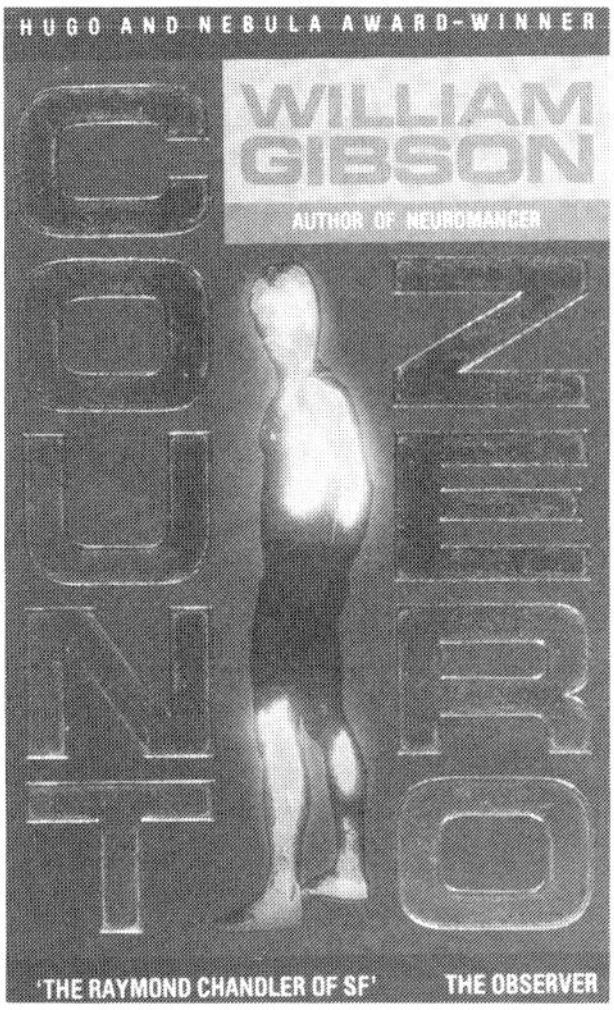

ウィリアム・ギブスン『カウント・ゼロ』

かったはずでね、それもまたスゴいことなんだけど。

巽　だったら作中、最近流行の批評用語がたくさん入ってくるのは何の影響だろう。たとえば「ガーンズバック連続体」ではUFOやエイリアンを「記号的《セミオティック・》幻影《ゴースト》」と呼んでみたり、また「冬のマーケット」では作中の芸術家ルービン――またの名を「ゴミの先生」――の塵芥芸術《ジャンク・アート》について「できるだけ騒々しい音をたてて自分を脱構築《デイコンストラクト》することだけを目的にしているような作品もあった」と説明する部分もみられる。

ギブスン　多分に雰囲気的なものだよ、大それた意図があったわけじゃない。尊敬するアメリカの映画批評家にマニー・ファーマーという人物がいるが、彼はいわゆる「シロアリ芸術」と「ハリウッド芸術」とを明確に区別する。「シロアリ芸術」ってのは、B級映画の監督が盛りだくさんの事物を設定してその間を掘り進む手法、「ハリウッド芸術」ってのはずっしり手応えのある素材をひとつだけ選んでその意味を彫り抜く手法。ＳＦの場合、ふつう後者のほうを選びとってきたわけだけれど、ぼくの場合は前者なんだな。全体像より細部に目が行くほうだから。ＳＦ自体についても、ジャンル全体を眺めることだけは、ごめんこうむりたい。

巽　それは、ＳＦの辺境地帯《ボーダーライン》ってことかな。

マドックス　ビル自身の作品にもあるね、「辺　境《ヒンターランズ》」（八一年）ってやつが。（笑）

ギブスン　もっとも、周波数帯域幅《バンド・ウィドウス》があるように情報量の限界というのもある。ええと、第一章で女性とイルカがセックスする小説があったよなあ……

ブラウン　テッド・ムーニイの『容易なる宇宙旅行』（邦題『ほかの惑星への気楽な旅』）だろう。

ギブスン　そうそう、あの長編の中では、「情報病」なるものが人々をバタバタ殺していく——その病気のせいで人間が発狂したりお互い殺しあったりしだすんだ。まったく何てアイデアだろうね、情報過多を癌にみたててるんだから。

ブラウン　ただし、タイトルが暗示するようにはＳＦでもないし、ましてや宇宙旅行に関する物語でもない。

ギブスン　うん、ぜんぜんちがう。だけど非常に魅力的に仕上がってるのは、ディックやバラードその他諸々を吸収したうえで書かれたせいだね。サイバーパンクとの関連でも必読といえる。前回イギリスへ行ったとき入手したんだが、一読して以来、日本に対する恐怖もつのるばかりさ。情報

スティーヴ・ブラウン（左）とウィリアム・ギブスン（右）

病がぼくをダメにしちまうんじゃないか、と考えるだけでこわくなる。

というのも、バンクーバーは日本人にとって最もたやすく来られる観光地だろう、だからたくさんの日本人観光客と話す機会があったんだが、連中はこういうんだぜ、「この町にもう一月もいれば、私たちは時代（情報）の最先端に遅れてしまう、帰国したときにはすっかり浦島太郎になってしまう」なんてね。これじゃまるでアメリカ人がメキシコに持つ印象とそっくりじゃないか。驚きだよ、ぼくにとってはバンクーバーほど高速度回転している都市もないのに、日本人にとっては静かで空っぽでひたすら大地だけが拡がってる場所みたいに見えるんだな。

巽　バンクーバー在住の日本人ジャーナリストも数名いるはずだけれど。

ギブスン　そう、日本人の国籍離脱者はたくさんいる。

ひとつには経済的事情じゃないか。この円高だから、日本人がカナダに来ると暮らしやすいはずだよ、アメリカ人がイギリスに行った場合と同じで。

ところでムーニイだが、あの小説でヒットだったのは、彼が自分のパクった資料を――アレサ・フランクリンの歌なんかも含めてだぜ――巻末にリストアップしてみせたことだろう。ぼくも『ニューロマンサー』に使った資料を――ルー・リードも入れて――リストアップすべきだったよ。

マドックス　ギブスンSFの間テクスト性《インターテクスチュアリティ》詳註ってわけだ。

ギブスン　いや、本当のところ〈ファウンデーション〉誌のために『ニューロマンサー』にまつわる背景資料を再検討して、いずれ寄稿するつもりでいる。その他こうしたクロスオーバー文学だったらスティーヴ・エリクソンの『駅を旅する日々』（八五年、邦題『彷徨う日々』）や『ルビコン川の岸辺』（八六年、邦題『ルビコン・ビーチ』）がおもしろい。特に後者は、出版社が戦略上「ガルシア＝マルケスと〈ブレードランナー〉のクロスオーバー！」なんて謳ってるよ。

もっとも、最近ジャンルSFにそういった快楽を覚えないのは残念だ。ここ七年ほど読んでないのもいけないんだけどさ。でもね、SFってのは最高すぎて気を病むか、最低すぎて体を壊すか、そのどっちかだろう？

SFじゃなくたっていいんだ。とにかく完成度さえ高くて、その結果SFのことなんか忘れさせてくれるような作品が好きだ。

マドックス　もしくは、想像力のタイプがSFを彷彿とさせるような作品じゃないのか。

ギブスン　もちろんさ。SFたることの証左は想像力だし、同時にそれが完成度の高さにもつながる。ところが、おかしなことに、イギリス作家が熟知しているこの定式をアメリカ作家はどうにも考慮さえしていない。

作家にはそれぞれ一定の技術と可能性とプロ精神があって、それに見合う物語構造を選ばなくちゃいけない。失敗作というのは、だから物語構造の選択を誤った作品といっていい。スタニスワフ・レムのロボット寓話ものを認められないのは、まさにこの理由によっている。せいぜい一九世紀末のデカダンな童話にすぎない形式が採られているからだ。たしかに秀作なのかもしれないさ、しかし、じっさいのところ秀作ということになっているだけだとしたらお笑い種だよ。

巽　アイデアよりも文学的構造を尊重するのは、スターリングとあなたのもうひとつの差異だろう。

ギブスン　スターリングとはじめて会ったときのことを話そうか。真夜中まで話しこんで何より興味をかきたてられたのは、あいつがじっと宙をにらみつけ、真顔でこういったときだった——「いま書きたいと思っているのは、何から何まで事物のリストのみで成り立った本だ。そのためには、文章から動詞を消していかなくちゃならない。」この目論見は『スキズマトリックス』であるていど達成されたように思う。

いっぽう、SF作家としてのぼくに唯一自慢できるものがあるとすれば、プロットにだけはメチヤメチャ凝るってことだな――ダシール・ハメット並みにね。仕事をしながらプロットのギアを入れる、するとたちまち自分の乗り物がいかに奇抜なすがたをしているかが判明し、ドライバーとしては満ちたりるってわけさ。

マドックス ブルースは言葉の選択では優れていると思うが、この点になると……

ギブスン いや、あいつはよくわかってるよ。SFの本質が新奇さ《ノヴェルティ》にあることをよくわきまえている。だが、本当のところSFにいま残された新奇なるものは決して充分とはいえない。そこでブルースの書きかたはいつも窮地に追いつめられたみたいな格好になるんだ。SFの限界ぎりぎりに立ちつくして、これでもかこれでもかと新奇なアイデアをボカスカほうり投げ、気がついたときには二〇ページ分を埋めちまう。しかもこの二〇ページ分ときたら、SFジャンル全体におけるアイデア十年分に相当する。まったくあいつって奴は、生きたニワトリに頭っからしゃぶりつくみたいなもんだぜ。

マドックス ブルースは怪物だよ、突然変異体だ。

ギブスン そのとおり、あいつは空中浮揚だってできるぞ。心霊体だからな。

巽 SF的アイデアの氾濫というのは、ヴァン＝ヴォートやベスターのころからよくガラクタのごった煮と呼ばれてきたけれど、ここで聞きたいのは、あなたの主要テーマのひとつがそれこそ「ジャンク」そのものである点だ。トムのギブスン論中の用語を使えば「ポストモダンのダダ」とも呼べる。

ギブスン　『ニューロマンサー』でも「クローム襲撃」でも「フィンの店」は記号的塵芥の宮殿として現われる。実際あの店内を描くのがいちばん楽しかったな。純粋に好きな品物だけをリストアップしていけばいいんだから。やれといわれればいつまでも続けていたはずだ。でもこんなことじゃいけないと思って必死に気を落ちつけたものさ、そのせいでいまでも何か書きもらしたんじゃないかと気になってる。

「冬のマーケット」では、いかに手のつけられないジャンクであろうが、一度はそれに意味を見いだす人物にめぐり会えるはずだというヴィジョンを主題化した。それこそ今日ぼくらの暮らす風景だと考えたんだ。

また、『カウント・ゼロ』に登場させたダダ＝シュールレアリスム芸術家ジョゼフ・コーネルの「箱」はまさにフェティシズム、いやジャンクに内在するセクシュアリティを具現化している。この人物はぼくの創作じゃない、実在した今世紀最もラヴクラフト的な芸術家だ。彼はマンハッタンの古道具屋はおろかどこにどういうジャンクが転がっているかさえ知りつくしていたし、自分の「箱」を所有しさえすれば人生が変わるはずだとまで確信していた。

巽　ジャンクへの関心と日本的イメージとは通底するんだろうか。

ギブスン　むしろエントロピーと通底する。日本人の友人から聞いたけれども、日本では「ゴミ」

はことごとく嫌われるそうじゃないか。古着さえ敬遠されるっていう――アメリカじゃ歓迎されるばかりかファッショナブルでさえあるのに。ファッション・フリークたちが麻薬取引《コカイン・プライス》なみの法外な出費もいとわず五〇年前の服をかっさらっていくぜ。
ダトロウ あたしみたいなものね。でも、うちのママは古着大反対なんだけど。
ギブスン 日本に行った友人のうちには古い着物《キモノ》でスーツケースをいっぱいにして帰ってきたのもいたな。(日米の) 文化的差異は歴然としている。だからぼくが「ゴミ」を扱う際にも、その記号論的意義はまるっきりちがう。芸術作品とは何か、ジャンクとは何か、それらはどのように区別できるのか、という問題になる。
巽 つまり、大衆文化の介在によるところが大きいってことかな。
ギブスン そう、ぼくの場合だったら、すでに十三才にしてウィリアム・バロウズというのはごくあたりまえの文化的環境だった。バロウズがわかるかどうかが、それこそ分かれ目なんじゃないか。というのも、彼は惑乱のあげくSFにつまづき、あたかも錆びた缶切りでも拾うみたいにそいつを拾った男だ。SFという醜怪で悲壮な小刀を利用して文化へ切りこんだ男だ。そしてそれこそぼくの原点なんだ。
巽 都市の文脈で考えるとどうなる?『ニューロマンサー』ではとりわけ東京《トウキョウ》と千葉《チバ》が効果的に区別されていたが。

ギブスン 実際には行ったこともないし、千葉《チバ》についてはその存在さえ知らなかったんだから、ずいぶん危なっかしいものだけどね。

とにかく知り合いで千葉《チバ》を誇りにしている日本人はひとりもいなかった。醜怪な近郊都市だとしかいわない。それならデトロイトのイメージを使えばいいじゃないかと思って書きだした。耳新しい日本の土地を選びだして描写するのは、小説にハデバデしい効果を付加することにもなるしね。もっとも、日本地図を入手したのはあの作品をもう半分まで書き進んだあとだったから、東京《トウキヨウ》と千葉《チバ》の間に川がはさまっているのを見たときには心底ホッとしたなあ。

日本へのぼくの興味はかきたてられるばかりなんだが、何ひとつ実地には目にしてないのにこういう作品を書いていると、いささかうしろめたい気分にもかられる。日本に関する「夢想《ファンタジー》」としてなら不気味な効果もあるだろうけど、単に一九世紀的な東洋幻想《オリエンテーリア》かもしれないし……

マドックス イェーツのビザンチウムだな。

ギブスン そう、日本そのものじゃないし、特に日本の読者には、これを日本だと思ってもらいたくはない。西洋人の抱く日本幻想とでも形容するのが正しい。

巽 オリエンタリズムといえば、ここでどうしても聞いておきたいのが「ブレードランナー」の一件だ。〈インターゾーン〉誌のインタヴューによれば、『ニューロマンサー』をすでに三分の一ほど書き終えていたころに「ブレードランナー」を観てあわてて映画館を逃げだした、とある。現時点

映画「ブレードランナー」

で、あの映画について何か思うところはないか。

ギブスン 最近、脚本の初稿に目を通す機会があって、これが映画とはまるで異なるにもかかわらず、最高の出来だったな。結局、いったんは脚本初稿どおりに撮影しながら、あとでズタズタにハサミを入れたらしい。

オープニングはデッカードがアラスカでレプリカントをつかまえ、その下顎を引っ張り出して正体確認するシーンだし、エンディングにしても田園へ向かったふたりはめでたしめでたし……なんてもんじゃない、田園へ行くことは行くが、レイチェルは銃口をこめかみに当てて自殺を図るのさ。ナレーションとして脚本に書きこまれたのは、ほんのこれだけ——「なぜかはわからない、ただ、彼女は花を見たいといっていた。私はいま、無性にサンフランシスコへ帰りたいと思っている。」そしてフェード・アウト。ズシンとくるぜ、すばらしいじゃないか。

このハンプトン・ファンチャーに映画版『ニューロマン

サー』の脚本を書いてもらいたくて手をつくしたけれど、パリへ逃げられちまった。彼が完成させていた別の（未製作）映画用の脚本も読んだが、こっちは安手のパンクSFって感じで大した出来じゃない。

巽　となれば、そろそろあなたなりの「サイバーパンクSF」観を聞かせてもらえるだろうか。

ギブスン　（うめいて）その単語を使わないでくれ。ぼくがサイバーパンクの創始者だと思われると心底困る――そんなものを創った覚えはまったくないんだから。だいたいいかなる事物でも、ラベルが貼られた瞬間その実体を失うものだ。いちばん問題なのは、サイバーパンク小説が存在しないうちにラベルだけが貼られちまったことさ。新人作家の中には、この傾向を試みようとして道を踏み外す者も出てくるだろう。修羅場の果てに、ただコンピュータを操るモヒカン刈り野郎を描けばいいんだと開き直ったインチキ作品ばかりがはびこることになる。

ダトロウ　そういう作家の投稿原稿を見てるからわかるわ。中には長いキャリアを持ちながら、いきなりサイバーパンクに転向して馬脚を現わす人もいるの。それこそゴミ小説なのよ、ぜんぜんキマってなくて、きいたふうなガジェットだけがものものしくって。

ギブスン　その点だって怪しいもんだよ。

　エリクソンがすばらしいのは、サイバーパンクなどまったく知らずに同種の文体を確立したところにある。いっぽう、サイバーパンクのマネごとには眉をひそめざるをえない。たとえば『ハードワイアード』（八六年）を書いたウォルター・ジョン・ウィリアムズなんか、好きな作家だし実力派だとも思うし、実際、作中でぼくの文体を茶化した部分なんかわくわくしながら読んだんだけど、最終的にはがっかりさせられてしまう。

巽　SF運動としてのサイバーパンクについてはどう。

ギブスン　何かが起こっている、または起ころうとしている――それはたしかだ。ぼくらのような作家が少しでも注目を集めるのはうれしいことだが、現在の社会でのできごとを考えてみれば、こうしたラベルはまさしく行く手にガラガラ蛇がぎっしり待ち構えているようなものでね、そのぶん、決して同じような仕事をくりかえすわけにはいかなくなる。

　運動が存在するというなら、知りたいと思う。もちろん、それはたったいまどこかで起こりつつあるものかもしれないけれども。

巽　それなら、むしろ作品に的をしぼって、いわゆるサイバーパンク作家との交流について尋ねてみたい気がする。

　あなたのソロ作品を彼らとの共作と比べた場合、後者では決してめだたないシリアスなモチーフとして恐怖や暗黒、虚無といったものが濃厚にうかがえるのだが、これは方法論的な帰結と考えていいのか。

ギブスン　共作とソロとはまったくちがう。共作は社交活動の一種だから、やはり誰かとゲームをしているようなものだが、ソロのときには、あたかも虚空をのぞきこむような感じになる。

巽　たとえば、ぼくの気に入っている共作ものには、ジョン・シャーリイとの「ふさわしい連中」とスターリングとの「赤い星、冬の軌道」がある。前者がまさにファッションの主題を扱いナイトクラブを擬人化してしまっているのに対し、後者ではＪ・Ｇ・バラードの「死亡した宇宙飛行士」その他を連想させるタッチで内宇宙／外宇宙の二項対立が再考されている。どのような手順が採用されたのだろうか。

ギブスン　「ふさわしい連中」は、ジョンの初稿に関するかぎりおそろしくて長くて読みにくい、しかし深刻で不条理な作品だった。だからそれについて批評を書くより、ジョンとの間に内輪のジョークでも交わすつもりで全面的に書きなおしたんだ。ぼくのほうの初稿は、したがってジョンの初稿のパロディみたいなものといえる。それをさらにジョンが少々改稿し、驚くべきことに買い手を見つけてしまったんだな。

「赤い星、冬の軌道」のほうも、ブルースがまず書きあげた長めの初稿にぼくが手を入れた。削除改稿したわけだが、作業の大半は部分部分の移動につきた。

巽　あの作品はどちらかといえばサイバーパンクの逆方向を突き進んでいるようだが。

ギブスン　あれを書いていた時期には、サイバーパンクなど意識していない。とにかく人々を宇宙へ旅立たせようというきわめて理想主義的な物語にすぎないので、むしろバラード的な要素のほう

ウィリアム・ギブスン短編集『クローム襲撃』
「辺境」「赤い星、冬の軌道」等を収録。

ウィリアム・ギブスン『クローム襲撃』邦訳

を積極的に取り入れた。もっとも、エンディングでハイテク不法侵入者たちが宇宙船を引き継ぐシーンなんかはハインライン調なんだけどね。

ただし、あれは同時に、スペースシャトル爆発のあと古びてしまった小説でもある。チャレンジャー号事故以前に書かれたんだからしかたがないが、とりわけ影響が大きいのは、コロリョフ大佐が船内〈宇宙におけるソヴィエトの勝利記念博物館〉に秘められているテープを再生して、宇宙開発の殉教者たちの歴史をひもとくところだ。あの中には当然シャトル爆発は含まれていない。そしてまさにその欠落によって、作品自体たちまち時代遅れになっちまった。

巽　共作と対照的なソロ作品では「辺境」がジョゼフ・コンラッドを彷彿とさせる出来だ。実存的主題へのこだわりは、このあたりから生まれているようにも思われる。

ギブスン　まだ完成していないが、ぼくにはもうずいぶんむかしからコンラッドを強く意識した長編を書こうという構想があった。もっとも、実存的意識ってやつは、創作への義務感にかられてタイプライターの前に座ると必ずわきおこってくるよ。共作の場合はともかく、ソロ作品の場合は作品への責任を負うのはぼくひとりだしね。

巽　その関連で、あなたの描く「恐怖」について訊きたい。語義上の混乱が時折めだつけれども。

ギブスン　混乱があるとすれば、これも共作かソロかという問題だろう。「赤い星、冬の軌道」でブルースが「恐怖」と呼んでいるのはじっさい人間に恐怖感を植えつける薬物《ドラッグ》にほかならないが、いっぽう「辺境」で扱われる「恐怖」は物語状況への心理的反応であって、異文化意識によって培われる。作中ついぞ説明しなかったが、ここでいう「恐怖」とは種が遺伝的に内在させているものを指す。具象的というより抽象的な性格が与えられている。

巽　そういったヴィジョンから導き出されるSFの位置づけとはどのようなものになるのか。ぼくたちはすでにギブスンSFの方法論には塵芥芸術《ジャンク・アート》と通ずるところがあるのを確認してきたわけだが、同時にあのあまりにも有名なスタージョンの法則「SFの九〇％は塵芥《クズ》」をも再検討せざるをえなくなる。

あなたは塵芥《ゴミ》を扱う。SFは長く塵芥《ゴミ》として扱われてきた。これは最大級のアイロニーだと思う。

ギブスン　そいつは答えにくい質問だな。SFは文学か擬似文学か、という問題はここ二〇年間というもの英語圏のSF批評・SF理論を支配し続けている。いまのぼくには明確な立場はない。しかし、ひとつだけいえるのは、アメリカのジャンルSFというのは商業的範疇のたぐいであり、そのかぎりにおいて文学の現況とはさほど関わらないいんじゃないか、ということだ。

たとえばエリクソンの書物は商業的範疇の点から考えるとSFとは呼べないが、同時に文学の点から考えれば立派にSFと呼ぶに足る。もちろんアメリカSFという商業的範疇内で出版される九〇％の作品など、読めもしなければ読む気もないさ。ところが対照的に、こういう商業的範疇外からもたらされる無数の一級文学が多々あることも、肝に命じておく必要があるだろう。

重大なのは、しかしジャンルの概念もさることながら、ジャンルの定義がこれまできちんとなされてこなかった事実なんじゃないか。SFを定義しようとするときいちばんの困難をきたすのは、何といっても文学におけるジャンルをいかに定義すべきか、という問題なんじゃないだろうか。

(一九八六年五月二四／二五日夜、ニュー・キャロルトン・シェラトン一〇〇七号室にて)。

ギブスン初来日

まだ『ニューロマンサー』が訳されて間もないころ、ギブスンはこんないいかたをした。「日本人ってのは、アメリカSFへの反応がいつもおそろしく早い。でも『ニューロマンサー』で描いたのは、まさに現在の日本のすがただ。これを日本自体の読者がどう受けとめてくれるか、ほんとうに楽しみだよ。」そして、日本人読者へのメッセージでは、こうも述べたものだ――「きみたちは未来に住んでいる」と。

あれから三年近くが経ち、我が国でのギブスン作品は、SFファンのみならずもっと幅広い一般読者層を獲得した。ちょっとカッコいい小説が出ればすぐ「サイバーパンク!」のレッテルが貼られ、これをテーマとした雑誌特集やシンポジウムは増加の一途をたどり、現象面としてもニッサンの「サイボーグ」やホンダの「サイバースポーツ」、伊勢丹の「サイバートラッド」などなど百花

ウィリアム・ギブスン『ニューロマンサー』邦訳

繚乱のありさまなのだ。ギブスン自身と近い将来、彼のいう未来すなわち「日本」の中で出会うのも、いまや時間の問題と思われた。

そうとしか考えられないぐらい、当時のギブスン情報はオーバーヒート気味だったのである。

一九八七年十一月には〈SFアイ〉誌肝煎りの「ホラー映画フェスティバル」に招かれ、尊敬してやまないサミュエル・ディレイニーらとともにパネリストをつとめて、TVでもオンエアされたこと。ジョン・シャーリイとの共同脚本でキャスリン・ビグロー監督の映画版「ニュー・ローズ・ホテル」が現在製作進行中であること。そして、電脳空間三部作完結編『モナリザ・オーヴァドライヴ』とともに、何といってもギブスン単独脚本になる『エイリアンⅢ』が脱稿したこと。特にこの脚本では、宇宙空間における多国籍企業と第三世界社会主義者の葛藤ばかりか、バイオテクノロジーによって軍事目的にさえ応用されるエイリアンが描かれる。電脳空間の味こそ薄いが、ふりかえってみれば初期短編では宇宙ＳＦ「辺境」などをものしていたギブスンだから、これは新境地というよりも、市場戦略上長く死角へ追いやられていた「別境地」といえようか。

そんな彼が八八年二月、とうとう〈ペントハウス日本版〉（講談社）の招聘で初来日を果たし、渋谷の清潔さに失望したり新宿の猥雑さに感動したりしながら「いつか日本に住んでみたい」ともらしたとき、ぼくは国籍離脱者であり多国籍主義者でもあるギブスンというひとを再認識したような気がする（巻末「二〇二二年版補章①」参照）。

アメリカ南部で青春をすごし、十八の歳にみなしごとなったギブスンは、カナダへの移住を決意した。以来、二〇年。異国であったはずのものに違和感どころか親近感しか覚えなかったこと、それこそセンス・オヴ・ワンダーだったとギブスンはいう。

過剰適応？　そうかもしれない。かくてこの作家にとって「見慣れたものを見慣れぬものにする」よりむしろ「見慣れぬものが見慣れたものに見えてくる」日常化作用こそ、最大の異化作用となった。おそらくは、ここにギブスンＳＦ最大の逆説があるだろう。

とすれば――ぼくたちの現在も、そんな運命をたどるのだろうか。ＳＦとばかり思っていたものが何の変哲もない風俗と化し、慣れ親しんだ日常が難なくＳＦと化するような運命を？

4　ポスト・ニューウェーヴの岸辺に
――チャールズ・プラット

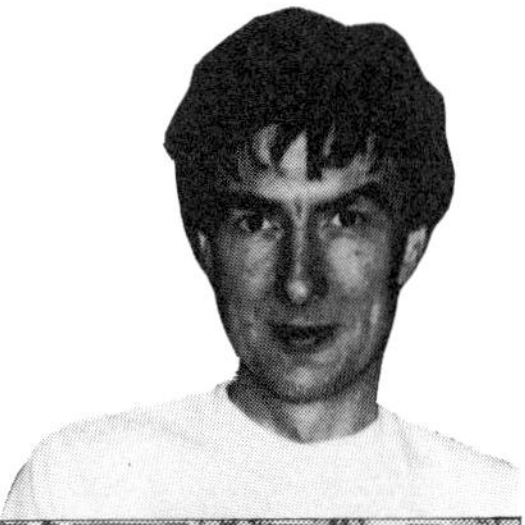

Charles Platt

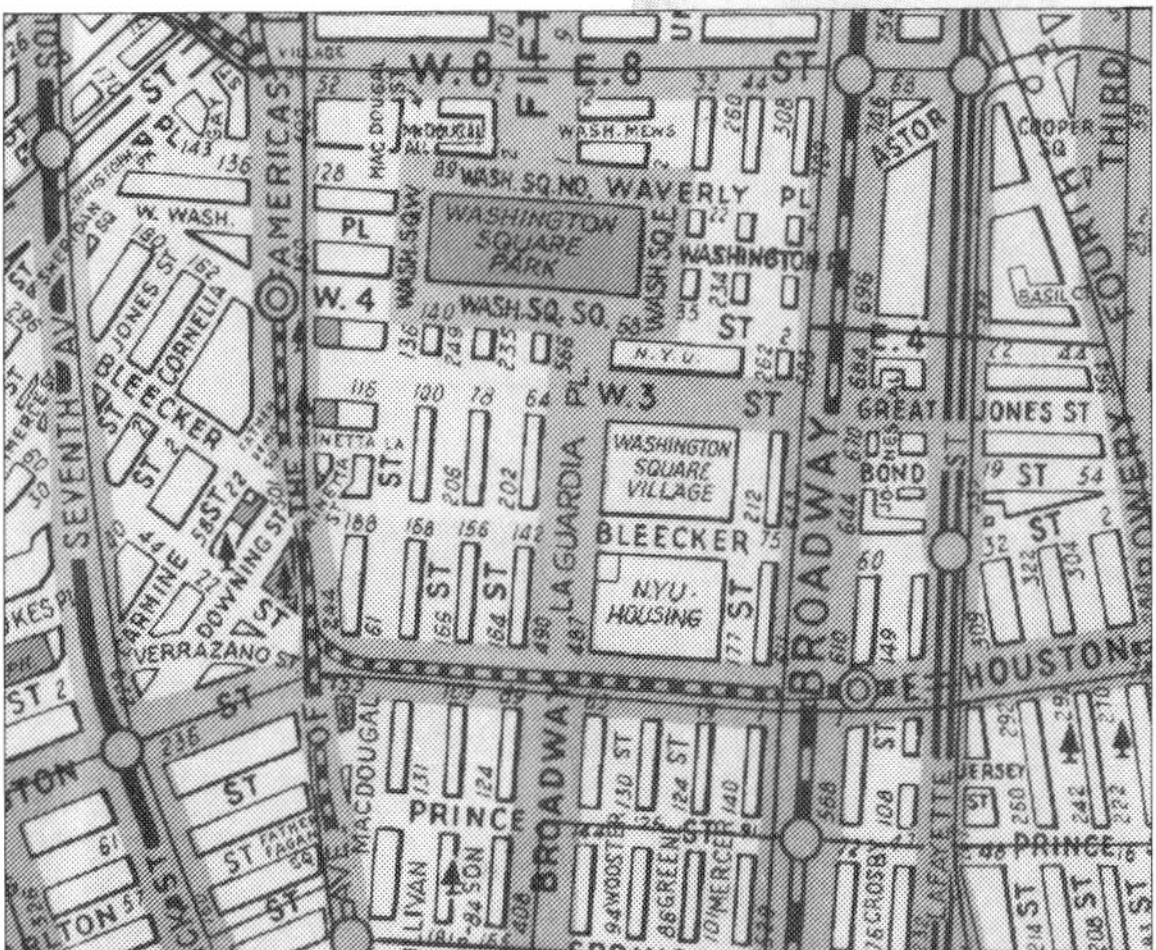

二年九ケ月のあいだ、アメリカで出会ったSF関係者はみんなとってもいい人たちだったけれど、かといって同時にズバリSFの話だけで語り明かせる人物というのは、決して大多数ではない。ひとつ極端な例を挙げれば、一昨年、某半商業誌編集者に「今年のネビュラ賞の結果、どう思った?」と訊いたときのこと、彼はこう答えるだけだった——「それがどうしたっていうんだ? オレの仕事は、ネビュラの情報をまとめるだけのことさ。」

その逆の極端な例が、八七年にはオースン・スコット・カードのネビュラ賞二年連続受賞をめぐって大論争を展開し、作品の出来はもちろんカードの政治力にまで批判の矛先を向けたジョン・シャーリイなのだが……善し悪しは別にして、いかなるかたちだろうとSFに関するかぎり「対話」を選ぶシャーリイの姿勢は大好きだ。

SFを愛するあまりに

情報の渦まくマンハッタンはソーホー街にオフィスを定めながら、チャールズ・プラットもまた、いまもなおSFへのナイーヴな理想を失なっていない人物である——そう、一九七〇年には英国ニューウェーヴSFの牙城〈ニュー・ワールズ〉誌を離脱して、渡米後二〇年近くになろうという、いまも、なお。

プラットは一九四五年、名医プラット卿の甥として生まれた生粋のイギリス人だ。SFの話さえしていればたちまちホットになる。「トールキン？　クラーク・アシュトン・スミス？　聞いたこともないね、そんな名前は。」コンピュータ関係の専門学校で教鞭を執る彼は、必ずしもSFで食べてはいないが、まちがいなくSFを食べている——SFを生活している数少ない存在といえよう。

　さて、それだけにプラットの正体を一言で言い表わすのはきわめて難しい。およそSF人に可能なかぎりの称号は、ことごとく彼の双肩に飾られているのだから。作家・評論家・編集者・コラムニスト……お望みならば、SF人に広く顕著な「愛猫家」という一語を付け加えてもよい。しかしプラットをしてプラットたらしめている最大の存在理由《レゾンデートル》といったら、何よりもまず手のつけられないSFファンであり、その延長線としての毒舌批評家であることではないか。

　最大の証左が、彼の手になる過激なSF同人誌《ファンジン》だ。自分の住むグリニッジ・ヴィレッジはパッチン・プレイスにちなんだ書評誌〈パッチン・レヴュー〉に始まり、サイバーパンク論中心の〈REM〉（コンピュータ用語で、プログラム作成中、演算と無関係に挿入される注釈＝remark の略）、それに最近では反サイエントロジーの拠点としての〈サイエンス・フィクション・ガイド〉（表紙が毎号ガールスカウトなのは、何とSFの「確固たる倫理性」を象徴するためらしい）に至るまで。すべて同じ体裁ながら、コロコロ誌名だけが変わるのは、そのつどプラット十八番の筆禍事件を起こしているため。とりわけ〈REM〉時代には、匿名原稿による〈SFアイ〉誌批判によって同誌編集長スティーヴ・ブラウンと全面戦争に至ったこともある。もっとも、プラット個人の編集方針

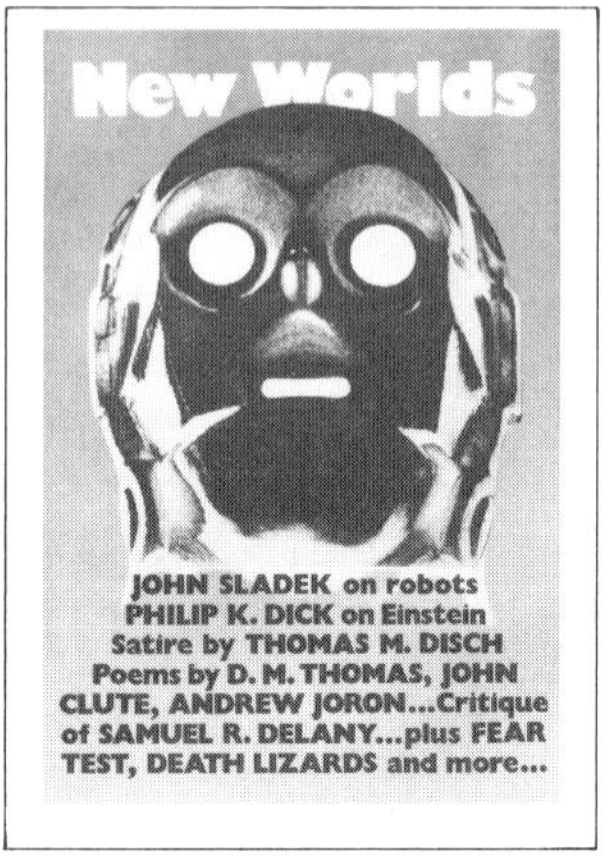

〈ニュー・ワールズ〉

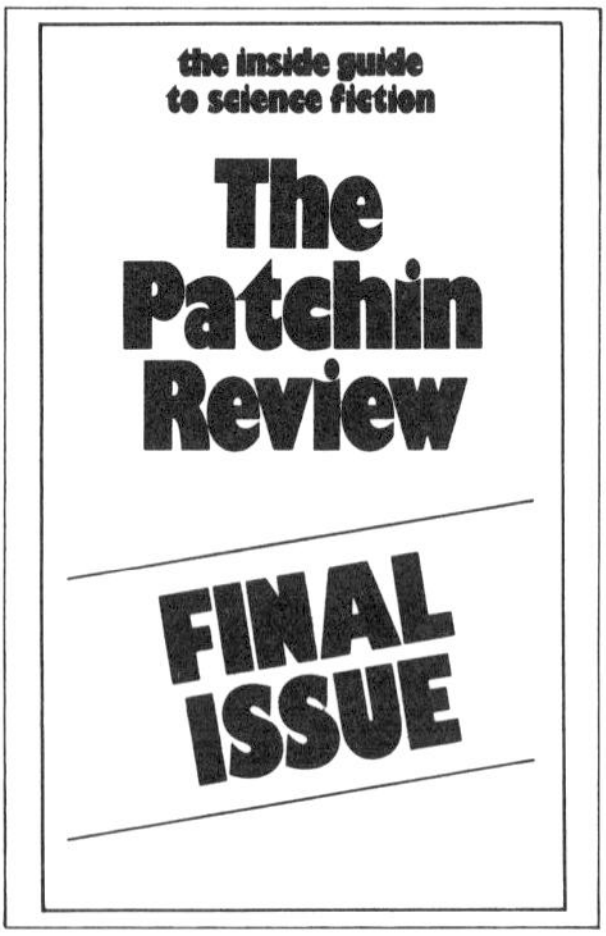

〈パッチン・レヴュー〉

〈REM〉

〈サイエンス・フィクション・ガイド〉

「自由意志尊重《リバーテリアニズム》」だけは決して崩さないため、〈REM〉には、ルーディ・ラッカーによるトランスリアリズム文学としてのサイバーパンク論はもちろん、ポール・ディ＝フィリポのサイバーパンク内部批判やジョン・スミスのスターリング攻撃「サイバー左翼《ピンコ》」といったエッセイ群も堂々と誌面を飾ったものだ。それればかりか、サイバーパンクのイデオロギーをめぐってスターリングとプラットが誌上大激突を演じたことも、未だ記憶に新しい。

名インタヴュアーの誕生

とはいえ、いまのところプラットのいちばんポピュラーな顔は、絶妙なインタヴュアーとしてのそれではあるまいか。かつて高い評価を受けた彼の二巻本インタヴュー集『夢の紡ぎ手《ドリーム・メイカーズ》』（バークレイ社、八〇—八二年）は、現在ザナドゥー社からハードカバー一巻本にまとめられている。それにしても、自身作家でもあるプラットが、総勢五七名に及ぶ他作家を相手にインタヴューをとりまくったことには、何か理由があるのだろうか——彼自身が序文で明かしている「作家的成功の秘訣を知るため」以上に？

「当時はSFから離れていたから、ああいう仕事によって自分をSFに引き戻そうとしてたんだ。もっとも、以後あの中でもP・K・ディックやフランク・ハーバートなど亡くなった人は多いし、またカンカンに怒って口もきかなくなったマイケル・ムアコックや、SF大会の席上なぐりかかっ

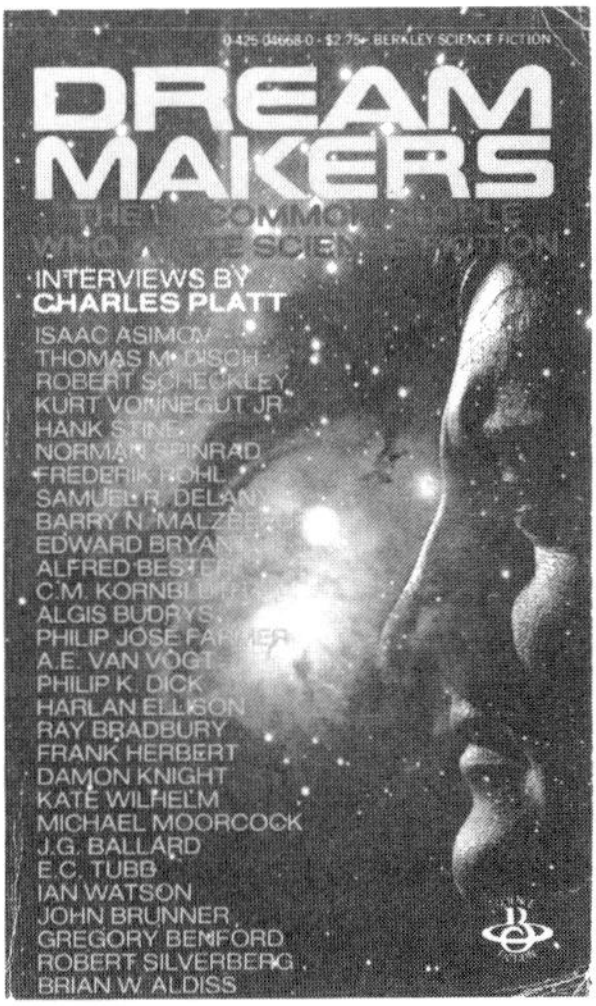

チャールズ・プラットのインタヴュー集『夢の紡ぎ手』

てきたハーラン・エリスンみたいな連中だっているんだよ。」

『夢の紡ぎ手《ドリーム・メイカーズ》』の部分は、ディックやラッカーの章などがすでに〈SFマガジン〉誌上に邦訳されているが、中でも白眉といったら、やはりどうしてもジェイムズ・ティプトリー・ジュニアとのインタヴューに行きつくのではないか（〈SFマガジン〉八七年十月号）。一読するとわかるのだが、プラットのインタヴューはいわゆる一対一対応の「シナリオ形式」ではなく、むしろインタヴュアーの叙述の中に作家の言葉を巧みに織りこむ「エッセイ形式」を採っている。そしてこの選択が、わけてもティプトリーとの対話を浮き彫りにするのに絶大なる効果を発揮したのだ。たとえばティプトリー自身の言葉を聞けば、彼女（本名＝アリス・シェルドン）がいかに奇怪な人生をたどり、いかにそれが彼女の作品に影響し、ひいてはいかに女性としての正体を隠匿することになったかが説き明かされるが、それと同時にさしはさまれていくプラットの注釈的叙述は、いかに彼女がインタヴューを完全原稿にするためノリとハサミを用いたか、いかに惜しみなく自分の資料を提供したかをも浮かびあがらせてくれるのだ——元ＣＩＡ職員としての彼女を彷彿とさせるほどに。そして彼女もまた『夢の紡ぎ手』出版ののち、八七年五月に夫婦心中というかたちで鬼籍に入った作家のひとりであり、その意味でもプラットの仕事は現在きわめて貴重なＳＦ的資料といえる。もちろん、第二巻をしめくくるプラット自身へのインタヴュー（ダグラス・ウィンター）も含めて。

そういえばサイバーパンクも『夢の紡ぎ手《ドリーム・メイカーズ》』出版後の「事件」だった。プラットは彼らについて、基本的にはどのように考えているのだろうか。

ニューウェーヴから日本を眺めて

「連中のことは、最近じゃシリル・コーンブルースと比べて考えてみたいんだ。共通点はもちろんのこと、何よりもコーンブルースの理想主義に照らせば、サイバーパンクスにはいかにモラルもメッセージも欠如しているかがわかるからね。」

けれども、サイバーパンク作家は一様に英国ニューウェーヴＳＦの洗礼を受けてもいる。「ニューウェーヴを読むのは、連中の事前調査みたいなものでね、反面教師じゃないかな。その結果、サイバーパンクは計算しつくされた作品を生み出している。」

作家としてのプラットは、しかしサイバーパンクとはいささかも抵触しない。ピアズ・アンソニイの本歌取り『P・L・A・S・M』（八八年）しかり、子供向けの絵本『幸せなネコになるために』（八六年）しかり、ロバート・クラーク名義のロボットSF『人間以下《レス・ザン・ヒューマン》』（八六年）しかり、いずれも地味な作風に彩られている。

それよりも、最近プラットの名をいっそう知らしめることになったのは、フランクリン・ワッツ社の新SFハードカバー・シリーズ編集顧問としての仕事ではあるまいか。絶版状態だったベスターの名作『虎よ、虎よ！』の複刻からシャーリイのシュールレアリスムSF『素晴らしき混沌』まで。かてて加えて、プライベートに発足させた新出版社ブラック・シープ・ブックスのほうでは、ベスターの未発表長編や日本SFまで入れたいともいう。そう、彼はかつてイアン・ワトスンの「日本はネオン色のタクシーである」に始まるエッセイ「ジャパン」（〈ニューワールズ〉一九八号）を読んでからというもの、ついには日本語を勉強しだしたほどの日本びいきなのだ。かくて、編集者としてのプラットはこんな抱負を述べる。

「何しろSF読者の読みたがる本を出したい――つまり、出版社の理想とは一味ちがった本を出したいんだ。」

このところますます精力的なプラットは、アメリカでは〈ファンタジイ&サイエンス・フィクシ

チャールズ・プラット、ソーホーのオフィスにて。

ヨン〉誌に、イギリスでは〈インターゾーン〉誌に連載コラムをスタート。しかも我が国の雑誌〈SFアドベンチャー〉への投稿では、日本SF界を大いにアジッてさえいる。

「アメリカSFを出し抜けるわけはないさ——こう思いたがる独善的な輩も少なくない。しかし本当にそうだろうか。……日本の子供向けアニメがアメリカのTVを席巻し、日本のマンガが日本語のまんまSF専門店で販売されるご時勢だ。日本製SF小説が世界的市場を攻略してしまうことだって、大いにありうる、日本車や日本製AV機器とまったく同じ要領で。これは冗談ではない。」（同誌八八年六月号）

かつてルイス・シャイナーは日本SF界に向けたメッセージの中で「いまや日本の作家は手あたりしだいにアメリカの市場に作品を送るべきです、特に〈オムニ〉と〈アイザック・アジモフズ〉へ」とアジッたことがあるが、これにプラットのヴィジョンを合わせるならば、現在アメリカSF界の抱く最もナイーヴな日本観を要約することになるだろう。

現在のプラットは『夢の紡ぎ手』のヴィデオ版を準備するとともに、フランクリン・ワッツでの仕事にピリオドを打ち、ニューヨークからロサンジェルスへ移動したところだ。東海岸をとりまく気候と東部人をとりまく気分が、プラットにはいまひとつなじめなかったという。そんな彼の自己評価は、つぎのとおりである。「SF界ってのは、とかく異常な人間があふれていて、一見正常に見えてもやっぱり異常だったりする。結局、正常なのはオレだけらしいね。」

SF読者の理想をSF出版にそっくり反映すること――この、一見正常に見えつつ障害の大きい構想をつねに具体化しようとしてきたプラットは、なるほど目下ただひとりの正常なSF人と呼べるのかもしれない。

5　鏡眼鏡綺譚

——スティーヴ・ブラウン

Stephen P. Brown

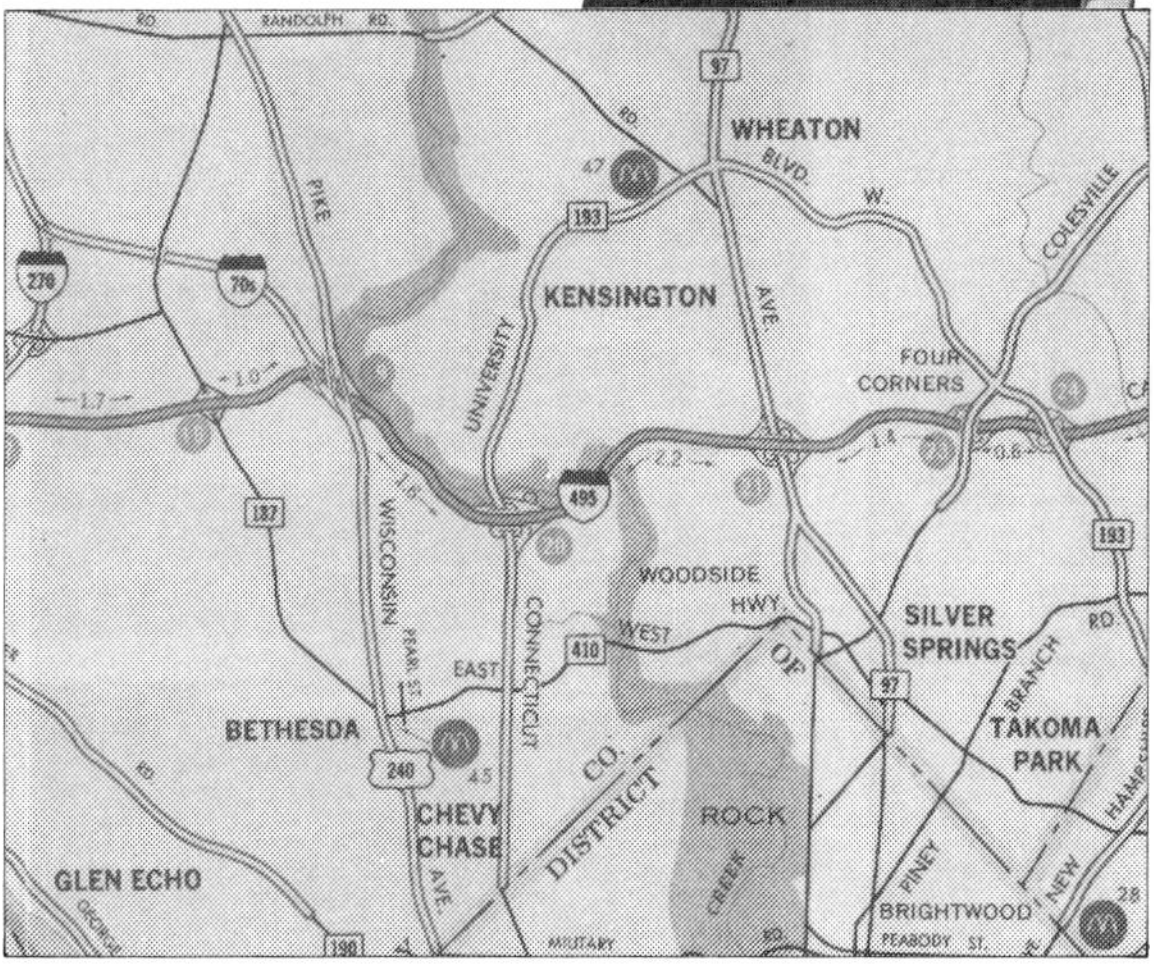

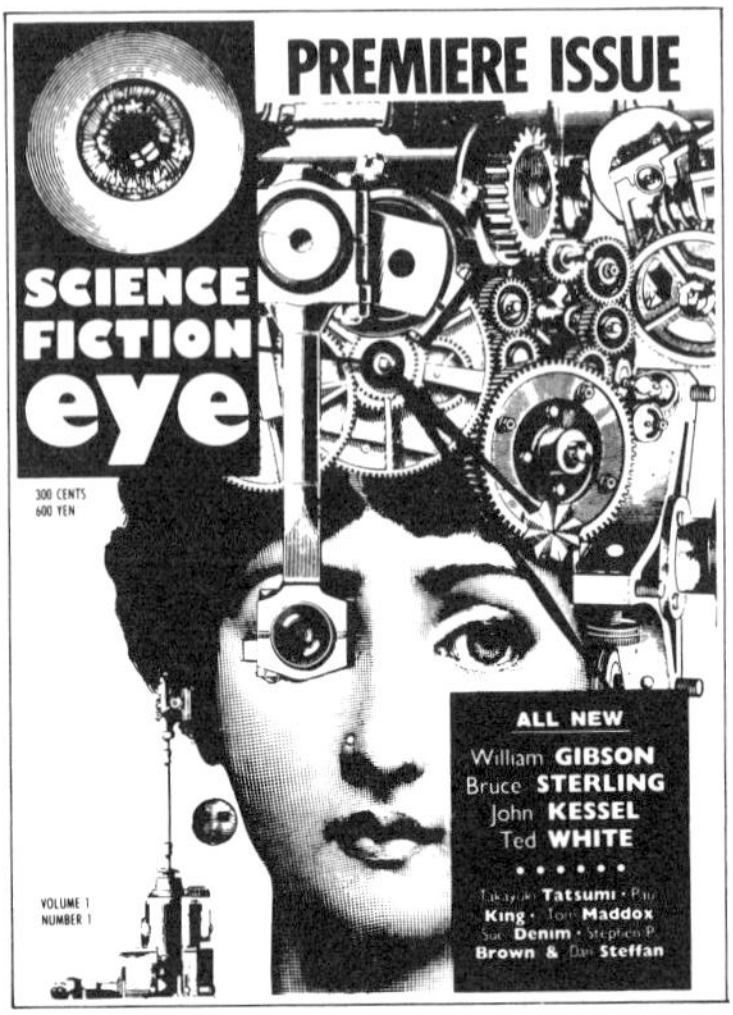

〈サイエンス・フィクション・アイ〉創刊号

ひとつの眼鏡がひとつの眼を発明する——眼鏡の名は俗にミラーグラスとも呼ばれるミラーシェード、そして眼の名は〈サイエンス・フィクション・アイ〉。目下SF界唯一のサイバーパンク系SF批評誌は、こうして一九八七年三月、ワシントンD・Cを舞台に産声をあげた。

眼のために眼鏡が要請されるのではなく、眼鏡が眼を誕生させること。

本末転倒に聞こえるだろうか？　しかし、たとえばサイバーパンク・アンソロジー『ミラーシェード』に収められたポール・ディ＝フィリポの「ストーン万歳」（八五年）では、文字どおりミラーシェード機能の類推から眼球を徹底改造してしまう男のドラマが描かれる。眼鏡が眼を再創造《レトロフィット》するのは、したがって本末転倒どころかSFにおける最もラディカルな逆説だろう。〈SFアイ〉誌創刊経緯は、かくて奇しくもSF

的逆説自体を再表現《パフォーム》してしまったといってよい。

ディレイニーが命の恩人

編集長スティーヴ・ブラウンは、一九四八年サンフランシスコ生まれ。八才でベスターの『虎よ、虎よ！』に狂ってからというもの、その人生にはサイバーパンクが脈々と刻み込まれていったようにみえる。

というのも、コンピュータ関係の仕事からジャーナリズム世界に入る七〇年代前半、ブラウンはまだ高校生だったジョン・シャーリイと出会い、意気投合し、天才音楽少年ロブ・ハーディンを加えた三人で共同生活までしていたのだから。

さらに、七四年夏にミシガンで開かれたクラリオンSF創作講座《ワークショップ》ではブルース・スターリングやジェイムズ・パトリック・ケリーとも同期生となり、とりわけそれ以来つちかわれたスターリングとの友情は今日に至るまで続いている。

だが、ブラウンがSFを選択するに至るには、むしろそれに引き続いて起こった事件のほうが決定的だろう。クラリオンを受講し終えてポートランドへ帰ってみると、ジャーナリストとしてのポジションはすでに他人に奪われており、彼はほんの偶然からサーカスに職を得るのだ。

「ちょうどそのころ、〈リングリング・サーカス〉が町にやってきたんで、ぼくはまったくの好奇心から連中の移動している専用列車に近づいたんだ。ところが、いろんな質問をするうちに、相手はどうやらぼくが職を探しているものと思ったらしい。『乗れよ、出発するから』ってわけ。そいつはたしかにどでかいチャンスだった。あわてて荷物をまとめて、一緒に町をあとにした。」

だが、やがて同じ七四年の一二月一四日のこと、のっぴきならない事件が起こる。フロリダへ回ったサーカスの裏方仕事の真っ最中、ブラウンはノコギリ操作のミスにより左手に重傷を負ってしまったのである。

激痛と出血。さまざまな義手のイメージが彼の悪夢に現われては消え、消えては現われる。食事用のフォーク付き義手、作業用のペンチ／ドライバー／ハンマー取り換え可能の義手、それにタキシードにも似合いそうなブラック&シルバーの義手……入院先の医師にしても、整形手術をほどこしてはくれたものの、左手機能の完全回復についてはまったく悲観的だった。

にもかかわらず、そのうちブラウンは、散歩や読書のときにかぎって左手の痛みが和らぐことを知る。そこで一日一〇時間あまり、フロリダの浜辺を散歩しながら読書に没頭していった。闇の左手は、大方の予想を裏切って、確実に快方へ向かい始めたのだ。

このときの本が、サミュエル・ディレイニーの全八七九ページに及ぶ巨大小説『ダールグレン』（七四年）である。作中に登場するサイバネティックなイメージ、とりわけ花弁のように開く義手に「他人ごとならぬ親近感を覚えた」ブラウンは、何とこれを二日で読みきってしまう。当然かも

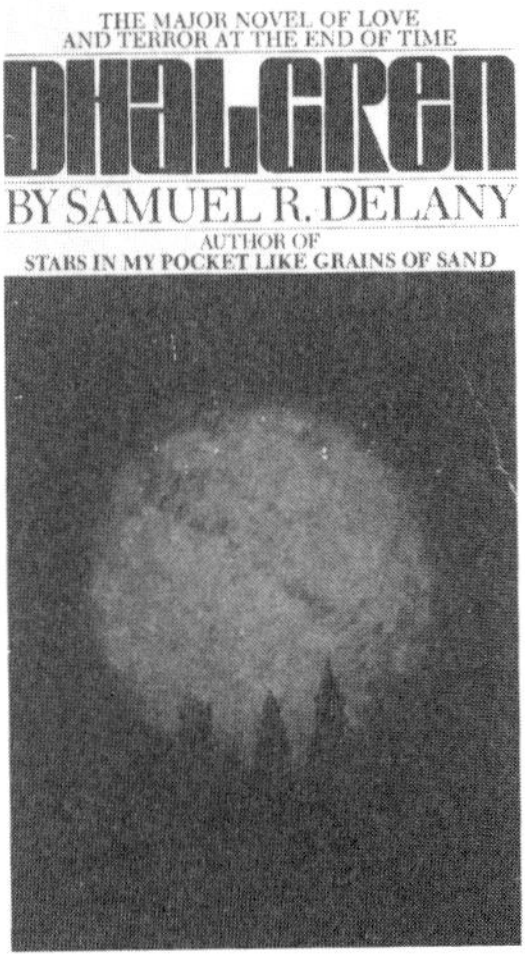

サミュエル・ディレイニー『ダルグレン』

しれない、誰よりも彼自身がサイボーグと化す可能性があったのだから。読了後、じっさいに全快してしまった彼は——「とにかく真っ先に、あの完治不能なんていいやがった医者のところへ行って、ギターでブギウギでも弾いてやろうかと思ったものさ。」もっとも、そのときまでにこの医者は、すでに病院からすがたを消していたらしいのだけれど。

そして——この話には、さらに絶妙のオマケがつく。感動した彼はすぐさまディレイニー宛ファンレターを書くのだが、するとあろうことかディレイニー自身が回復後のブラウンに会いに、サーカス巡演先のバッファローまで足を運んでくれたのだった。アメリカSF界の古き良き美談が、ここにある。

スティーヴン・キングを暴いた男

かくて、左手をほとんど奇跡的に奪還してからというもの今日に至るまで、ブラウンは新聞をはじめ各SF誌・ロック誌に精緻なSF批評をおびただしく寄稿してきた。

八〇年に〈ヘヴィ・メタル〉誌のレギュラー・コラムを任されると、本格的なジョン・シャーリイ論や世界初のウィリアム・ギブスン・インタヴューを次々に発表。

だが、何といっても彼をいちばん有名にしたのは、八四年に〈ワシントン・ポスト〉紙に寄せたスティーヴン・キング論だろう。ブラウンは、このもうひとりの「スティーヴ」がリチャード・バックマン名義で五冊の長編をものしていることをつきとめたのだ。キング・ファンだった彼は、八四年にバックマン名義の『痩せゆく男』(邦訳・文春文庫)が出た時点で、バックマンすなわちキングであることを直感したのだが、さらにウラを取るために国会図書館へ赴くと、この両者が同一のエージェントを使っている事実が判明したのだ。

あとは、キング当人に確認すればよい。ブラウンはさっそく彼宛てに、自分の「発見」をつづった手紙を書く——どうせ作家はしらばっくれるにちがいない、とタカをくくりながらも。

しかし予想は外れた——ただし、より建設的な方向へ。なるほど、キングは返事など一行たりとも書いてはこなかったけれども、たちまちブラウンのところへ電話をかけてきたのである。

「スティーヴ・ブラウンかね、こちらはスティーヴン・キング。わかったよ、きみは私がバックマンだってことをつきとめた。いさぎよく認めよう。さて、これからどうすればいい？　相談しようじゃないか。」

ブラウンの標的は、当時出版界を牛耳っていた迷信だった。編集者たちは、こう信じ込んでいたのである、「ベストセラー作家の地位を保つには年一冊主義に徹したほうがよい。たいていの場合、それ以上出せば質を保てなくなり失敗する」と。だが、キングという稀有の作家に限っては、こんな迷信に惑わされる必要がない――ブラウンはこう考えて、キングには本名で年二冊以上出すよう、熱心に口説く。

論より証拠、ブラウンの助言は絶大な効果を発揮することになる――わけてもキングの編集者に対して。というのも、右の電話のあと、ブラウンがキング＝バックマン同一人物論を〈ワシントン・ポスト〉紙にすっぱ抜くやいなや、『痩せゆく男』はすぐにもベストセラーとなり、向こう一六週間はトップをゆずらなかったのだから。つまり、これを契機にキング作品の商業的価値がはっきりしたというわけだ。キングが年二作以上の長編執筆体制を確立し一千万ドル作家になっていくのは、すべてそのあとの物語になる。（この暴露事件の真相については、ブラウン自身のエッセイがドン・ヘロン編のキング論集『恐怖の王国』〔一九八八年〕に収められている。）

このようなジャーナリストとしての業績によって、ブラウンはいくつかのSF雑誌の編集部に迎えられた。半商業誌《セミプロジン》では書評中心の〈スラスト〉〈メリーランド〉や〈サイエンス・フィクション・レヴュー〉（オレゴン）、それに商業誌ではゲーム中心の〈スターデイト〉（ワシントンD・C）……。

〈サイエンス・フィクション・レヴュー〉

〈スラスト〉

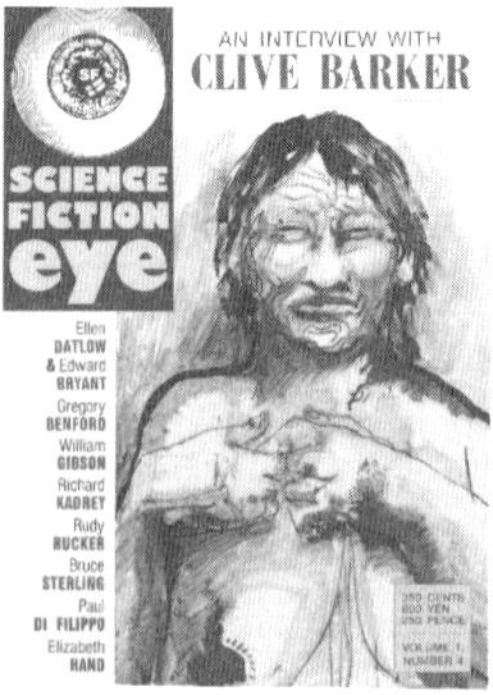

〈SF アイ〉

〈スターデイト〉

しかし、八六年中には〈スターデイト〉と〈サイエンス・フィクション・レヴュー〉があいついで終刊。いけない、このままではSF批評に致命的な穴があいてしまう――こう考えたブラウンは、その夏、同じくワシントン地区に住む盟友でSFイラストレーターのダン・ステファンと語らい、サイバーパンク系SF批評誌〈SFアイ〉の構想を練る。

ダン・ステファンと〈SFアイ〉と

ステファンは五三年ケンタッキー生まれ。

彼もまた、六〇年代に〈ギャラクシー〉や〈イフ〉、〈アメージング〉や〈ファンタスティック〉といったSF雑誌のとりこになり、SFアートへの道を決心したタレントだった。

七一年には、自分の同人誌《ファンジン》〈ブーンファーク〉を創刊、そして実際、七四年からはかねてより憧れていたSF雑誌を彼自身のイラストが飾ることになる。

そして、八三年。ステファンにとって、これは大変名誉な年になった。ヒューゴー賞アート部門の候補に選ばれたのである。プロとしての実力が、このとき公に認められた。以来、活躍に活躍を重ね、現在では〈ワシントン・ウィークリー〉や〈アメリカン・ポリティックス〉といった雑誌のアート・ディレクターをつとめるステファン。そんな彼が〈SFアイ〉に託す夢は、このようである。「新しい視点を提供したいな、あくまで未来ならぬ現在を再考するきっかけとして。」

ブラウンの片腕、ダン・ステファン

ぼくが彼らと初めて会ったのはちょうどそのころ、〈SFアイ〉のコンセプトがかたまりかけていた当時のことだ。ところは忘れもしない、ギブスンとの初対面と同じ八六年度ワシントンSF大会〈ディスクレイヴ〉席上。

ギブスン・インタヴューをきっかけに知りあったぼくたちは、プールサイドのデッキ・チェアに腰かけて、一晩中語りあかしたあげくにすっかり意気投合してしまう。ブラウンはこのときぼくをアジッて「いまこそサイバーパンク作家のインタヴュー・シリーズをやるべきだ」と力説した。そして、コーネル大学に帰ったぼくのもとに、さっそくジョン・シャーリイに関する資料いっさいが送られてくる。もちろん、これが続くシャーリイ・インタヴューのための「仕事」の依頼であったことはいうまでもなく、ブラウンからの最初の手紙はこう結ばれていた――「とにかくいまのSF界をひっくりかえしてやろうぜ！」ぼく自身が〈ＳＦアイ〉編集部に迎えられるのは、その直後のことであった。

以来〈ＳＦアイ〉は、創刊号を文字どおりのサイバーパンク特集「サイバーパンクへの鎮魂歌」としながら、二号のＰ・Ｋ・ディック小特集や三号の小説特集に至るまで、順調に刊行されている。しかも、創刊号発刊直後にはチャールズ・プラットの〈ＲＥＭ〉との間に激烈な論争がまきおこったり、二号発刊直後にはジョン・ケッセル対ロブ・ハーディンの『ニューロマンサー』論争に何とルーシャス・シェパードまでが加わったりと、エキサイティングな話題のほうにも事欠かない。

くりかえすが、サイバーパンク効果のひとつは、ＳＦに関する論議をいっそうにぎやかにしたことだった。それは何よりも、ＳＦというサブジャンルをそのサブカルチャーともども愛してやまぬ編集長スティーヴ・ブラウンの姿勢に反映されている。たとえば今年の五月、八八年度のディスクレイヴで、ぼくとブラウンはともども前夜祭パネル「芸術形式としてのＳＦ」に出席するよう要請されたのだが、いったいどんな話をすべきか、ダレス国際空港まで迎えにきてくれたブラウンに訊いたとき、彼はこう肩をすくめたものだ――「むしろ、このテーマならどんな話でもできるってことさ」。

オーケイ、それなら〈ＳＦアイ〉にかんがみて、この言葉はこう言いかえたってかまうまい――サイバーパンクがテーマならどんなＳＦ論でもできるのだ、と。

こんな彼のヴィジョンを映し出すのに絶好のエピソードがある。

八七年十月にワシントンで開かれた「ホラー映画フェスティバル」は〈SFアイ〉編集部の肝煎りで行なわれたけれども、その大会名にもかかわらず、唯一のパネルにはウィリアム・ギブスンはもとよりエレン・ダトロウやジョン・シャーリイ、それにサミュエル・ディレイニーといった純然たるSF人が集められた。そのうえ、TVでもオン・エアされたというのだ。さしずめ、このメンバーならホラーどころかどんな話をしてもSFになってしまうはずだが、もちろんそれこそブラウンの望むジャーナリスティックな戦略であるのは、あえて確認するまでもない。

SFはいったい何をするのか——〈SFアイ〉という雑誌は、まさにそれを見る「眼」であると同時にそれを映す「鏡」ともなってゆくだろう。

6　ミラーシェードの洗者ヨハネ
——ジョン・シャーリイ

John Shirley

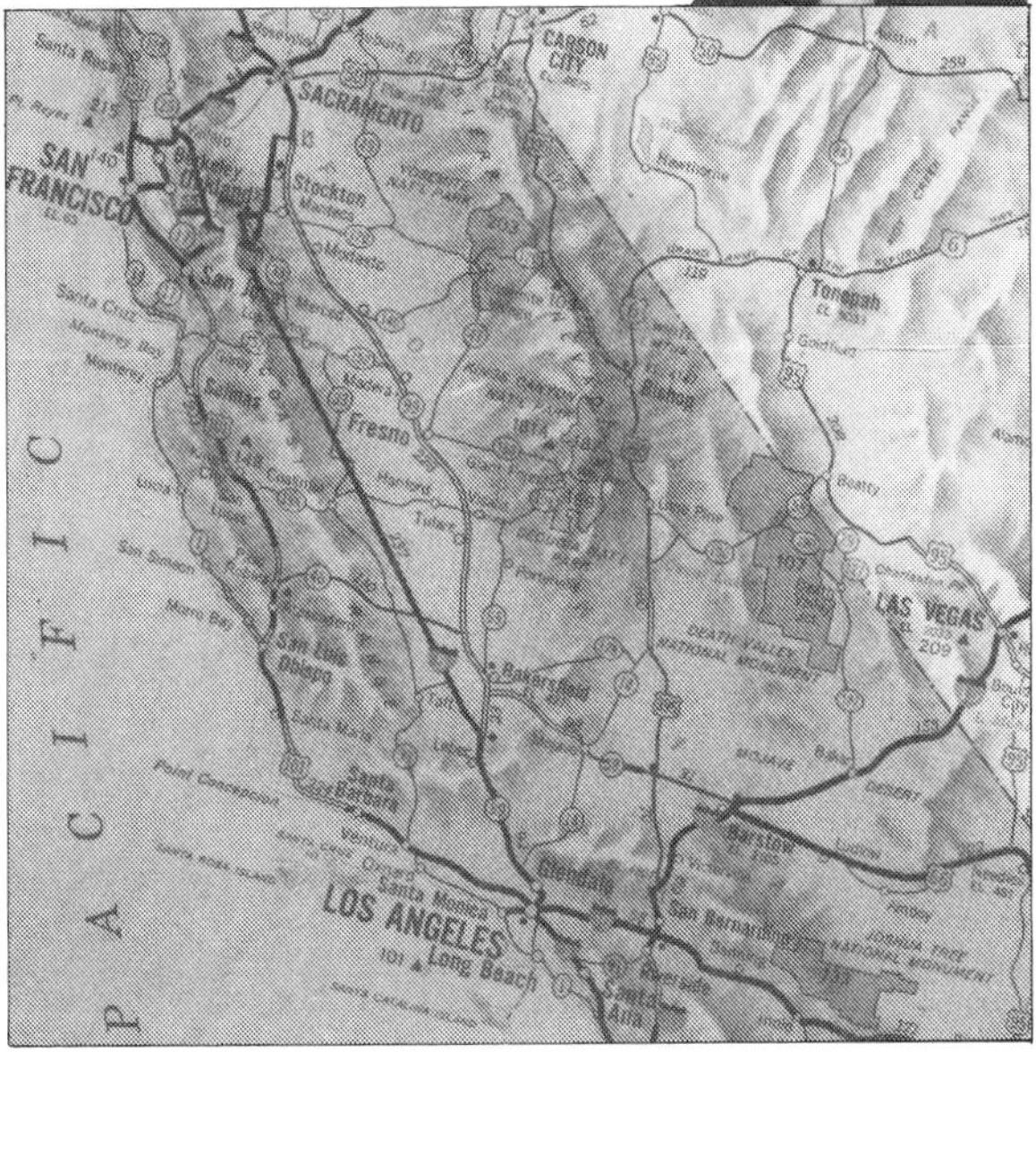

一九八七年夏。八月も暮れなずむ、LAはビバリー・ヒルズのたそがれ。あのウィリアム・ギブスンが、かつてあのメル・ギブスンとまちがえられて大歓待を受けたというその同じビバリー・ヒルトンにたまたま泊る機会があり、ロビーにてジョン・シャーリイとおちあう。サイバーパンクの洗者ヨハネ《ジョン》は、このころちょうどビバリー・ヒルズから車で十分と離れていないウェスト・ハリウッドの住人だったから。

「乗れよ。」リッチなうえにもリッチなホテルの前に彼がつけたのは、しかしお世辞にもキレイとはいえないベコベコにへこんだ紺のトヨタ。「最近免許をとったのさ。運転荒っぽいぜえ、覚悟しろよ。」案の定、ものの五分もいかないうちに、買って間もないという超中古車はエンスト。「ちくしょう、ガス欠になりやがった。おまえ、ガソリンの入れかた知ってるか?」幸い、その道端は、ガス・ステーションの目と鼻の先だった。

アカデミズムへなぐりこめ

かくて再会のたびに、ジョン・シャーリイはサイバーパンクであることとアメリカSF界最大の事件多発者であることの同義性を裏づけてくれる。ふりかえってみても、その作家的出発点から今日まで、彼の人生はそのままスキャンダルの歴史なのだ。序章でもご紹介したような師匠ハーラン・エリスンとの決裂や最初のサイバーパンク・パネルにおける中途ボイコットは序の口、パン

Book review

SEPTEMBER 2021

９月の新刊

勁草書房
〒112－0005 東京都文京区水道２－１－１
営業部 03－3814－6861　FAX 03－3814－6854
ホームページでも情報発信中。ぜひご覧ください。
https://www.keisoshobo.co.jp

米中覇権競争と日本

三船恵美

1996～2020年の米中関係を俯瞰することで、2021年からの米中戦略的競争を解説する。

A5判並製 288頁　定価2970円
ISBN978－4－326－30306－9

オープンイノベーションの知財・法務

山本飛翔

協業により、革新的ビジネスモデル、研究成果、製品開発、組織改革、地域活性化などにつなげるオープンイノベーションの法務を解説。

A5判並製 324頁　定価4620円
ISBN978－4－326－40396－7

ジャーナリズムの倫理

山田健太

宗教の凋落？

100か国・40年間の世界価値観調査から

ロナルド・イングルハート 著

勁草書房
https://www.keisoshobo.co.jp

ロングセラー著者紹介　瀬《せ》地《ち》山《やま》 角《かく》

1963年生まれ、東京大学大学院総合文化研究科博士課程修了、博士（学術）。専門はジェンダー論、東アジア研究。現在は東京大学大学院総合文化研究科教授。主な著書に『炎上ＣＭでよみとくジェンダー論』（光文社新書）、『東アジアの家父長制』、『お笑いジェンダー論』（ともに小社刊）など。

1996年11月刊行　好評10刷

東アジアの家父長制

ジェンダーの比較社会学

瀬地山 角

A5 判並製 236 頁　定価 2750 円
ISBN978-4-326-60340-4

A5 判上製 216 頁　定価 4180 円
ISBN978-4-326-60341-1

9月の重版

教育思想双書 9
経験の
メタモルフォーゼ
〈自己変成〉の教育人間学
高橋 勝

人間形成における経験の意味とは何か。人が様々な外部と出会う中、自己と他者が織り成す、物語の構築と解体のプロセスを問い直す。

四六判上製 260 頁　定価 2750 円
ISBN978-4-326-29881-5　1 版 5 刷

個人情報保護法
コンメンタール
石井夏生利・曽我部真裕・
森 亮二 編著

最新の理論水準と実務の知見を盛り込み、各条項に GDPR、FTC 条文解説も加えた本格的コンメンタール誕生。令和 2 年改正法ベース。

A5 判上製 1144 頁　定価 13200 円
ISBN978-4-326-40381-3　1 版 2 刷

書評掲載書のご案内

日本経済新聞（8 月 28 日）書評掲載

ロスト欲望社会

消費社会の倫理と文化はどこへ向かうのか

橋本 努 編著

「ロスト欲望」時代の消費文化は、どのような駆動因によって動くのか。歴史を整理する枠組みを提示し、衰退する日本の消費社会の今後を展望する。

A5 判上製 276 頁
定価 3520 円
ISBN978-4-326-60338-1

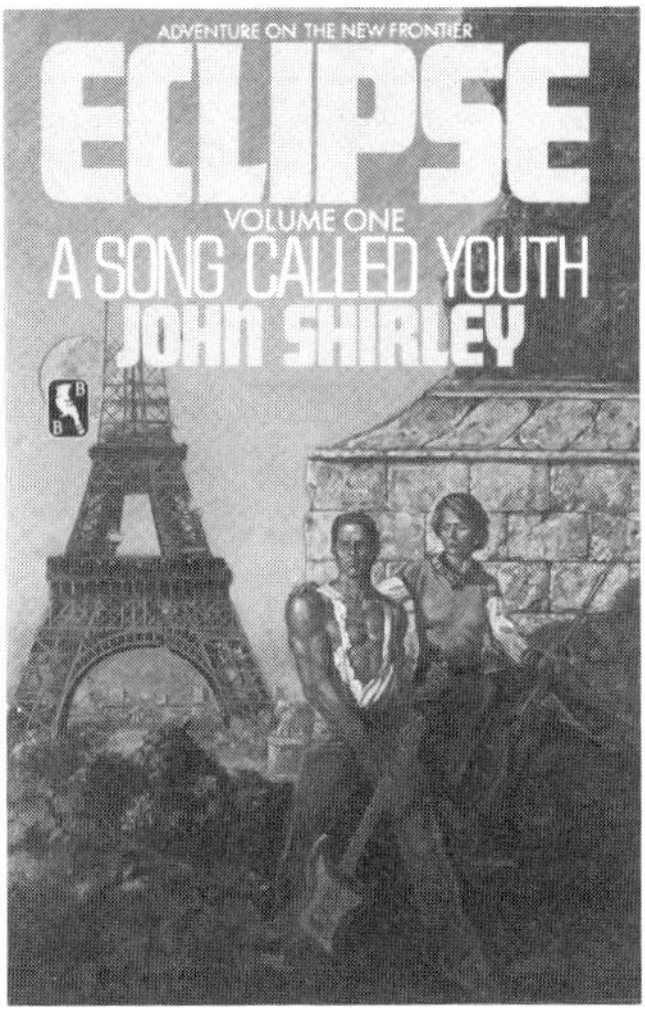

ジョン・シャーリイ『エクリプス』

ク・バンドのリード・ヴォーカルとしてのライヴでは、エキサイトしたあげく観客と椅子を投げ合うパフォーマンスさえ展開されたという。『エクリプス』三部作では超ナチズム化したＷＡＳＰ組織に抵抗するプレパンク・ミュージシャン、リック・リッケンハープが活躍するが、そこに作家自身の自画像を見るのは間違いではない。ロック・シーンでの盟友ロブ・ハーディンも、こう評価している。「ジョンは歌のほうはまあまあだけど、とにかくパフォーマーとしては超一流だぜ。」もうおわかりだろう、シャーリイはパンク・パフォーマンスのノウハウをそっくりＳＦ（界）のほうにも適用しようとしている作家であることが。

なるほど、初めて彼と話す機会を持ったＳＦＲＡ（ＳＦ研究協会《リサーチ・アソシエーション》）第一七回大会（於サンディエゴ州立大学）においても、そんなシャーリイの十八番《オハコ》はじゅうぶん楽しむことができた。このとき、同大学で教

1986年、SFRA（アメリカSF研究協会）におけるサイバーパンク・パネル。左から、ジョン・シャーリイ、ジャック・ウィリアムスン、グレゴリイ・ベンフォード、ノーマン・スピンラッド。

える大会仕掛人ラリイ・マキャフリイの趣味もあって、SF学界最初のサイバーパンク・パネル「サイバーパンク／サイバージャンク？」が企画され、パネリストにはシャーリイのほかノーマン・スピンラッドとグレゴリイ・ベンフォード、司会者にはジャック・ウィリアムスンが選ばれたのだが、正直なところこれほどエキサイティングな盛りあがりを見せたパネルも少ない。

スピンラッドは『鉄の夢』（七二年。邦訳・ハヤカワ文庫SF）『バグ・ジャック・バロン』（六九年）や『小さな英雄たち』（八七年）といった代表作を持ち、六〇年代ドラッグ・カルチャーの高僧ティモシー・リアリーからは「ニューウェーヴと同時にサイバーパンク」と評価される作家。ベンフォードは『タイムスケープ』（八〇年。邦訳・ハヤカワ文庫SF）でヒューゴー・ネビュラ両賞受賞に輝き「クラークの科学性とフォークナーの文学性を合わせ持つ」といわれるサイバーパンク撲滅派＝サイバージャンク提唱派（彼自身の造語）。そしてウィリアムスンはかつて『ヒューマノイド』（四九年）で自己増殖ロボット種族を描き、サイバネティックスへの造詣も深いアメリカSF界の長老。このメンツに囲まれて、シャーリイはひとりサイバーパンクの意義を説明してみせなければならなかったのだから、観客たちは何が起こるか固唾をのんで見守っていた。

案の定、シンパであるスピンラッド以外は、疑問と批判をシャーリイに集中していく。たとえばベンフォードは「各作家の共通項を割りだすことで独自性が失われてしまう」といい、ウィリアムスンは「サイバーパンクスは自分たちこそ最高と思っているようだが、こんな運動は昔にもあった」という。だが、きわめつけだったのは、会場からデイヴィッド・ブリン（『スタータイド・ライジング』［邦訳・ハヤカワ文庫SF］で八四年度ヒューゴー・ネビュラ両賞受賞）が乱入した瞬間である。彼が「サイバーパンクと優れたSFとはどうちがうんだい」と執拗に尋ねたとき、怒ったシャーリイはこう叫んだのだった。

「ともあれ、オレたちの描くアンチ・ヒーローに不快感を覚える連中はゴマンといる。そいつらとオレたちはな、いいか、もはや種族がちがうんだよ、種族が！」

ネビュラ賞カード・ゲーム

パンクする「種族」の本能がつねに批判の矢を向けてやまないSF界の「制度」はふたつある。

ひとつは、ヒューゴー・ネビュラ両賞に象徴される制度、もうひとつは、SF大会という制度だ。シャーリイはこれらふたつともSF村落のナレアイ的因襲になり果てているという。ヒューゴー賞といったら毎年九月の世界SF大会《ワールドコン》参加者の投票で決まる総合賞（五三年〜）、ネビュラ賞といったら毎年四月にSFWA（アメリカSF作家協会）会員の投票で決まる作品賞（六五年〜）を指すけれど、八七年度にはまさにシャーリイによって、ネビュラ賞の体質そのものを問う論争が戦わされ、オースン・スコット・カードやマイクル・ビショップをまきこむ結果となった。

ことの起こりは八六年の秋、SFWA内部の非公開機関紙〈フォーラム〉紙上でシャーリイが激しいカード批判を展開したことにある。シャーリイの論点は、まずカードの前年度ネビュラ賞受賞長編『エンダーのゲーム』（八五年。邦訳・ハヤカワ文庫SF）も八七年度受賞作（当時候補作）『死者の代弁者』もともに「受賞に値しないこと」、そして、にもかかわらずカード作品が推薦される理由はおそらく「兼業批評家としてのカードが他作家への圧力を持ち」、かつ「カード自身ネビュラ賞管理・審査に参与していること」につきる。対するカードは「私は何の工作もしていない」「ネビュラ賞に推薦されたのは、推薦者が作家としての私の作品を気にいってくれたからだ……それ以外の理由じゃない」と断言する。

この対立を、たとえばサイバーパンク対ヒューマニスト（あるいはカードSFに準ずるならばミリタリスト？）のケンカとして還元するのは、あまりにもやさしい。しかし、ここで問題となってい

オースン・スコット・カード『エンダーのゲーム』邦訳

るのは、むしろ評価の公正さなのだ。SF界全体の賞でありながら、これまで同じ英語圏の中でさえ、アーサー・C・クラークは別にしてもJ・G・バラードをはじめクリストファー・プリーストもイアン・ワトスンもネビュラ賞受賞の経験がないのはいったいなぜか、ということなのだ。

シャーリイ＝カード論争がSFファン一般の目にとまるようになったのは、それが仲裁を買って出たビショップのエッセイ「ネビュラ・ウォーズ」（SF評論誌〈スラスト〉二六号、八七年春号）のうちにまとめられたためである。行司としての「公正」を期すビショップは、人の良さがにじみ出るような、同時に見方によっては珍妙きわまりない方法を採った。当時のカードの最新作『死者の代弁者』とシャーリイの最新作『エクリプス』を小説として比較検討しようというのだ。果たして、作家的技量の点ではカードに軍配があ

シャーリイの論敵、オースン・スコット・カード

がるが、いっぽうその主張する内容においてはビショップもシャーリイへの共感を隠さず「SFWAはすぐにも規約改正して、ネビュラ賞審査を作品出版とも作品推薦とも関わりのない人物に任せるか、あるいは作家兼審査員の作品は推薦作から外すか、そのどちらかを選ぶべきだろう」と強調している。

SF界を建て直せ！

他方、SF大会という制度はどのように批判されたか。これもシャーリイが同時期に書いたエッセイに見ることができる。彼は〈スラスト〉誌に連載エッセイのコラムを持っているのだが、その八七年夏季号（二七号）で、SFの将来のためにふたつの提案をしたのだ。まず、ジャンルの約束事に甘んじるジャンルSF（GSF《ジャンル》）よりも、今後はサイバーパンクやヒューマニストのようにジャンルの枠をはみだしていく超ジャンルSF《ジャンル・トランセンデント》（GT

ＳＦ）をめざすべきであること。そして超ジャンルとその読者が理想的な出会いかたをするために、ＳＦ大会の現状を大いに改革する必要があること。

　具体的な大会モデルとしては、シャーリイは八七年二月にベイ・エリアで第一回が開かれた年次大会「サーコン」（ファン用語“sercon”「真面目で建設的な《シリアス・アンド・コンストラクテイヴ》」と「ＳＦ大会《コンヴェンション》」とをかけた名称）を念頭に置く。この大会は毎年各地持ち回りで（八八年度はテキサス）、通常のＳＦ大会とは異なり「仮装お断り、クイズお断り」がモットー。しかも運営委員会が出版局「サーコニア・プレス」を作り、ブライアン・オールディスやサミュエル・ディレイニーの評論集まで刊行予定というからハンパじゃない。日本でいえばＳＦセミナー拡大版といった趣きだが、しかしシャーリイによればこのサーコンでさえ不十分なのであって、何より必要なのはＳＦ内外の境界線を超えるような新企画、たとえばＳＦと現代芸術の最前線をクロスするようなパネル・ディスカッションのたぐいなのだ。

　かつては自らのバンド〈オブセッション〉を率い、最近では電脳芸術家ステラークやマーク・ポーリーンに傾倒するシャーリイだけに、これはムリからぬ要望だろう。おまけに彼は、エッセイ末尾で〈スラスト〉読者に呼びかけ、優秀なる企画発案者には著者・編者サイン入り『カウント・ゼロ』および『ミラーシェード・アンソロジー』をプレゼントする、とまで約束している。

　シャーリイという人に悪気がないのは、おわかりいただけるはずだ。ところが、次の号ではこれがケンケンゴウゴウの嵐をまきおこす。「シャーリイやスターリングは『サイバーパンク』なるお

ジョン・シャーリイのグルーピーたち

めでたい単語自体に浮かれている」(バーナード・ボスキー)といった表面的なものから「ヒッピーもサイバーパンクも、反テクノロジーか親テクノロジーかのちがいがあるだけで、自分たちをやたら『新種族』と名のりたがるポーズにおいては変わっちゃいない」(ロレンス・ワット＝エヴァンズ)といった本質的なものまで、さまざまな反応が並んだのだ。

中でも、シャーリイの文章が少なくともワシントン・ファンダムの重鎮ジョー・メイユーの意見を引きだしたのは有意義だった。メイユーはこういう。「大会参加者だけがSF読者ではない。ワシントンSF大会(ディスクレイヴ)では、SF出版をテーマに企画を進めているところだよ。」

シャーリイ邸では、彼の新夫人キャシーの手料理をごちそうになる。昔、ジョンの最初の妻だったジェイ・シェクリイ(ロバート・シェクリイ前夫人、自称サ

郵便はがき

恐縮ですが
切手をお貼
りください

112-0005
東京都文京区
水道二丁目一番一号
勁草書房
愛読者カード係行

(弊社へのご意見・ご要望などお知らせください)

愛読者カード

85198-0　C3098

書名　サイバーパンク・アメリカ　増補新版

りがな
名前　（　　歳）

ご職業

住所　〒　　お電話（　　）　－

書を何でお知りになりましたか
店店頭（　　書店）／新聞広告（　　新聞）
録、書評、チラシ、HP、その他（　　）

書についてご意見・ご感想をお聞かせください。なお、一部を HP をはじ
広告媒体に掲載させていただくことがございます。ご了承ください。

◇書籍注文書◇

寄りご指定書店

市　町（区）

書店

（書名）	¥	（　）	部
（書名）	¥	（　）	部
（書名）	¥	（　）	部
（書名）	¥	（　）	部

記入いただいた個人情報につきましては、弊社からお客様へのご案内以外には使用いたしませ
。詳しくは弊社 HP のプライバシーポリシーをご覧ください。

〈トワイライト・ゾーン〉誌の常連、ジェイ・シエクリイ

イバーパンク作家）とは、いまでも家族ぐるみのつきあいらしい。やがて近所に住むソムトウ・スチャリトクルもやってきて、とめどもない話が続く。映画「ニューロマンサー」は、カヴァナ・ボーイ・プロダクション製作予定でギブスン／シャーリイによる共同脚本ができていたのに、「この構成ではカネがかかりすぎる」とあえなくボツにされたこと。もうひとつの、ふたりの共作映画「マクロチップ」のほうは順調であること。そしてシャーリイ単独脚本による、いわく最初の真サイバーパンク映画「ブラック・グラス」は、チャーリー・アトラス監督で撮影開始に入ること。

明けて八八年、シャーリイはLA郊外のサウザンド・オークスへ引っ越した。新居を訪れたぼくに、彼はこう豪語したものだ。

「おれはもうSF界から手を引くよ。サイバーパンクは同時代を映す鏡としてリッパに普及した。自分になじみやすい領域に長く留まってるとよくないのさ。『エクリプス』三部作を完成したら、オレは別の分野へ移ろうと思っている。」

かくてシャーリイはほとんど趣味的に引っ越しを続け、彼の創作活動もほとんど偏執狂的に界面移動を続けていく。その結果、あたかも彼の師匠エリスンがそうだったように、たえずＳＦに戻ってくることになるのか、ならないのか――それを知るには、この洗者ヨハネの行く手の荒野をなおも注視し続けなくてはなるまい。

シャーリイとの対話

巽　実をいうと、北米ＳＦ大会のサイバーパンク・パネルでは、あなたの見解がいちばんわかりやすかった。八〇年代ＳＦの課題に関する説明は明快だったし、個性的でさえあった。しかし、いまとなってはどうなんだろう、サイバーパンクの可能性はＳＦのサブジャンルに留まるものか、それともこれはまさしくムーヴメントなのか?

シャーリイ　現時点では、ひとつのサブジャンルなんだろうな。そもそも、サイバーパンクがＳＦという分野を肩代わりするとか占領するとか、そんなことは毛頭考えちゃいないが、長期的にみて重要な影響を及ぼすはずだ。

サイバーパンクが意味を持つのは、その現状よりもその将来によるところが大きい。これが予兆となってSFジャンルのうちに根源的な文化的覚醒がもたらされれば、SF作家もジャンル外で読まれる、つまり脱ジャンル的なSFを書けるようになる。

巽　ウィリアム・ギブスンは「サイバーパンク」なる名称に難色を示しているが、あなたのほうはずいぶん好んで使っているように見えるけれども。

シャーリイ　便宜上のことだよ、とにかくこの造語にはギョッとさせるものがあるからさ。人目を惹くし、目にした奴はみんなこう思う――「いったぜんたい、サイバーパンクってのは何なんだ?」その結果、だんだん関心が集まってくる。必要上そいつを使ってみれば、やがてはムーヴメントの良質な面にも目を向けさせることができる。

もちろん、ギブスンがこの一語を嫌いな理由もわかるよ、たとえば「ギブスン?　ああ、サイバーパンクだよね」といったふうに片づける奴がいるんだ。そう、文学史上でいえば〈怒れる若者たち〉について「フムフム、これこれしかじかの作家たちは、いわゆる目下流行中の〈怒れる若者たち〉のポーズをとっているわけですな」などと知ったかぶる奴らがいたのと同じだ。ギブスンはまさにそのワナに陥るまいとしているね。それでも最低限言えるのは、サイバーパンクに共感するおれたちとあいつとは、多少なりとも同種の理想を共有している点だろう。ギブスンはおれたちの作品を気に入ってるし、おれたちもあいつの作品を気に入ってる。

巽　そういえば、「怒り」の要素についてギブスンやスターリングはあまり語っていないが、あな

ジョン・シャーリイ

たには一家言あるように思えるけれども。

シャーリイ　サイバーパンクが明らかに備えている一定のエネルギー、もしくはトーンというのが、物事に対しておれたちが怒るその反応に近いのさ。怒りそれ自体をとったってべつにどうってことたあない。問題は、当の怒りがいったい何に向けられてるのかってこと、怒りはいったいどんな思想から生まれたのかってことだ。

この側面は、しかし究極的にはあるていどサイバーパンクから抜け落ちていくかもしれないな。怒りってのはまさに一種の燃料だから、おれたちはそいつを摂取することで、物事を重力の制約から解き放とうとしてるにすぎない。

巽　そんなあなたのアジテーションの一部に評論誌上その他でくりひろげるかなりナマナマしい批評群がある。そうした「非小説《ノンフィクション》」とあなたの「虚構作品《フィクション》」とはどう関わるのか。

シャーリイ　ノンフィクションを書くときのおれの話題はたいてい決まってるんだ。あんまりこのジャンルにはマジに取り組もうとしてないし、それに得意な形式でもないしな。

巽　でも、あなたの評論類はいつも非常にエキサイティングだ。

シャーリイ　エッセイを書くときにはさ、とにかく読者とサシで向かいあってるんだと思わせる迫真性《エキサイトメント》をかもしだすわけよ。とりわけ読者のほうでも熱くなってくれれば、こっちでも面と向かってやりあうふうに揮発油をビシバシ注ぎこむ。

ハーラン・エリスンとケンカしたときのこと？　ああ、おれもだいぶ若かったな。ぶっちゃけていえば、結局あのころ、七〇年代半ばのおれってのは、ＳＦがすっかりおとなしいものに成り下がった気がして、それをダシにやたらめったらケンカを売ってたのよ。論争の火付け役さ、何たって退屈してたからね。こうもおとなしくなられちゃＳＦに未来はないじゃないか――そんなふうに感じてたんだ。

もちろん、そうすることでおれ自身の小説へ関心を惹きつけようとしたのも目論見のひとつだったろう。正直にいうよ、さほど意識していなかったにせよ、たしかにこの目論見こそが――部分的にせよ――おれの巻きおこした論争の原動力だったのさ。

エリスンとのケンカは、したがってまったくの偶然なんだ。当時ＳＦ批評誌でこんなことをのたまった奴がいたんだよ、「シャーリイは結局エリスンをマネしてるだけじゃないか」ってね。その理由とやらがお粗末で「シャーリイもエリスンも騒々しい作風だが、ＳＦジャンルではそのように激情的に書く作家はこのふたり以外に見あたらない、したがって（先発の）エリスンを（後発の）シャーリイが模倣したのであろう」ときやがる。

こんなセリフが吐けるのは、エリスン以前にそうした作家を読んだこともない青二才どもだぜ、ジャン・ジュネやハンター・トンプソンさえ知らないにちがいない。そもそも、仮におれが誰かを模倣してるとすれば、それはまさにトンプスンないしトム・ウルフみたいな作家のほうだ。それでこう怒鳴りかえしてやった——「このウスラ馬鹿め！　おれはエリスンなんか眼中にない。奴はたしかに立派な作家だが、もはや気合が抜けちまってらあ。今のエリスンでごリッパなのは、その悪名だけさ。」

逆上したおれは、このとき他にもいっぱい大げさな身ぶりでわめきたてた。そりゃあエリスンは怒ったねえ。奴は誌上反論の中で、おれがもう手のつけられないロクデナシに堕落した、と書いてきた。文字どおり、それだけだった。エリスンはおれを徹底的に侮蔑するしかなかったんだ。なぜって自分をけなす奴は誰ひとり許さないヒトだから。結局このケンカは行きつくとこまで行きついて、とんだ茶番に終わっちまう。

ああ、くりかえしたっていい、エリスンとのケンカは茶番だった。おれのほうはおもしろかったけどさ、何しろハーランときたら以後その事件を必要以上にマジに受けとめだしたもんだから……。

本当のところは、おれがハーランを、それからもちろん奴の仕事の最良の部分をいたく尊敬しているという一事につきる。けど、ともあれ当時のおれは波乱を起こすことにしか興味がなかった。そうするのが健全に思えたんだ。だからこそ、いわゆる建設的な解体を試みた。まさしくパンク的行動だったね、あれは。あのころ、おれ自身いろんなパンク・バンドを転々としてたから、たぶんその影響だろうな。

巽　スティーヴ・ブラウンはあなたこそ「パンクSFの父」だといっていたが。

シャーリイ　パンクSFの元祖的作品を何編かものしてるせいだよ。

たとえば短編に「彼の欲したもの」（七五年）ってのがある。これはいろんな意味で未熟きわまりないし、事実おれ自身かなり若かったんだが、そうした若書き部分にさえ目をつぶれば、この作品が表現してるのは、まさしくおれがそのころ復活させようとしていた姿勢といえる。つまり、こう考えてたんだ、SFには未だ試されていない可能性があるんじゃないか——そしてそれは、革命思想への可能性じゃないか。おれはその可能性に新たな息吹を吹きこもうとした。その実現のために利用することになったのがパンク・イメジャリーだったってわけだ。パンク連中どもに自己同一化してみせたという点では——時代も七〇年代中盤だったし——おれの最初の作品だろう。この中にはパティ・スミスふうパンクからはじまってストゥージス（イギー・ポップ）ふうパンク、それにフランク・ザッパに至るまでいろんな影響が反映してる。六〇年代ロックと七〇年代ロックのはざまに位置してるんだ。いまとなっちゃもう時代遅れかもしれんがね、当時にしてみりゃかなり時代を先取りしてたんだぜ。

巽　かつてあなたは、エリスンは単にストリートの生活を味わってみたにすぎないが、自分は文字どおりその生活を現実として生きた、と書いたことがある。この歴史が興味深いのは、いわゆるストリート・フィクションの作家たちが想像たくましくする出来事というのが、あなたにとってはまさしく現実の出来事だったというアイロニーが含まれているからなんだが。

シャーリイ　ああ、そうもいえるかな。いろんなバンドに入ったし、浮浪者生活もやった。ここではとても口にできないような、法律上ヤバい仕事にも巻きこまれたし、あげくの果てに何度かクサい飯も食わされた。そりゃあ落ちこんだぜ、ブタバコに長期服役する予定だったんだから——まったくの幸運で、すぐ釈放されたけれどね。ためになる経験だったよ、おかげで多くのことを学習した。サンフランシスコの路地裏で一週間ばかりダンボール箱を住み家にしてたことだってあるんだ、あれもずいぶんためになったが。

巽　このへんで、作品のスタイルについて聞かせてほしい。さっき出たドラッグ・ファンタジー「彼が欲したもの」からハードSF「冷血ウィル」（七九年）まで、あなたの短編は実に多様なスタイルを誇っている。

シャーリイ　まだ若くて決定版といえるスタイルを確立していなかった時代には、いろんな声に語らせたくて実験してたのさ。いまは自分独自の声をコントロールできるようになった。望んでいた小説作法を獲得したんだ。もっともハードSFについちゃあ、とてもマスターしたとはいえない。何とかハードっぽく仕立てようと画策してるだけだよ。

巽　プロット構築には特に配慮しているんじゃないか。

シャーリイ　エンディングに仕掛けを施すのは大衆文学の定石だろう。おれはまだその土壌から脱しきれていない。というのも、いろんな意味でパルプ作家の影響／悪影響を受けて育ったからな。
　もちろん、かといって娯楽的価値を軽視するわけじゃないさ、良質のスリラー作家には共感する。ジョン・ル＝カレを筆頭に、ノッてるときのレン・デイトン。トレヴァニアンも時々いいのがあるし、それからロレンス・サンダース。ハードボイルド系だったらダシール・ハメットとレイモンド・チャンドラー、それにリチャード・スターク（ドナルド・ウェストレイク）……

巽　あなたのテーマに目を通すと、一貫して死に対するこだわりが濃厚だ。「ジェネレーターの下で」（七六年）では死が負のエネルギー発生契機として描かれているし、「銃撃」（八〇年）は精神病がもたらす肉体的死を扱ったもの、また「殺人とは何か」（八六年）では死の問題がテレビ・ショウと化す。

シャーリイ　たしかに死についてはあれこれ考えめぐらしてきた。まだガキのころに死の不可避性を思い知らされたせいで、それが精神的外傷《トラウマ》になったんだ。十才のときに親父がなくなってね、た

ジョン・シャーリイ、自宅にて

ぶんそのことが大きいと思うね。人間は死ぬんだってことを目の前にピシャリと突きつけられたみたいなもんさ。そこでおれは思った。人生の主要課題のひとつがここにある、おれたちは死の不可避性という現実に精神的に直面しなくちゃならない、それもいま以上に——とね。

巽　正統キリスト教の関連でもいい、大衆文化の関連でもいいけれど、SFと宗教的認識のからみについて特定の意見があったら。

シャーリイ　SFにおける宗教の効用ってことかい？

巽　そう、ギブスンの『ニューロマンサー』にしてもスターリングの『スキズマトリックス』にしても、サイバーパンクの代表作が結末に近づくにしたがって超越的ヴィジョンを濃厚にしていくところに関心があるんだ。あなたの場合には、どういうかたちで表わされるのか——。

シャーリイ　集団意識のかたちをとる。共同幻想でも集合的無意識でも同じことだ。

とりわけ集合的無意識について、おれはもう何度も主題化してきた。『シティがやってくる』ではユング ふう集合的無意識にスポットをあてて死の問題を再考したし、『エクリプス』のロックンロール部分にもそれは少なからず反映している。「彼の欲したもの」にみられるのは集団精神と呼ぶべきか。ともあれ、おれは集団精神の力を信じるね。自分で体験したから、いかにこいつがホンモノであるかが理解できるんだ。そりゃあ大半の心霊現象なるものはウサンくさいさ。しかしそれにしたって集団精神がひとつのかたちをとっただけじゃないのか。

巽　集団精神は、ＳＦジャンルとしてのサイバーパンクに本質的なものといえるのかな。

シャーリイ　必ずしもそうじゃない。でもたしかにおれたちみんな、より大なる知性の創造をもたらす情報爆発に興味があるね。もっとも、ギブスンとスターリングの場合は、コンピュータ知性ないしテクノロジーによって連動させられた知性をイメージしてるが、おれの場合はもうちょっと字義的な、実際の人間精神をイメージする。

巽　もうひとつ、あなたの技法で特徴的なのは視覚的イメージを聴覚的イメージへとずらす手際だ。初期短編「錬金術師の現代的変成」（七三／七四年、未発表）では音楽のテーマをネズミとイルカを中心とする多くの即興的映像によって奏でていたし、「ほとんど空になった部屋で」（七七年）では現実に視覚と聴覚の電子的変換が扱われていた。こういう技法は、ギブスン的電脳空間の描写にみられる共感覚効果にも影響しているんじゃないかと思うが、どうなんだろう、あなたにとって音楽的表現と文学的表現とは同時発生するものなのか。

シャーリイ　そのとおりだ。たとえばジャック・ケルアックにとってジャズ・リズムが不可欠だったのと同じで、おれの創作スタイルにはロック・リズムが不可欠なのさ。まず音楽がおれの心のうちに映像《イメジャリー》を生み出してくれる。それを受けて、つぎにおれが人々の心のうちに精神的映像《メンタル・イメージ》をくっきり描きだす。

巽　以前あなたが評論誌〈スラスト〉に連載していたコラムは「偏執狂批判的言明」と題されていたが、サルバドール・ダリ経由の方法論も根強いような気がする。

シャーリイ　おれがやろうとしてたのは、事物に対する新たな見方を造りあげて、おれたちの目にするものすべてを異形化すること――見慣れたものを見慣れぬものにすること――にほかならない。その結果、絶対的客観性によって見慣れた事物に対する新たな発見を得ることができる。これを実現するのが偏執狂批判的方法なんだ。この方法によって、おれは「ほとんど空になった部屋で」や「格子上のタヒチ」（七八年）など一連の短編を書いている。

巽　じっさいには、どのていどダリの絵画と関わったんだろう。

シャーリイ　ダリは精神的映像を写真みたいに捉えようとしていた。彼の造りだす事物の映像は、ふつう現実にありうべきものじゃない。おれの方法は、その点共通するものがあるね、たぶん逆方向のはずだけど。

というのも、おれは現実の事物をまず捉えて、それを超現実化してみせる。現実の出来事がいったいどうして超現実的にならざるをえないか、まさにそれを示そうとしている。

巽　その意味での絵画性が音楽性と同時生起するわけか。

シャーリイ　どちらかといえば、絵画的映像が真っ先に浮かぶ。場面構成についちゃシュールレアリストや映画作家から大きな影響を受けてきた。マックス・エルンスト、デ＝キリコ、イヴ・タンギー、それにダリやマグリット……おれ自身はシュールレアリストだとは思っていないが、連中がイメジャリーを具象化するその方法には傾倒してるんだ。

巽　そういえば、あなたの作品では非人間の擬人化という技法が実に頻繁に使われる。『シティがやってくる』では、文字どおり巨大都市〈サンフランシスコ市《シティ》〉が男のすがたをして登場する。

シャーリイ　それこそ、集合的無意識を具象化してみせる方法なのさ。あの長編ではマンガチックといえるぐらい単純なものだけどね。正しくは、むしろマンガチックな図式化を利用すればユング的概念も効果的に伝わるんじゃないかと思って試してみたまでのことだ。

巽　もっともＤＮＡの超進化を扱った「開示」（八六年）なんかは、まさに抽象の具象化に専念した「シャーリネスク」な短編ながら、案外、スターリングとの共作だったりする。そして共作といえば、サイバーパンク運動が運動であるための必要条件だ。どんな利点、あるいは問題点があるのか教えてもらえるか。

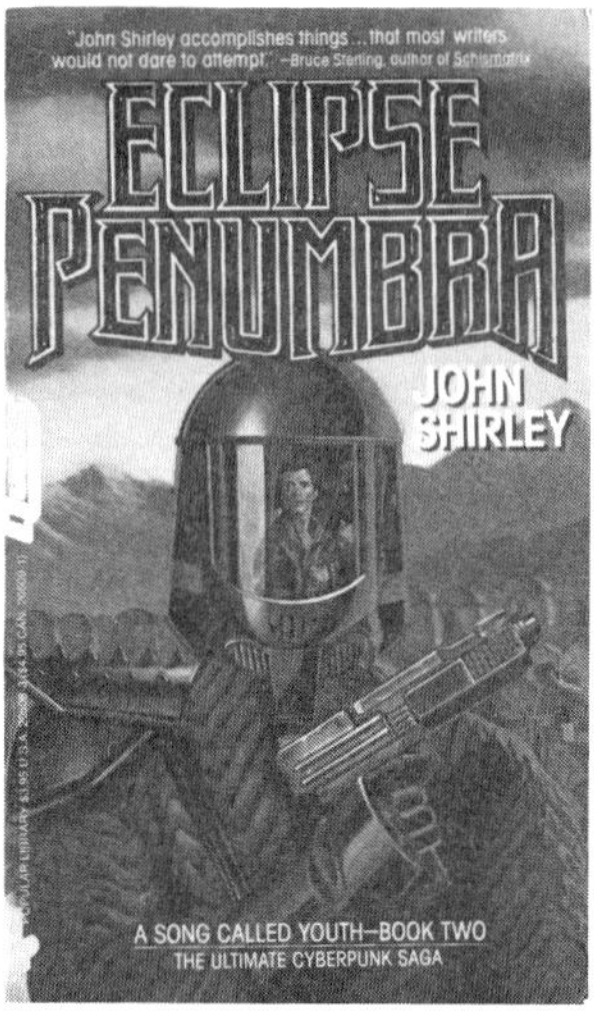

ジョン・シャーリイ『エクリプス・ピナンブラ』

シャーリイ　問題点があるとすれば、おれの出したアイデアを共作者が勝手に解釈しちまって、必ずしもおれのものとはいえないかたちに変容させることだな。どうしても歪曲が入るんだ。

　利点のほうは、共作によって自分のスタイルがあるていど改良されるところさ。ブルースと一緒に書いたときには、それまでぼやけていた事物に対して一気にピントが合って、がぜんハッキリ見えはじめた。共作というのは、自分の発見《インサイト》に関する発見《インサイト》を生む。

巽　その意味で、サイバーパンク運動自体が共作みたいなものかもしれないな。たとえば、あなたがデザインしたパンクSFガジェット群の中でも「眼窩埋め込み式ミラーシェード」に至っては、いまや運動全体の共有財産と化しているし。

シャーリイ　そう、連中がおれをマネしたってわけじゃない、これは一種の並行進化と考えたほうがいい。

もちろん、おれも奴らにいくぶん影響があったのかもしれないが、ギブスンにしたってむしろトマス・ピンチョンの影響のほうが強いからね。

巽　現在進行中の新作について聞きたい。

シャーリイ　『エクリプス』（蝕の時）三部作の第二弾『エクリプス・ピナンブラ』（日食半陰影）が完成したところだ。第三弾にもとりかかっている、こいつは仮題を『トータル・エクリプス』（完全日食）といってね、闘争が結実して抵抗運動がファシストを打倒する経緯を描く。それから、チャールズ・プラットに頼まれてフランクリン・ワッツ社から偏執狂批判調のシュールレアリスムSF『素晴らしき混沌』を出す。おれとしちゃあ最初で最後の惑星間小説になってるよ。

巽　演奏活動の予定は？

シャーリイ　ニューヨークでやってたバンドはやめたんだ。いまは新しいバンドを組む予定だけど、まだバンド名は決まっていない。パワフルな音を出したいね、それも決してうるさい音じゃないやつをね。おれの詩がちゃんと聞こえるようにしたいのさ、むかしみたいに声をつぶすのはカンベンだよ、もう。

パワフルな音ってのは、そう、ひところのヴェルヴェット・アンダーグラウンドみたいな雰囲気だ。そして連中はたいてい、決して騒がしいバンドじゃなかった。

そりゃパフォーマンスなんかやめちまおうとは、何度も考えたぜ。そんなことにこだわるのは性

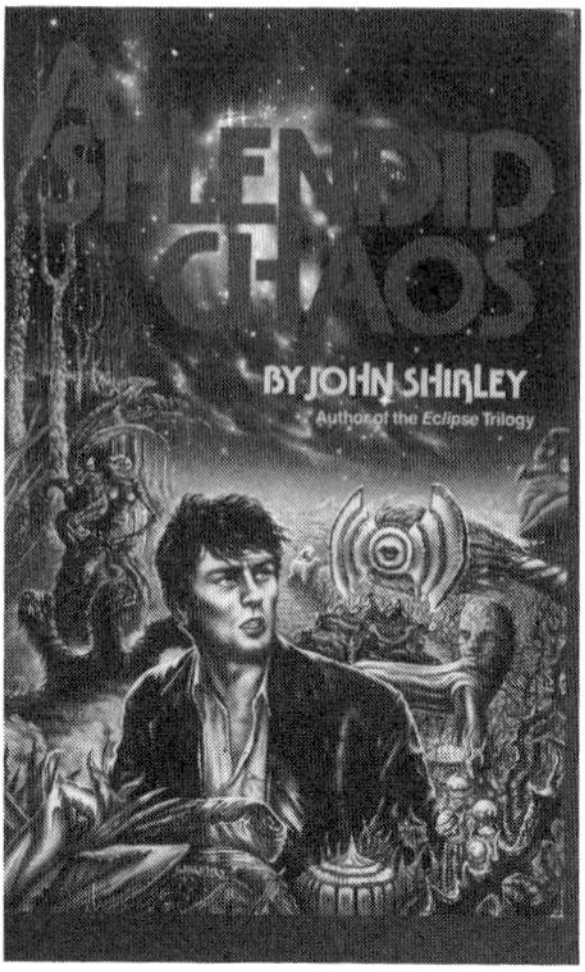

ジョン・シャーリイ『素晴らしき混沌』

格的にガキっぽいところが残ってるせいなんだから。でも、まるっきりやめちまうことはついに果たせなかった。イライラがつのるばかりで。

巽　どういうことだい。

シャーリイ　パフォーマンスをやめるとイライラするんだ。パフォームしたい欲望が満たされなくなるわけ。コンサートを観に行くなんて冗談でしょうって気分よ――だってパフォームするのはおれじゃないもん。

時々思うけども、人間の中には生まれつきの芸人《パフォーマー》ってのがいるんじゃないのか。

巽　あなたはいったいSF作家なのかミュージシャンなのか、定義するのがきわめて難しく感じられることがある。自分を音楽と小説の、それこそ「属《ザ・ビロンギング・》性《カインド》」と考えることはあるか。

シャーリイ　あるよ、パフォームしてるときには特に。ロック・バンドのヴォーカルってのはね、パフォーマンスして観客を夢中にさせることで、集団精神のシャーマン的権化に変容するんだと思う。ヒットラーってのは、まさにこれと同じ現象を手にして濫用したんだろうね。もちろん、素晴らしい成果をあげた連中だっている。集団精神に乗り移られてしまえば、そいつは集団精神そのものと化すんだ——まさしくシャーマニズムじゃないか。

そりゃあ、実現するのは難しいぜ、すべての条件がそろわなきゃいかん。『エクリプス』のテーマは、実はこのことなのさ。

巽　ジョン・シャーリイ自身が集団精神の擬人化と考えられるわけか。

シャーリイ　しかるべき瞬間には、自分が権化になったように思ったよ。ウソじゃない、実際に体験したんだ。観客を前にして、そういう瞬間が訪れて、何かがたしかに起こった——取り憑かれた、と感じたんだ。そのときおれは、会場の全員をひとつのユニットにまとめあげる〈楔《エレメント》〉と化していた。なろうと思ってなれるものとはちがう。まったくの偶然で、それもたまにしか起こらない出来事だから。

似たようなことは公開講演でも発生するけど、やっぱりいちばん多いのはコンサートのたぐいだろうな。ミック・ジャガーがノリにノッてたときは頻繁に起こった。デヴィッド・ボウイもそうだし、ジム・モリスンなんか最たるものさ。ブルース・スプリングスティーンも、シャーマン的なパフォーマンスに優れている。悪くない。奴のレコードを買わなきゃと思ったことなんか一度もないが、ステージを観たときに、そんなパフォーマンスを目撃しちまったからね。それほど知らないんだけど、嫌いじゃない。評価する。いまんとこ奴がエラそうなことをしたりするのは目にしてないしね。正義にもとる主張も唱えてないようだし。スプリングスティーンは立派な男だよ。

（一九八六年六月二十八日昼、ＳＦＲＡ年次大会会場サンディエゴ州立大学、アズテック・ホール・カフェテリアにて）

シャーリイ再訪

八八年八月、シャーリイは再び引っ越した。今度の住居は、サンフランシスコ。ここにはルーディ・ラッカーやサイバーパンク第二世代リチャード・キャドリイ、その同居人で八八年度ネビュラ賞受賞作家パット・マーフィーなどがいる。環境的には申し分ない。

それにしても……ほんの二年と経たないうちにウェスト・ハリウッドからサウザンド・オークスへ、そしてさらにサンフランシスコへ移動するというのは、どういうことなのか。

なるほど、ウェスト・ハリウッドからの引っ越しは「生まれた子供のためには少々環境がよくなかったため」であり、サウザンド・オークスからの引っ越しは「妻のキャシーがカリフォルニア大学で法律の勉強を再開するため」であった。しかし、ふりかえってみればこの二年間に留まらない、そもそも彼がギブスンと初対面だった一九八〇年には、ちょうどポートランドからニューヨークはイースト・ヴィレッジへ引っ越してきたばかりだったのだし、そのあとでもバンド活動の関係上、ロサンジェルスとの間を行ったり来たりしていたものだ。いくらアメリカ人の特徴がその「移動性《ムーヴアビリティ》」にあるとはいっても、シャーリイというのは、あたかもその言動が示すとおり、その「動き」の範囲を過剰拡大してしまったアメリカ人ではなかろうか。

ギブスンは、こう回想する——シャーリイの住んでいたイースト・ヴィレッジのゴミの海は「本人の頭の中とおおむねそっくりな場所だった」と。それならば、こうもいえないか——シャーリイがかくまでも引っ越しを好むのは、動くこと、それがシャーリイそのひとであるからにほかならないのだ、と。

移動すること、連動すること、そして運動すること——物心両面にわたりこのように活動することと自体が、おそらくはシャーリイという存在を成り立たせている。そうして「SFに震動を与えること」こそ、まさに彼とスターリングとが共鳴しあう「運動」の本質だろう。たとえそれが他者には少々耳ざわりな騒動であっても。

最近では、〈SFアイ〉4号の投書欄が、再び「煽動するシャーリイ」と出会う機会を与えてくれる。彼は、ケッセルの『ニューロマンサー』批判「ヒューマニスト宣言」が巻きおこした論争を「コップの中の嵐どころかスプーンの中の嵐」とみなし、ケッセル批判者ロブ・ハーディンを再批判したルーシャス・シェパードへ、こんな再々批判の一撃を加えたのだ。

「ルーシャス、あんたはロブの音楽について何ひとつ知らないくせに――一音たりとも聴いたことさえないくせに――知ったふうな口を利くんじゃないぜ。ロブによるケッセル批判のほうは、一字一句正しいんだ。」

シャーリイはどこへ行くか。

なるほど、彼こそはスターリングとともに「おれたちはポップ・スターだ！」と叫びうる人間であり、おそらくはサイバーパンク作家群のなかにも「集団精神」の顕現を読み取っていた。そうした「運動体」こそが革命《リヴォリューション》から進化《エヴォリューション》へ至る道筋であると信じていた。だからこそ、ぼくたちはすでに彼がSF撤退宣言をしたいまでさえ――いや、いまだからこそ――シャーリイ自身の運動宣言「サイバーパンクに叫びを！」の一節を、なお有意義なものとして思い出すのである。「それは、ナマの現実として必ず到来する。だからこそ、多くの人々が強い反応を示す。ここで忘れてはならない、臆病者とは誰より未来を恐れる連中だということを。」

7　メガロポリスは、黄昏
――ロブ・ハーディン

Rob Hardin

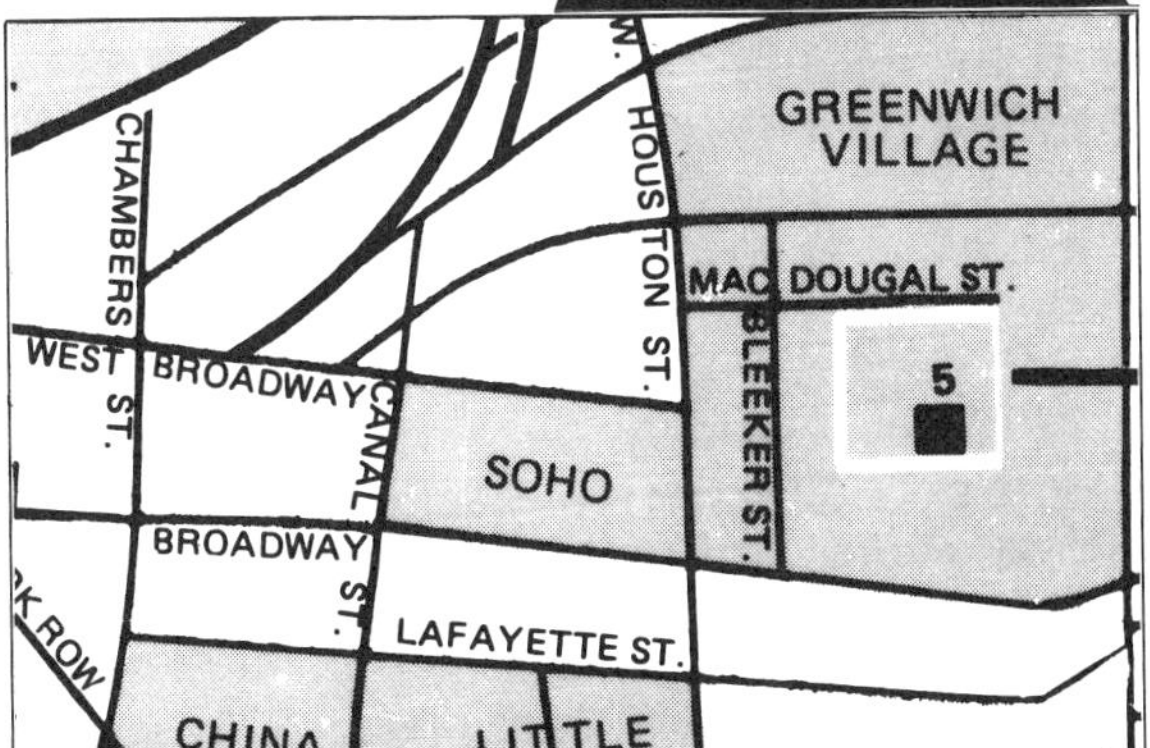

「ブレードランナー」を擬験《シムスティム》するのに、わざわざ二〇一九年のロサンジェルスを待つことはない。たったいまでも、たとえばニューヨーク・シティはグリニッジ・ヴィレッジ外れのロフトへ行けば、それも望むらくはロフト・ビルの最上階《ペントハウス》へ上ってみれば、あなたはたちまちあのタイレル社のオフィスからデッカードとレイチェルが眺めたのと同じメガロポリスの黄昏に、心ゆくまで浸りきることができるだろう。

もっとも、ぼく自身がそんな光景を体験したのは、さして昔のことではない。いわゆるマリファナ・パーティなるものにはまるで縁がなく、ロフト・ビルといったらその真っ黒にすすけた壁面ばかりが印象深くて、ついぞ中には入ったこともなかったのだ。それが八七年の秋、ふとしたことから若きスタジオ・ミュージシャン、ロブ・ハーディンと知り合ったのが、彼とそのバンド「リヴァース」（REVERSE）の文字どおり仕事場であるロフトを訪れるきっかけとなった。

『ニューロマンサー』論争

彼のことを知ったのは、八七年夏の〈SFアイ〉2号発行直前。創刊号にのったジョン・ケッセルによる本格的な『ニューロマンサー』批判「ヒューマニスト宣言」が発表されるやいなや各方面で反響を呼んだのちのことである。

ケッセルは、一九世紀ロマン派作家ハーマン・メルヴィルの『白鯨』に材を採ったメタSF「他

文学派SFのリーダー、ジョン・ケッセル

THE HUMANIST MANIFESTO

by John Kessel

ONE

Last summer Michael Swanwick labeled a group of newer SF writers "Humanists" in his controversial article, "A User's Guide to the Postmoderns" in Asimov's SF Magazine. I was one of them. It's a label I'm not uncomfortable with, and in a little bit I'm going to take this characterization and run with it, but I want to make the following qualifications. First, I think all labels can dangerously distort our perceptions of writers' work; second, I think dividing writers into groups can foster unnecessary competitiveness—writing is not a foot race; and third, I think Michael's article, for understandable reasons perhaps, left too much unsaid, too many people unmentioned, too many similarities unnoted, and may have contributed to unnecessary ill will. It's better to be noticed than unnoticed, but it's ironic to me that I've had more reaction in the Asimov's letter column to a single quote, taken out of context, that Michael reported from me, than to the five stories I've published in that magazine since 1983. ("Most of the best modern SF can't stand up to the best fiction outside the field for the last couple hundred years. If we want to make it in the big leagues, we have to face big league pitching.") All of these reactions were negative. I consider them understandable, and though I'd much rather be noticed than ignored, I wonder about the usefulness of all this.

Be that as it may, I do agree with Michael that there is a group of SF writers who might fairly be called "Humanists." I don't think that they differ in any significant way from a lot of writers who have been publishing in SF for twenty years or more, however. Although in the end I can only speak for myself, I would say that a humanist SF writer would have the following traits:

1) A knowledge and appreciation of literature outside SF, including so-called "literary" fiction, the "classics." Perhaps even some formal training in literature. But at the very least not a disdain for the study of English.

2) A suspicion of the formal structure of the so-called "literary establishment." They may have read James Joyce, but they are skeptical about the critical industry that has arisen upon his works, and of academic critics who use the works of Joyce and others as clubs to beat SF.

3) Love for science fiction and popular fiction in general. The idea that SF and literary values are not incompatible.

4) Interest in character, plot, story mechanics. A love for well-crafted fiction, for good prose.

5) A belief that individual people are important, that even though any realistic cosmic perspective dwarfs the individual into insignificance, human values have importance, that they are worth writing about even though they have been written about over and over through the centuries, that invigorating fiction can in fact be written through the clash of human values and the vast perspectives of the future, of evolution, of social change available through SF.

6) A hesitance to make categorical statements about SF, especially statements that exclude. A humanist, in my usage, is someone who prizes the middle ground, who prefers to describe rather than prescribe.

TWO

Swanwick and I invented the term BOFFO at a convention in August 1984. At that time the hype about cyberpunk was just starting to really take off, William Gibson's Neuromancer had just been published, and Vincent Omniaveritas in Cheap Truth had objected to the grouping together of writers like Gibson, Bruce Sterling, Rudy Rucker, Lew Shiner, Greg Bear and Pat Cadigan with fuzzy minded literary types like Connie Willis, Pat Murphy, James Patrick Kelly, Kim Stanley Robinson, Swanwick and me. Michael wasn't sure he had been placed in the right camp (it was pretty clear already that the theorists at Cheap Truth were going to force people into camps whether they liked it or not); I tried to convince him he was another literary type, and we concocted the "Boring Old Farts Organization," or BOFFO.

I liked the name because I really couldn't believe that there were grounds for some kind of war between these groups. I had liked the writing of all the writers who were now being called "punks" from the moment I first read any of it. I was one of the first people to praise Lew Shiner's work. I had known Pat Cadigan from the time she and I had both been students at the University of Kansas. I had nominated Sterling's "Spider Rose" for the Hugo and Nebula, and I had even, in a talk to the North Carolina State English Club in March 1983, tried to identify a kind of punk SF, specifically mentioning Shiner and Cadigan. I couldn't believe their aims were so radically different from my own. I was an English professor. I was in some cases a year or two older. I liked Flannery O'Connor more than Larry Niven. I thought the values of the new wave weren't dead. What was the big deal? BOFFO was a joke, a way to say, "Sure, Vince, if you feel the need for an enemy, we'll be the boring representatives of the status quo and you can be the fiery young revolutionaries. Just let's not get carried away."

Since then Bruce Sterling has educated me as to Vince's opinions. Vince is deadly serious, and he has a point. So I'll be deadly serious for a while, too.

THREE

Cheap Truth has closed up shop, and thank God. It might better have been called Cheap Shots. Although it did serve a useful purpose in challenging assumptions about how and why SF should be written, at least eighty percent of it was vapid cant, and most of the good it attempted to do was undermined by ad hominum arguments, unsupported ranting, ego stroking and hyperbole. I say this having come to the conclusion that at least Vincent Omniaveritas is right about many things he has to say about science fiction (not, however, about Magic Realism, or modern fantasy, or surrealist fiction, or any other form of non-genre fantastic lit). Even when he is not right he is provocative. But I found this out not through CT, but through a long and lively correspondence with Bruce Sterling, who in the course of our debate explained to me with reasoning and examples what Vince was up to.

CT's first mistake was the use of pseudonyms. I know the argument that SF writing and publishing is so small a field that unless protected by an alias, a critic cannot speak the truth without it affecting his career, his social life, or both. I think this argument is specious. I say this having fallen prey to the lure myself, publishing "Report on the Sophomore Class Dress Code" as Hunilla de Cholo in CT—an act that I almost immediately regretted. Anything worth saying is worth saying in the open. There is no SF thought police, and the writers in CT didn't spend any time attacking anyone in a position of authority anyway—they spent their time and energy attacking other writers. I fail to see how hiding behind a pseudonym while slandering Stan Robinson or Connie Willis contributes to the improvement of SF.

Bruce tells me at least one intent of CT was to shake up the assumptions of the "humanists," to get them to see the light. Maybe that was the conscious

52 Science Fiction EYE　　Science Fiction EYE 53

ジョン・ケッセル「ヒューマニスト宣言」

の孤児」（一九八二年）で八三年度ネビュラ賞ノヴェラ部門を受賞し、長編では盟友ジェイムズ・パトリック・ケリーとのポスト・ニューウェーヴふう共作長編『フリーダム・ビーチ』（八五年）で話題を呼んだ八〇年代アメリカSF界を代表するホープのひとり。いわば、彼自身すでにキャリアを積んだ作家というわけだが、いっぽうでこうしたSF理論家の顔も隠さない。それもそのはず、ケッセルはローチェスター大学で英文学博士号を取得後、カンザス大学をへて現在ノース・キャロライナ大学教授（創作講座担当）というポジションを持つ、いわゆる学匠作家なのだ。

　そのためだろう、『ニューロマンサー』及びサイバーパンクについてはそれまでにも論議が戦わされていたものの、肯定論者も否定論者も一様にその「新しさ」にこだわるあまり、いわゆる「流行論」一般に拘泥しがちであったのに対して——そう、「新しければなんでもいい」という立場と「ハヤリなんだからすぐすたれるだろう」という立場のワン・セットに対して——ケッセルの文章はこの長編がなぜ「新しくないか」を、あくまで作品に即して徹底的に批判するかたちになった。ここがちがう。そしてまさにここがちがっていたがゆえにケッセルは反響ならぬ再批判を浴びる。

　たとえばチャールズ・プラットのファンジン〈REM〉などは「ヒューマニスト宣言」にいささかスキャンダラスな毒を吐きかけ、大事件を引き起こした。しかし、続いてハーディンが〈アイ〉二号のお便り欄に寄稿したのは同じ「宣言」批判とはいえ相当にアカデミックな響きを持っており、むしろ英文学者ケッセルとの一騎討ちさえいとわない。

ハーディンはまず、ケッセルの一文がサイバーパンク「運動」のあげ足とりばかりで独自の対抗運動を組織するだけの「宣言」にはとうていなりえていないことを指摘し、何よりも『ニューロマンサー』冒頭の一文を読みちがえている、と攻撃した。「港の空の色は、空きチャンネルに合わせたTVの色だった」——ここに表現された隠喩をケッセルは十七世紀形而上詩の影響と見るが、彼はむしろこれを現代詩における「空」と「都市」とに照らし合わせ、類似と差異を検証すべきだったのではないか？　ハーディンの議論はこのように切りだされ、やがて以下の六つの論点へ収束していく。

(1)　英文学教育を誇示することは有害である。

(2)　ヴィンセント・オムニアヴェリタス（スターリングのアジテーション活動用筆名）が理解不能というのは、魔女狩り的発想だ。

(3)　ギブスンの隠喩は形而上詩人ジョン・ダンよりも現代詩人T・S・エリオットと比較検討すべきだろう。

(4)　「文章家」／「概念的作家」といった区分は無意味ではないか。

(5)　ギブスン作品はクリシェでしかないのではない、むしろクリシェをクリシェであるがゆえに利用したパスティーシュの技法こそが注目される。

(6)　ケッセルがギブスンの独創性を認めようとしないのは、ただケナしたいがためだ。

ハーディンは若さのせいか冒頭でケッセルを「不誠実」となじるなど少々行きすぎのところもあるが、右の論点自体は特におかしくない。わけても(5)において、フレドリック・ジェイムソン流のパスティーシュ概念にふれた部分など、ギブスン自身が「コラージュ・アーティスト」を自称しているだけに重要な指摘といえよう。ことは「独創性」と我々が思ってきたものが実はそれほど独創的たりえたのかという問題にまで関わってくるからだ。そしてこの点にこそ、サイバーパンクがSFサブジャンルを超えてポストモダン文化一般に浸透していった秘密がある。

サイバーパンク詩人の旅立ち

ぼくが彼のケッセル批判を一読したのは、ちょうどワシントンは〈SFアイ〉編集部に滞在中のことだった。

「誰だい、これ?」

ハーディン論文をゲラ校正中だった編集長スティーヴ・ブラウンに、ぼくはおもしろがって訊く。

「ロブかい?　奴は十才でニーチェを読みだして、十代後半にはポートランドでおれやジョン・シャーリイと共同生活してたんだ。バルトークのピアノ曲が得意でよく弾いてくれたもんだよ。」

いわゆる神童につきものの伝説は、しかしたいてい神童自身の口から最も巧みに紡がれるものらしい。ハーディンはこう回想する。

「九才のころから絵に夢中になって、近所の風景ひとつ描くにもキャンバスに向かったものさ。十二のとき、ポートランドの喫茶店『九丁目エグジット』に置いてあったオルガンで『メトロポリス』のテーマを弾いてたら、話しかけてきたのがジョン・シャーリイだった。『よう、世界でいちばんのお気に入りは何だい？』ぼくはすかさずこう答えたよ、『決まってるじゃないか、ダダイストさ！』」

以来ふたりは親友となり、シャーリイはサルバドール・ダリに、ハーディンはレーモン・ルーセルに傾倒。のちにシャーリイ唯一のパンク・アルバムをプロデュースすることになるのも、このハーディンだった。そして、オレゴンの音楽大学を卒業後、プロに転進。スタジオの仕事では、ゴドフリー・ダイアモンドと『ダンス・ミー・トゥー・ザ・フロア』（アトランティック）その他のＬＰを出し、最近では日本人ロッカーのレコーディングにも参加している彼は、また坂本龍一を尊敬してやまぬ青年でもある（そういえばハーディンのキーボード・ソロによるデモ・テープはどことなく『ＮＥＯ　ＧＥＯ』風に響いていた）。

だが、シャーリイの友情は最近ハーディンをして楽器よりもペンを執るよう勧めているらしい。音楽の場合と逆で、こと文学についてはシャーリイがハーディンをプロデュースする番というわけ

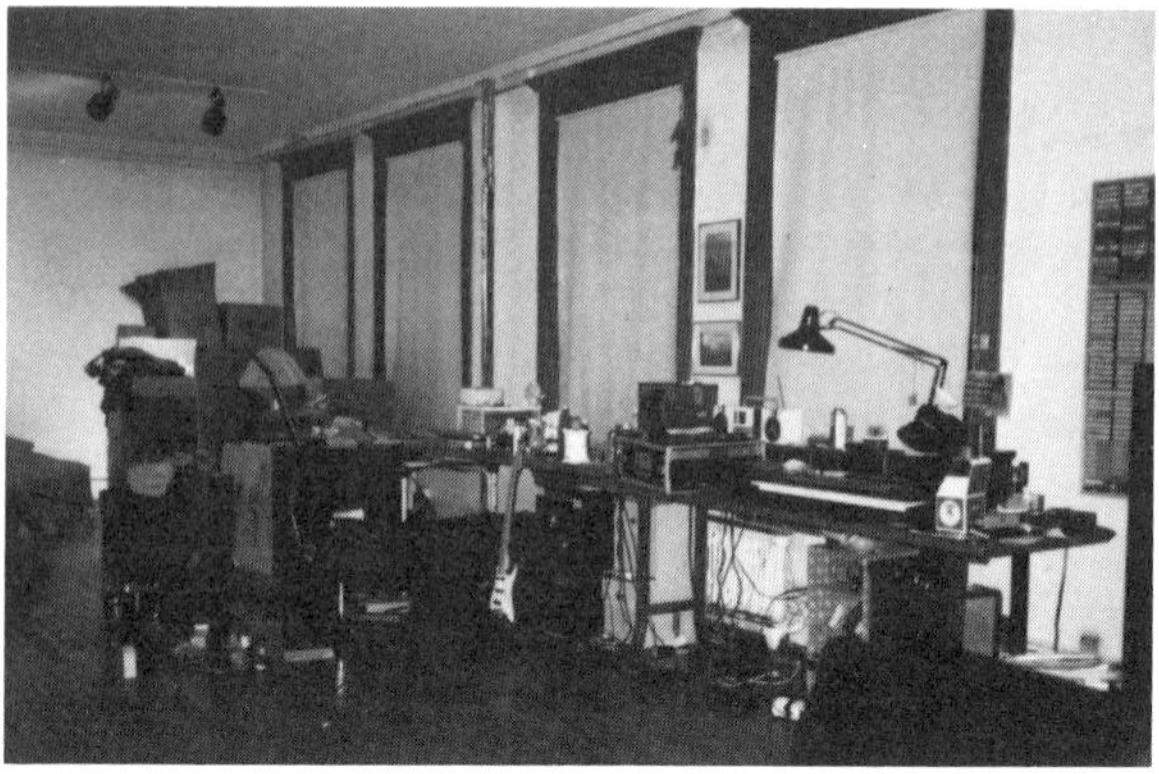

ロフト内のスタジオ。所せましと並ぶ電子楽器群。

だ。現に、ハーディンはもうずいぶんサイバーパンク詩やニュー・ナラティヴを書きためており、〈ミシシッピー・レヴュー〉誌や〈フィクション・インターナショナル〉誌への掲載も決定した。となると、わが国では難波弘之氏にあたるSF作家・音楽家がまたひとり誕生することになる。

伏兵ルーシャス・シェパード

その意味で、ケッセル批判は文字どおりハーディン自身の「作家宣言」と読むこともできる。そしてそれが——ところどころ筆のすべりもあるとはいえ——十二分に刺激的だったことは、以後論争が論争を呼んだいきさつからも明らかだろう。もちろんその先頭を切ったのはケッセルによる再批判だが、ただしこれはハーディンの誤解を正しつつ（たとえば「文章家」／「概念的作家」といった区分はケッセル自身の言葉ではない）、大筋においてハーディンの批判をそっくり受けとめ、自説が〈チープ・トゥルース〉と同じルーシャス・シェパードもまた、80年代アメリカSF代表格のひとり。

ショパンを弾くロブ・ハーディン

轍を踏みかねなかったことさえ認めたものだった〈〈SFアイ〉3号付録〉。

論争がにわかに活況を呈し、「アイ事件」へと発展するのは、むしろケッセル擁護に伏兵ルーシャス・シェパードが立ちあがり、苛烈な攻撃を始めた瞬間だろう。こんな語調だ。

「ケッセルを批判するのに彼の嫉妬しか思いつかないとはねえ。悪いことはいわない、ロブ、きみの思考と文章を論理的に組み立てることだけは覚えたほうがいいぜ。」（同）

シェパードといえば、ラテン・アメリカ文学を連想させるゴシック〝ヴードゥー〟SF『緑の瞳』（八四年。邦訳・ハヤカワ文庫SF）で話題を呼び、八五年度のヒューゴー・ネビュラ両賞を『ニューロマンサー』と争ったほどのタレントである。それほどの大物作家がこれほどの悪罵を投げつけるほどにエキサイトしたとなれば、それだけでもハーディン論文は意義があったといってよい。なぜなら、あらゆる論争はスキャンダラスな色彩を帯びはじめるやがぜんおもしろくなるものだが、同時に、あらゆるスキャンダルは論争を論争ならざるものにしてしまうから――すなわち論争はケンカと化したその刹那、ほとんど必然的に自らの幕を降ろすものだから。

ロフトの窓から夕暮れのマンハッタンがまたたくとき、ロブ・ハーディンの弾くショパンの「革命」が勇ましく流れ始めた。リドリー・スコットは「ブレードランナー」を撮るさい川崎の工場地帯にヒントを得たというが、いま見ているようなシティスケープも同じくアイデアを提供したのにちがいない。というのも、雨のそぼ降る中をチャイナタウンのほうへ歩きだしてもういちどロフト・ビルを見あげた一瞬、その屋上にはいまなお死闘を続けるデッカードとベイティの姿が垣間見えたような気がしたからである。

8　あなたもアメリカSFが書ける
——ルイス・シャイナー

Lewis Shiner

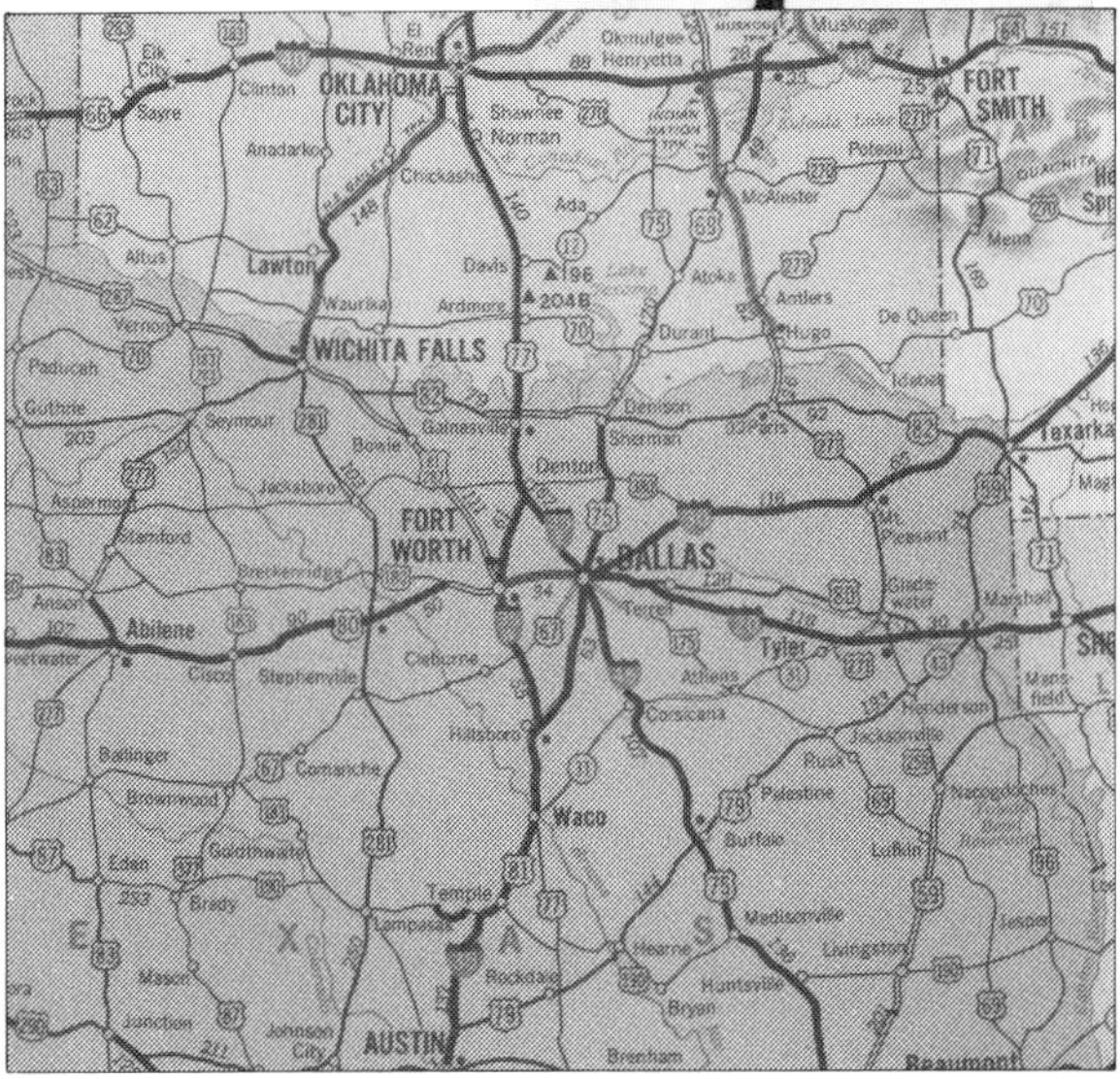

映画「アマデウス」（八四年）の大ヒットが「モーツァルトはパンク少年だった?」なる新説まで生み出し、ファルコの「ロック・ミー・アマデウス」（八五年）まで耳にできる現在、何事にも同時発生はつきもの。SFの世界でも、ほとんど時期同じくして、ふたりの新鋭SF作家がズバリ「パンク少年モーツァルト」のみならずモーツァルトからルイ十四世まで男を転々とする「パンク少女マリー・アントワネット」をキャラクターに設定している。作家の名前はブルース・スターリングとルイス・シャイナー、作品の名前は「ミラーグラスのモーツァルト」（八五年発表）。いうまでもなくサイバーパンクの代表作家二名による「電脳時間《サイバータイム》もの」の傑作短編だが、いま強調しておきたいのは、これがもともとシャイナーのアイデアによっているばかりか、シャイナー作品の中でも――「ダンサー」（八七年）と並んで――これは数少ないい、い、い、サ、イ、バ、ー、パ、ン、ク、の、ひ、と、つ、だ、という事実であろう。

運動作家の横顔

そう、シャイナーほど誤解されているサイバーパンク作家もいないのではないか。八〇年代初頭、彼はたまたま「運動」を起こそうとしていたにすぎなかったし、同時に彼の仲間たちがたまたま「サイバーパンク」として評価されてしまったせいでこの名称をも見すごしてきたにすぎない。

彼の提唱する「運動」の根本は、いわば多国籍主義としてのグローバリズムにある。国家と国家

ルイス・シャイナー『フロンテラ』

の「はざまの差異」ではなく、むしろひとつの国民性のなかに巣食う「内なる差異」を解き放つこと。その結果、WASP中心主義を解体して、国家間の政治的対立を回避すること。

たとえば、処女長編『フロンテラ』（八四年）では火星コロニー〈フロンテラ〉を指揮するカーティスと、彼を殺しコロニーのウルトラ・テクノロジーを奪取すべくチップ内蔵《プログラミング》された地球人調査官ケインの戦いが描かれるけれども、ここに登場する巨大多国籍企業〈パルシステムズ〉にはアメリカの内部に潜在する日本というイメージが濃厚だ。そして、まさにこのようなグローバリズムがたまたまハードコア・サイバーパンクスの謳う「未来を描写しながら現在を洞察する」ヴィジョンと一致してしまったがために、いまシャイナーは広義のサイバーパンク作家であると同時に狭義の運動作家でもあるという稀有の逆説を体現しているのである。

一九五〇年、オレゴン州ユージーン生まれ。父のジョエル・シャイナーは救出考古学の権威で、五〇～六〇年代の考古学界では知らぬ者はいなかった。その関係もあり、少年ルウは各地を転々とする。アリゾナ、ヴァージニア、ジョージア、ニュー・メキシコの北米各州はもとより北アフリカに至るまで……そして最後に落ち着いたのがテキサスだった。

ダラスのセント・マークス高校をトップで卒業、サザン・メソジスト大学及びヴァンダービルト大学の英文科で学ぶ。そののち、製図の仕事や商業美術、レコード店経営、ナイフ販売などなどさまざまな職につく。だが、何といっても特筆すべきは、かつてふたつのロック・バンド〈レプティリカス〉と〈ダイノサウルス〉でドラマーとして活躍していた経歴ではあるまいか。当時の心情は、ヒューゴー・ネビュラ両賞候補となった短編「ジェフ・ベック」（八六年）にうかがえよう。そしてシャイナーは七八年、オースティンに移り住み、「ターキーシティ創作合評会《ワークショップ》」の仲間に歓迎される。このテキサス州々都がサイバーパンクの州都《メッカ》と仇名されるようになるのは、すべてそれ以後のことだ。

シャイナーと初めて話したのは八六年十月、そんな「ＳＦ都市」で毎秋開かれている地方大会〈アルマジロコン〉の席上だった。主催グループ〈ＦＡＣＴ《ファンダム・アソシエーション・オヴ・セントラル・テキサス》〉（中央テキサスＳＦファンダム連合）は、サイバーパンク史上記念すべき八五年度北米ＳＦ《ナスフィック》大会主催者でもあり、テキサスならぬテキサスＳ

Ｆ界の熱力学には一役も二役も買っている。そのグループ活動のレベルの高さは〈ＦＡＣＴ〉の機関誌〈テキサスＳＦインクワイアラー〉（パット・ミューラー編集）が、八八年にはヒューゴー賞ベスト・ファンジン部門賞を受賞したことからも明らかだろう。ユニークな書評陣に加えて各地ＳＦ大会レポートや同人誌《ファンジン》評、それに最近では副編集長アンディ・マッキディによるサイバーパンクス・インタヴュー・シリーズが大きな魅力だ。要するに、テキサスＳＦ界の熱さは、何よりも活字ＳＦを想う熱さなのである。だから、ゲスト作家の大半がパネル参加のみならず各人一時間の自作朗読を行なっても、いずれも視聴者をギッシリ集めてしまう。いかに特定作家と固定読者とが密な信頼関係を結んでいるかを示す、これはテキサスＳＦ界ならではの現象といってよい。

日本ＳＦ英訳計画

　この、いわばＳＦを愛する者には幸せきわまりないアルマジロコンを経て（実際ここの古本オークションなど何とマニア好みであることか！）、ぼくはシャイナーがその思想ばかりでなくその（商業的／非商業的を問わぬ）活動においても、サイバーパンク作家中ずばぬけているのを知ったのだった。ボブ・ウェインと共同編集になる同人誌〈テールズ・フロム・テキサス〉では、初期スターリングの完全ビブリオグラフィーを一挙掲載したこと。そして〈オムニ〉で得た法外な原稿料を元手に単発誌〈モダン・ストーリーズ〉（八三年）を発行し、商業誌には陽の目を見ないであろう作品に発表の舞台を与えたこと（ウィリアム・ギブスン唯一の単行本未収録短編「ヒッピー・ハット、ブレイン・パラサイト」もこの中に埋もれている）。

しかし、近年の彼のSF活動の中で目立つのは、もちろん多数作家との合作長編『ワイルド・カード』（八六～八八年）への参加や主流文学的第二長編『うち捨てられし心の都』（八八年）も数えあげられはするものの、実のところ卓抜な編集者としての仕事ではなかったか。たとえば、非英米SFの英米圏輸入。アルマジロコンで話したとき、彼が真先に切り出したのがこの件だった。「逐語訳でも何でもいい、とにかく日本SFの英訳さえあれば、ぼくは喜んでそれをアメリカのマーケットに合うようスタイライズしてみせるよ。」

ふつうのアメリカ作家であれば、まったくの社交辞令でこの手のことをいうのだが、フタをあけると驚くなかれ、シャイナーだけはちがった。ぼくがテキサスからニューヨークへ帰るとまもなく、たちまちダメ押しの手紙が届き、こうとなってはもはや逃げも隠れもできない、ぼくはあわてて翻訳者探しに奔走することになる。コーネル大学の友人には、日本語に堪能なアメリカ人学生が少なくない。アジア学科の看板教授エレノア・ジョーダンによる日本語教育の成果についてはよく知っているつもりだった。彼らとぼくとの共同作業だったら何とかなるんじゃないか？

だが、やがてそれがとんだ認識不足だったことを思い知らされる。日本語日本文学専攻の学生とはいっても、我が国の英語教育とはまったく逆で、堪能なのは会話だけ——読み書き能力のほうは

ルイス・シャイナー『うち捨てられし心の都』

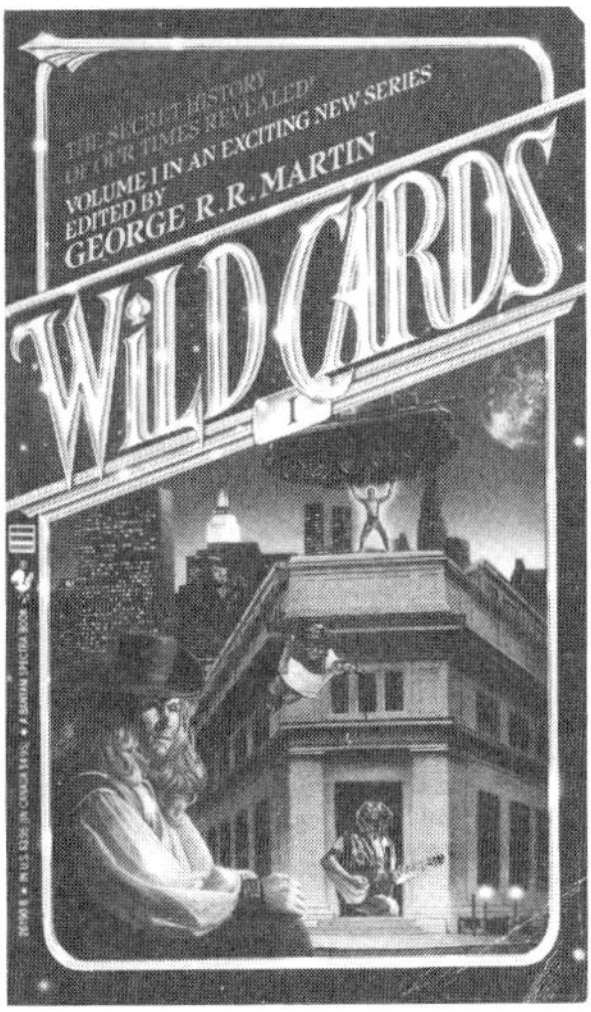

ルイス・シャイナー合作長編『ワイルド・カード』

ルイス・シャイナー（中央）と歓談する英訳者カズコ・ベアレンズ氏（左）と作家・荒巻義雄氏（右）

それをはるかに下回るのだ。つまり、通訳はできても翻訳には時間がかかりすぎてしまう。実際、当たってみるとそのほとんどが同じ理由で二の足を踏んだ。こうなると、計画そのものをまったく諦めるか、それとも方針をまったく変えるしかない……絶望的な気持ちになって、ちょうどアジア研究科の大学院を修了しようとしていた旧知の友人カズコ・ベアレンズ氏（在米十年になる生粋の日本人で、ベアレンズは結婚後の姓）にこの窮状を打ち明けたところ、ほかならぬ彼女自身が日本文学の英訳に興味を抱いていることがわかった。さっそく作品を選んで女史に依頼する。逐語訳は数日で完成し、それを受け取ったシャイナーのほうも数日のうちにスタイライゼーションを終えてしまう。

こうして商品化成ったのが、日本SF第一世代作家・荒巻義雄の初期短編「柔らかい時計」（原作執筆六八年、英国〈インターゾーン〉誌八八年十二月号に掲載）である。サルバドール・ダリのシュールレアリスム世界にSF的世界律を与えたこの短編は、発表当初の六〇年代にはニューウェーヴ思弁小説の日本版として大きな意義を持っていたから、それが八〇年代の今日サイバーパンク系の作家によって蘇生手術を施されたのは、かえすがえすも興味深い。このときシャイナーはあくまでアメリカSFの基準に照らして大幅にノリとハサミを入れ、いわばテクストの生体改造を試みたわけだけれど、そのさい彼の留意したポイントは概ね以下のとおり。⑴説明過剰／説明不足の均衡、⑵視覚的効果、⑶登場人物の動機設定――これら諸点にわたって、「柔らかい時計」はほとんど翻案とみまごう柔らかさで「八〇年代化《アップデイト》」されていったのだ。

非暴力的グローバリズムの彼方へ

そしていま、シャイナーにはもうひとつ、反戦アンソロジー編集の計画がある。これは書名を『音楽の絶えるとき』（ニューヨーク／バンタム社、八九年発行予定）といい、アメリカSF界最右翼として知られるジェリー・パーネルの著書『戦争がやってくる』への批判として発想された。テーマとしては最低限「暴力／戦争の代替物」を発見する姿勢さえ含まれていれば、どのような短編でも完成度は問わない。いや、ジャンルはおろか小説ならずとも詩でも評論でもマンガでもかまわない。しかも、理想としてはアメリカ作家にかぎらずソ連、フランスおよびヨーロッパ諸国の作家や日本作家までを含む参加が期待されており、文字どおりグローバルな構想なのだ。シャイナーの送ってくれた「企画書」には、さらに彼独自の「べからず集」が表わされていて、アメリカ式ＳＦ創作の根本原理と読んでもなかなかおもしろい。サワリだけでも紹介すると――

(1) 凡庸な「戦争の恐怖」小説ないし「戦争小説」になるべからず。

(2) いかなる葛藤を扱ってもよいが――夫婦の葛藤／個人的葛藤／職業的葛藤／軍事的葛藤――暴力的手段だけには頼るべからず。

(3) 暴力を描くのがまったくのタブーというわけではない、キャラクターの中に暴力的な人間が含まれるのはかまわないが、まちがっても主役級キャラクターだけには暴力による勝利を収めさせるべからず。

(4) セックスや言語に関してはタブーを感じるべからず。

(5) 教科書的なポスト・アポカリプス（核戦争後世界）小説は書くべからず。

(6) 充分な理由なしに人種差別や女性差別、あるいは動物差別を扱うべからず。

(7) 銀河帝国ものはもちろん、ずさんな外挿《エクストラポレーション》ものは投稿するべからず。

(8) 活力と興奮を優先させ、くれぐれも怒りや憂鬱に拘泥するべからず。

(9) 編集者権限による改稿要請には抵抗するべからず。

ルイス・シャイナー

⑽　創作活動が世界変革につながることを決して疑うべからず。

収益総額の半分は、「グリーンピース」（戦闘的環境保護団体）ないし「核兵器凍結運動」に寄付されるというこのアンソロジー、果たしてどのような出来になるのか、いまから完成が楽しみだが、実のところこうしたシャイナーの編集・出版活動こそ、サイバーパンク運動の「グローバリズム」が観念倒れになるのを防ぐ最大の行動《パフォーマンス》であることは、いくら強調してもしすぎることはない。

9　黄金時代よ永遠に
——デイヴィッド・ハートウェル

David Hartwell

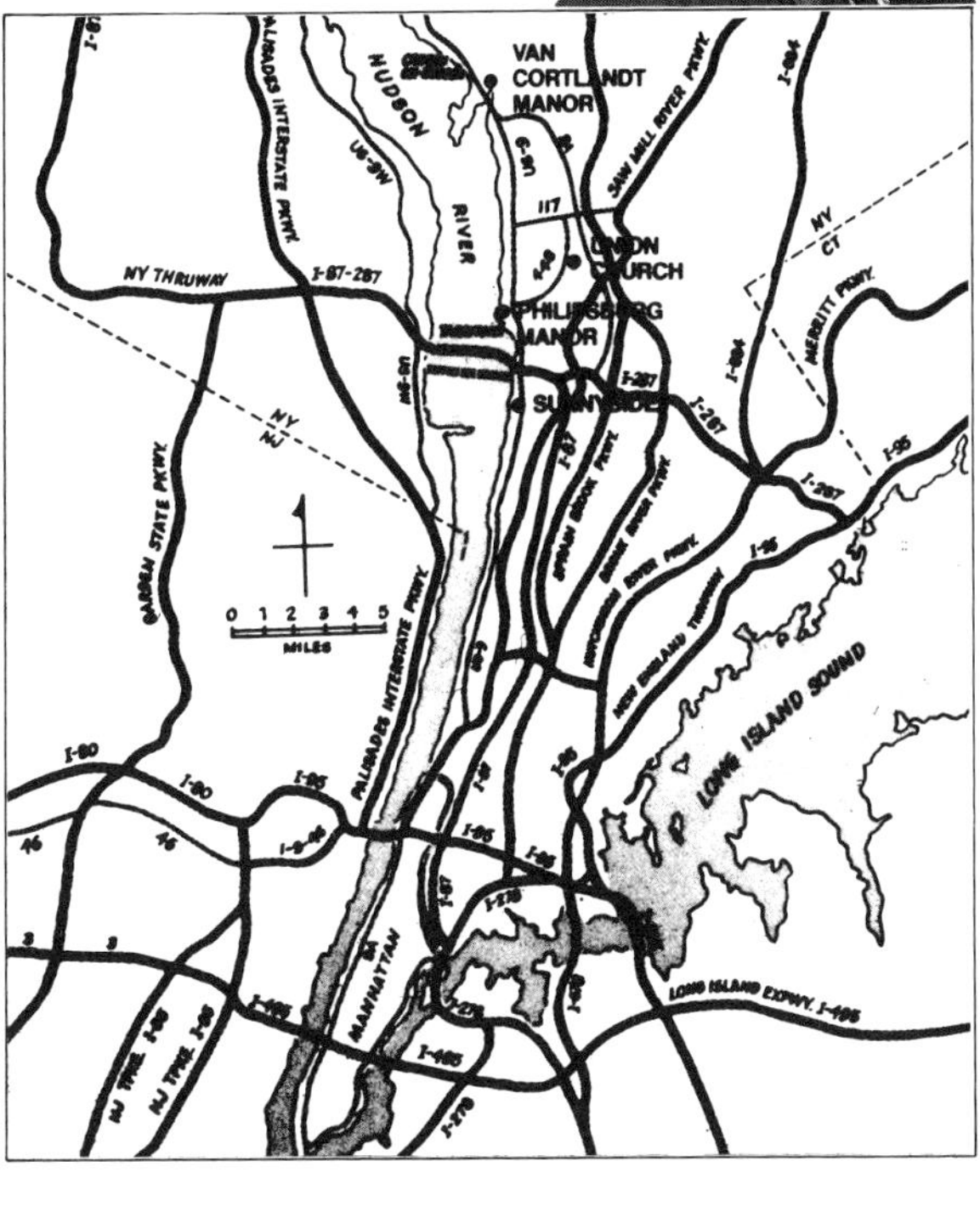

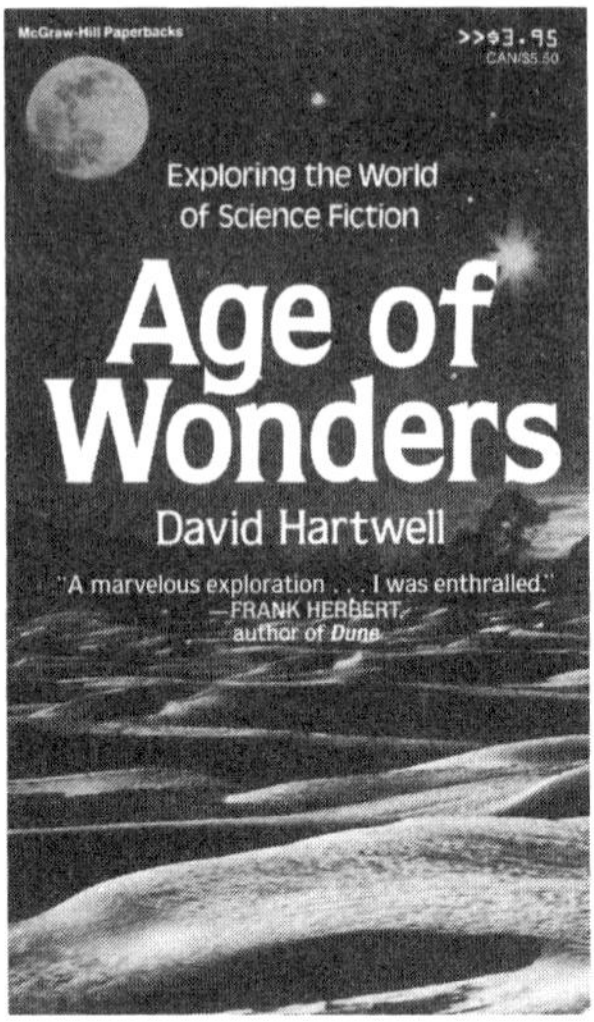

デイヴィッド・ハートウェル『驚異の時代――SF世界の探究』

「SFの黄金時代は十二才である」――こう始まるのはデイヴィッド・ハートウェルの評論集『驚異の時代――SF世界の探究』。ハートウェルはもちろん六〇年代以降アメリカSF史を築いてきたといっても過言ではない名編集者、そしてお断わりしておくが、このデーモン・ナイトゆずりの一文は、ほかならぬ同書第一章の章題として付されたもの。著者はそのゆえんを、こう説明している。

「SFの黄金時代はいったい、いつか――大人たちの議論は、一九二八年説、三九年説、五三年説、はたまた七〇年説をめぐってたえることがなく、夜が白むまで結論ひとつ出ない。それもそのはず、SFの真の黄金時代《ゴールデン・エイジ》＝年代は十二才なのだから」

ぼくはこのいささか詩的ともいえるパセージがたまらなく好きだ。そしてハートウェル自身から「十二の年からSF編集者になりたいと思っていた」と聞いたとき、ぼくはこのひとがほんとうに心やさしい詩人であるのを知った。

十二歳の原点

一九四一年、マサチューセッツ州セイラム生まれ。つまりハートウェルはサイバーパンク育ての親ガードナー・ドゾワとまったくの同年・同郷という因縁を持つ。実際このふたりはあまりにも「気心の知れた間柄」なのである。それは、ギブスン長編第二作の『カウント・ゼロ』がドゾワを編集長とする〈アイザック・アジモフズ・SFマガジン〉に連載されながら、間髪入れずにハートウェルを編集顧問とするアーバーハウス社が単行本化した手際のよさにもよく表われているだろう。

ハートウェルのSF編集者としての華麗な経歴については、すでに知る人も少なくない。SF雑誌〈コスモス〉の編集長をつとめ、シグネット、バークレイ、グレッグ、ポケット（ここから出したタイムスケープ・ブックスは良心的にして画期的だった）、トー、アーバーハウス（ハードカバー）、それに最近ではモロー（アーバーハウスのハートウェル路線自体を買収したともいわれる）に至るまで、各出版社を転々としながら自己のSF観を決して見失わないハートウェル。

いっぽう、個人的にはドラゴン・プレスというほとんど趣味的なSF出版社までやりくりし、サミュエル・ディレイニーとともに詩誌〈リトル・マガジン〉の編集にも加わっているハートウェル。加えるに、コロンビア大学では比較中世文学で博士号まで取得しており、ハーバード大学でSF

SF大会深夜パーティでのガードナー・ドゾワ、メーキャップ使用後

講座を持ったり学会にもこまめに足を運んだりしつつも、愛妻のパットから「デイヴィッドはアメリカの文学博士のうちでもいちばんヤクザなひとじゃないかしらね」とからかわれて首をすくめるハートウェル。

だが、そのヤクザっぽさがあくまで「SFのためのSF」を愛するあまりの発露だとすれば、ぼくたちは彼の「十二歳の決心」がいまなおとてつもなくナイーヴなかたちで息づいているのを発見せざるをえない。

サイバーパンク戦略

ハートウェルを初めて見たのは八五年九月、彼が北米SF大会《ナスフィック》（テキサス）のパネルに出ているときだ。「八五年上半期長編の収穫」というテーマで、パネリストには他にアルジス・バドリス、チャールズ・プラット、司会者にはSFブック・クラブのモッシュ・フェダーという顔ぶれ。当時はハートウェルがアーバーハウス社専属とも知らなかったため、パネル終盤「最近のベストＳＦ」を問われてスターリングの『スキズマトリックス』を強調していたのがひどく印象に残った。というのも、ギブスン以上にスターリングのスタイルを評価しているふうだったから。のちに彼は、こんなふうに説明してくれたことがある。「ギブスンとスターリングの関係は、トマス・ディッシュとサミュエル・ディレイニーの関係に似ている。なるほどディッシュはスゴい文章を書くし、ギブスンも同じなのだけれど、それはどうしても『限界つき』の文章なのだ。いっぽうスターリングの場合には、ディレイニーと同じくＳＦとして『無限の可能性』が感じられる。」

ちなみに、ぼくはエレン・ダトロウにも同じ比較を尋ねたことがあるのだが、彼女は「そんなイジワルな質問には答えられない」といいつつ、最終的にはギブスンの「パワー」のほうに軍配をあげたものだった。

そののち、八六年一月にニューヨークで開かれた国際ＰＥＮ大会で初めて話す機会を持ったとき、ハートウェルこそ『スキズマトリックス』の編集者だったことを――ひいてはスターリングのみならずサイバーパンク系を積極的にプッシュしていることを――知る。

メトロポリタン美術館はデンドゥーア神殿におけるにぎやかなレセプションで歓談したあと、ぼくは彼と彼のクラリオン創作講座《ワークショップ》での教え子にあたるというキャスリーン・クレイマー（ハートウェルとは片時も離れないので、最初ぼくは夫人とまちがえてしまったほどである）と連れ立って、四二

ハートウェルの生徒たち。キャスリーン・クレイマー（右）とスーザン・パルウィック（左）。

丁目のレストラン「ウェスト・バンク・カフェ」へ直行した。ワインと醬油《ショーユ》ステーキをごちそうになりながら、SF話に花が咲く。

「『スキズマトリックス』はA・E・ヴァン＝ヴォートさ、ヴァン＝ヴォート以外の何ものでもない」と彼はいう。ヴァン＝ヴォートといえば、映画「エイリアン」にヒントを与えたと思しき古典『宇宙船ビーグル号の冒険』で有名な長老作家だけれど、今日ではまた、小説的なバランス以上に大量の奇想天外なアイデアを優先させる形而上的スペースオペラ「ワイドスクリーン・バロック」形式の先駆者としても知られており、その系列作家、たとえばベスターやクリス・ボイスの諸作と『スキズマトリックス』を並べてみれば、なるほどまるっきり違和感がない。フィリップ・ホセ・ファーマーが同書に捧げた賛辞も「津波《ツナミ》級想像力」というもので、たとえばこれを純正ワイドスクリーン・バ

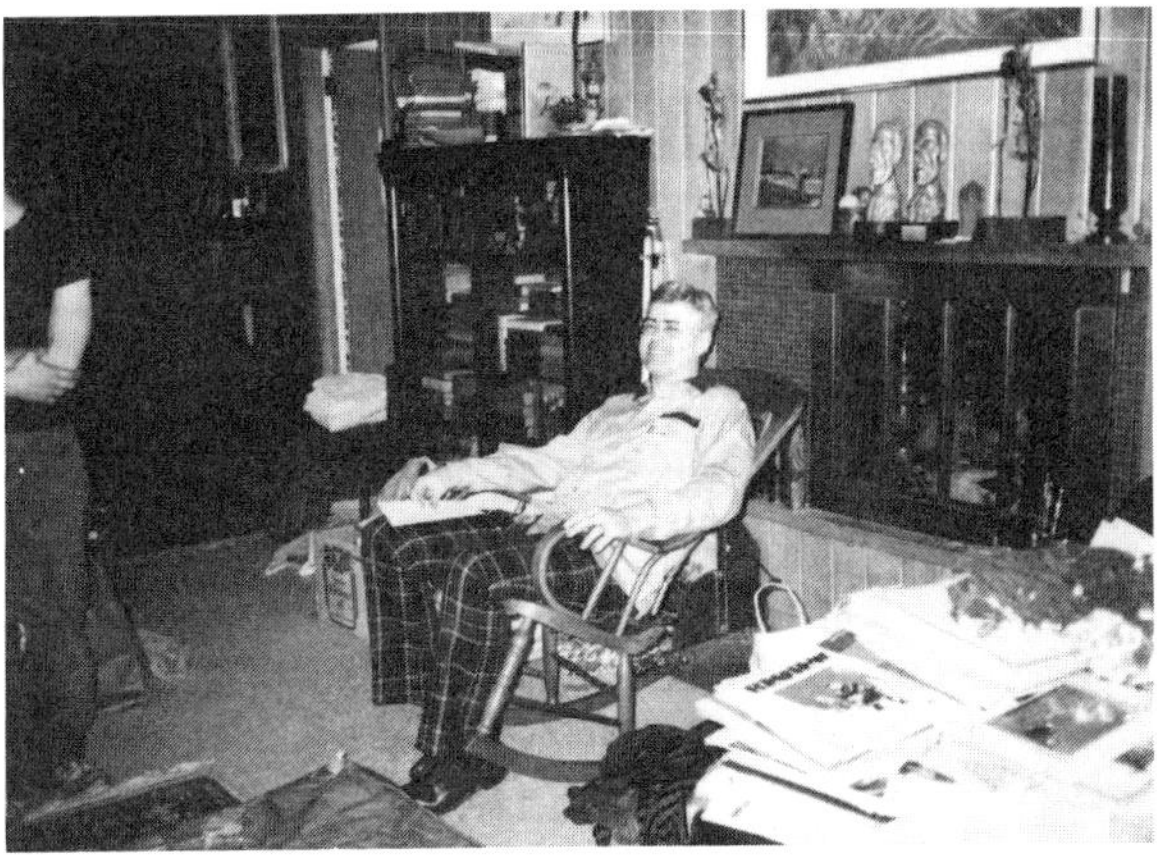

自宅でくつろぐハートウェル

ロック作家バリントン・ベイリーへの賛辞に代えても何ら支障はきたさない。

「しかし大切なのはね」とハートウェルは続ける。「ヴァン＝ヴォートはまるで売れない作家だったのに、いったいどうしてスターリングを含めた多くの後続作家たちがヴァン＝ヴォートの模倣をしようとしたのか、という問題だよ。これこそあの作家の秘密だ。」もちろん、それはアメリカSF自体の秘密ともいえよう。そして、以後のハートウェル自身が、あたかもその「秘密」を探るかのようにサイバーパンク戦略を練っていったのだ。

そう、『カウント・ゼロ』やサイバーパンク・アンソロジー『ミラーシェード』はもちろんのこと、系列作品としてマイクル・スワンウィックの『真空の花』（八七年）やジョージ・アレック・エフィンジャーの『重力の衰えるとき』（同年）まで手がけることで、彼は確実にサイバーパンク周辺の拡大に尽力した。およそ「周辺」

の拡大が「中心」の再評価に役立つものなら、ハートウェルの出版戦略が加わって初めてサイバーパンク黄金時代がもたらされたのだといってよい。

ティーン・エンジェルの伝説

やがて同年三月には、彼の関わるニューヨーク地区SF大会「ルーナコン」へ誘われる。ところは、マンハッタンから車で四〇分ほど北上した小さな町、タリータウン。耳なれない地名かもしれないが、ここには植民地時代、幻想に憑かれた人々が住んだ「まどろみの谷《スリーピー・ホロー》」がある……といえばピンとくるのではないか。そう、ワシントン・アーヴィングのあまりに有名な短編「スリーピー・ホローの伝説」の舞台だ。この瀟洒な田園こそ、ニューヨークSF協会（ザ・ルナリアンズ）が五七年以来毎春開き続けているニューヨーク地区SF大会の開催地であると同時に、ほかならぬハートウェル一家の住む町なのだった。そして彼は、そのころ貧乏大学院生だったぼくに対して、こう提案してくれた。「会場（ホテル）に泊ると高いから、宿泊には我が家を提供するよ。」

このとき会場ウェストチェスター・マリオットの一室で、彼がある新人作家を呼びつけ原稿徹底チェックにいそしむのを、ぼくはぼんやり陽だまりのソファにもたれて聞いていた。

「SFというのは、人間の内面にさほどこだわる必要はないんだ。そんなことは主流文学作家のほうがずっとうまくやってくれるさ」「大切なのは、内面がいかに外面化するかという問題だよ」

デイヴィッド・ハートウェル、カントリーを熱唱

「『アッシャー家の崩壊』から『クローム襲撃』まで、一人称で書く利点はもちろんある。しかし、ＳＦの基本としては三人称から出発すべきだろう。」

個人指導を受けていたのは、クラリオン創作講座《ワークショップ》ではハートウェル教室の生徒になるスーザン・パルウィック。そのかいあって、彼女はＳＦ詩と同時にＳＦ小説でもめきめき頭角をあらわし〈アジモフズ〉誌の常連になったばかりか、八八年度のガードナー・ドゾワ編『年間ＳＦ傑作選』にも短編「エヴァー・アフター」（八七年）が収録されるほどに急成長している。彼女とは同窓生になるキャスリーン・クレイマーのほうも、ルーディ・ラッカー編の数学ＳＦアンソロジーに作品が売れたりホラー・アンソロジーを共同編集したりと、勝るとも劣らぬ活躍ぶりだ。ハートウェル教授の面目躍如といったところだろうか。

やがてＳＦ大会の夜も深まり、時計が三時を告げるとき、ハートウェルはそれまでカントリーを弾き続けていたギターを降ろす。彼の指揮で恒例の「ティーン・エンジェル」斉唱が始まる。

思い出すのは、運命の夜
踏切の真ん中だった
エンストした車からふたりで飛び出し
助かった瞬間、きみだけが引き返したのは

何を探し、何のために
きみはあの晩、亡くなったのか
あとで知ったよ、きみの手には
わたしの指環が握りしめられていたことを

十六の年に、きみは逝った
その肉体はもはやなく
その唇に口づけするのもかなわない

きみは今日、大地の中へ帰ってしまった
ティーン・エンジェル　聞こえるだろうか
ティーン・エンジェル　見ているだろうか
いまも空のどこかにいる
いまもただひとりの恋人よ

この哀しい歌は、ロック歌手マーク・ダイニングが不良少年をテーマに放った一九六〇年の大ヒット曲（ＭＣＡ『アメリカン・グラフィティ』サントラ盤に収録）。そういえば、十代でＳＦにのめりこんだのも、ハートウェルにとっては楽しき不良化への第一歩だったのかもしれない。あまりに楽しすぎて、もはやもとへは戻れないほどに。

「娘のアリスは最近十一才になってとっても喜んでるんだ、いよいよ人生の黄金時代がはじまるからね。」

「それは、むかしもいまも同じでしょう。」

「いいや、ぼくの若いころはそうじゃなかった。大学へ入らなければ、そして二十代にならなければ黄金時代は来なかった。時代が変わったのさ。」

十代こそは人生の黄金時代——こう信じるハートウェルにとって、ＳＦの黄金時代はまさしく「いま・ここにはいない並行宇宙《もうひとつ》の私」であるだろう。そしてサイバーパンクの黄金時代は「いま・ここにはありえない並行宇宙《もうひとつ》のジャンル」の到来であったかもしれない。

10 サイボーグ・フェミニズム宣言
——サミュエル・ディレイニー

Samuel R. Delany

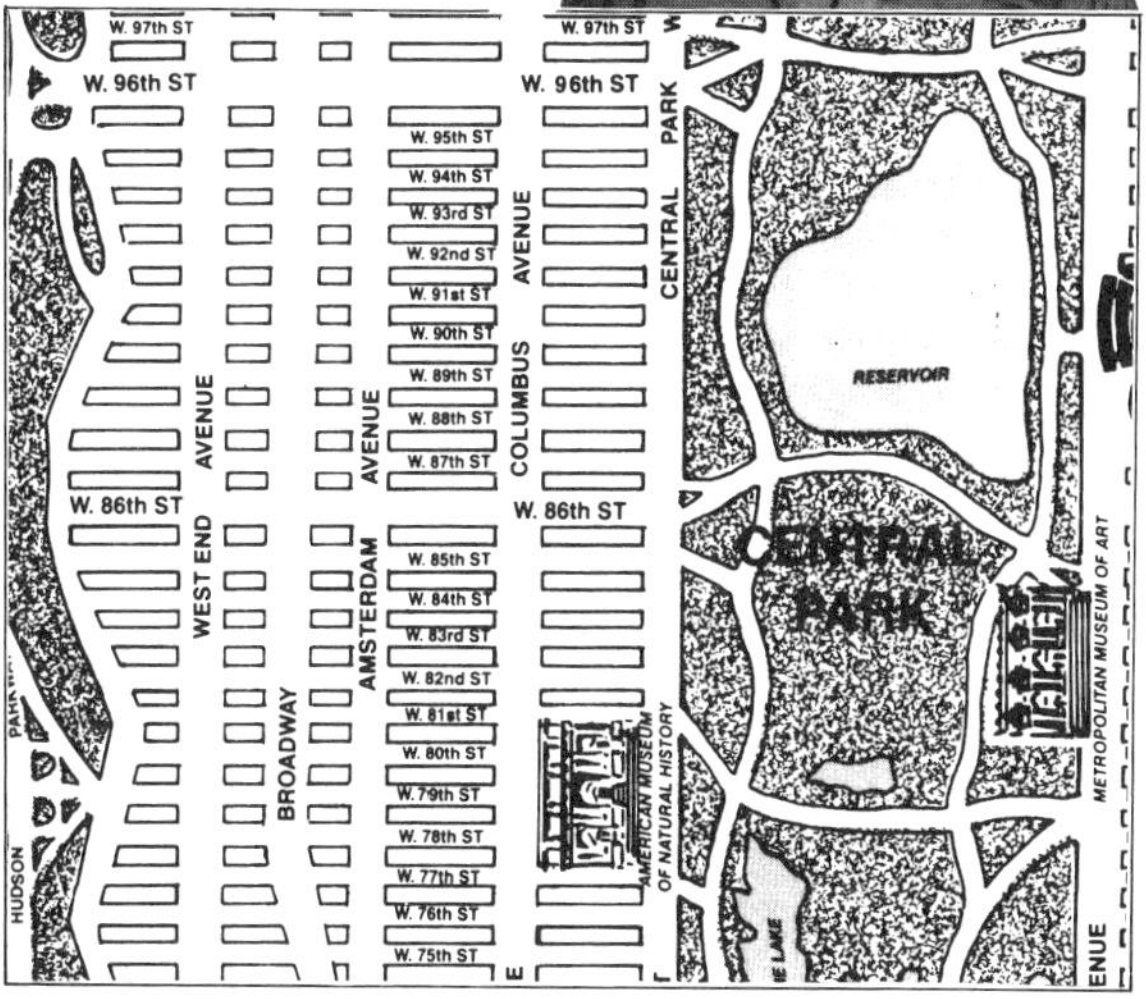

コーネル大学人文科学研究所

そして、ある日突然、サミュエル・レイ・ディレイニーは作家から教授になり、ぼくは読者から生徒になったのである。何かがずらされた瞬間——時は一九八六年九月から十二月までの秋学期、所はニューヨーク州イサカ市のコーネル大学人文科学研究所。彼自身によるセミナー「SF・精神分析・社会」がとうとうスタートしたのだ。しかもテーマは、サイバーパンク！

もっとも、ディレイニー個人はすでにウィスコンシン大学ミルウォーキー校やニューヨーク州立大学バッファロー校といった主要大学で教鞭を執った経歴を持ち、最近ではマサチューセッツ大学アマースト校にも専任として迎えられたから、大学とのつきあいは決して新しくも浅くもない。そもそも彼に関する資料類いっさいを保管しているのがボストン大学だし、彼専属のビブリオグラファーであるロバート・ブラヴァードにしてもロック・ヘイヴン大学（ペンシルヴェニア州）の教授だ。

そしてぼくのほうも、八五年十一月の地方SF大会ノヴァコン（ペンシルヴェニア州ヨーク市）や八六年一月の国際PEN大会（ニューヨーク市）などでの出会いを通じてすっかりうちとけたところだった。そんな折も折、留学先のコーネル大学がディレイニー招聘を急遽正式決定したとなれば、これは再び「奇妙な偶然」に数えあげるほかはない。

魔法の作家は健在なり

サミュエル・ディレイニー——かつてシオドア・スタージョンがそうであったごとく、これはSFを愛するものたちがささやき続けたひとつの「魔法の名前」である。およそ「運動」の名で呼ばれるもののご多分にもれず、サイバーパンクもまたブルース・スターリングという稀有の思想的指導者《イデオローグ》とウィリアム・ギブスンという稀有の商業的成功者《スーパースター》の両輪によってすべりだしたが、ふりかえってみれば彼らに先行する六〇年代アメリカ・ニューウェーヴ運動においても事情は同じだった。というのも、当時のイデオローグをジュディス・メリルとするなら（晶文社刊『SFに何ができるか』参照）、当時のスーパースターはまごうことなくディレイニーだったからだ。

およそ「様式《スタイル》」と呼ばれるものでおよそ「クールでヒップ（でポストモダン？）なもの」は、ことごとく彼の手に属した。メタSF『アインシュタイン交点』（六八年）、ワイドスクリーン・バロック『エンパイア・スター』（六六年）、間テクスト的《インターテクスチュアル》メタ小説『ダールグレン』（七五年……その出版時期は脱構築哲学者ジャック・デリダの間テクスト《インターテクスチュアル》的メタ批評『弔鐘』［七四年］とほぼ一致する）、それに何より以上のすべてでありながら単にサイバーパンクとも呼びうるかたち『ノヴァ』（六八年。邦訳・ハヤカワ文庫SF）……したがって、トマス・ピンチョンとともにディレイニーがサイバーパンク作家群公認の先覚者となったのは、ごく当然の成り行きだった。

もっとも、SFファンにとってそれがどれだけ「魔法の名前」であろうとも、誰よりディレイニー自身にとってそのフル・ネームは——あたかも彼の定義「SFとはあくまで（未来ではなく）現在を戯画化《ディストート》する文学」と合致するかのように——「戯画化《ディストート》すべき現在」の一部分だった事実はあまり知られていない。「母方の祖父がサミュエル、そして父親の名もサミュエルだったから、この名がイヤでイヤでたまらなかったんだ——『リトル・サム』にしたって同じことさ。そこへ

サミュエル・ディレイニー (by Richard Thompson)

チャンスが到来した。あれは十才のころ参加したキャンプでのこと、ちょうど知人がいなかったものだから、点呼のとき即座に思いついて『僕の名はチップ——チップ・ディレイニー！』って叫んだんだよ。それを一緒に来ていた妹が親戚中に広めてくれた。」

黒人・ゲイ・思弁・エイズ・小説

外宇宙ではなく内宇宙を再探検せよ——そう叫んだのはイギリス・ニューウェーヴSFの旗手J・G・バラードだったが、未来ではなく現在を戯画化《ディストート》せよ、と断じたこのアメリカ・ニューウェーヴSFの花形は（もっともディレイニー自身は「ニューウェーヴ」より「思弁小説《スペキュラティヴ・フィクション》」の名を好む）、かくて六〇年代SFそのものの理念を完成してしまったばかりか、「現在」を描こうとしたらどうしてもサイバーパンク的にならざるをえない八〇年代小説そのものの様式さえ、予表してしまったことになる。

そのうえ、ディレイニー自身の八〇年代というのが、本格宇宙〝ゲイ〟SF『ポケットには砂粒のごとく星々が』（二部作予定、八四年〜）の執筆とともにヒロイック〝エイズ〟ファンタジー『ネヴェリヨン物語』四部作を完結させたり（七九—八八年）、評論でも『スターボード・ワイン』（八四年）、『ワグナー／アルトー』をはじめ、ついには自伝『水にゆらぐ光』（ともに八八年）まで出版するなど、とにかく圧倒的な活躍ぶりなのだ。折しも、学術誌〈アメリカ黒人文学評論〉（第十八

ワイドスクリーン・バロック『エンパイア・スター』

元祖サイバーパンク『ノヴァ』

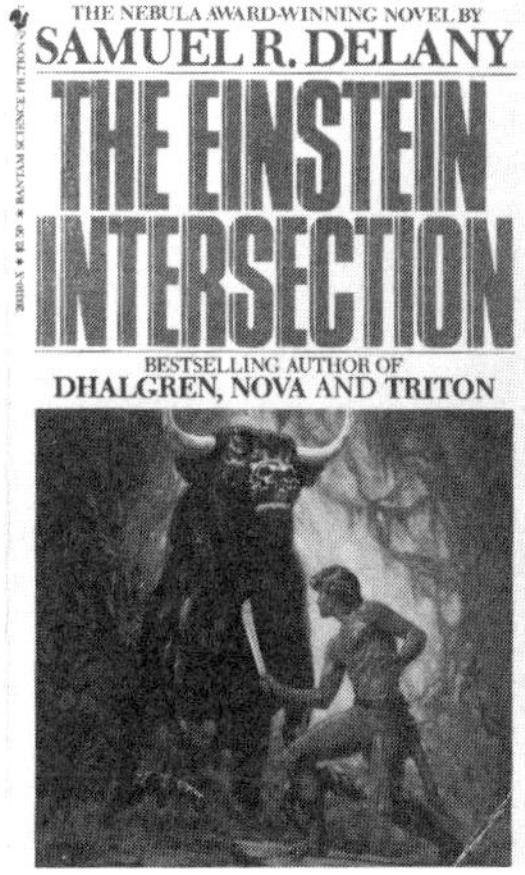

メタＳＦ『アインシュタイン交点』

エイズ・ファンタジー『ネヴェリヨン物語』

SF教育の最前線

巻二号・八四年夏号）は彼に関する全面特集さえ組んでいる。

したがって、ディレイニーのコーネル滞在にしたところで、実をいえばSF的関心というより黒人文学研究からする関心が大学内で高まりつつあった結果とみるのが正しい。肌の色こそ決して漆黒というわけではないが、彼はいまやSF作家・ゲイ作家のみならず何よりもアメリカを代表する黒人文学者なのだから。折も折、そうした評価が高まりつつあった八五年の秋学期、ぼくはヘンリー・ルイス・ゲイツ教授の黒人文学のクラスをとる。生粋の黒人教授が奴隷体験記の伝統をときには記号論的に、ときには脱構築的に語る風景も驚きだったが、それにもましてフレデリック・ダグラスやゾラ・ニール・ハーストン、アリス・ウォーカー、イシュメル・リードらとともにディレイニーが課題図書《アサインメント》にリストアップされているのを発見した瞬間の驚きといったら！

前述のノヴァコンでディレイニーと最初に対面したのは、ちょうどそんなゲイツ教授の黒人文学クラスに出席していたときである。この、自身いささかスター的な華やかさを秘めた若手教授が、実のところ八六年度には黒人劇作家ウォレ・ショインカのノーベル賞受賞のために尽力したアフロ・アメリカン・アカデミーの重鎮であり、俗に「アメリカ黒人文学研究の仕掛人《エントラプラナー》」と呼ばれているのを知るのは、ずいぶん時間が経ってからのことであった。

それでは、そのゲイツ教授によって仕掛けられたディレイニー自身のクラスはどうだったか。講義要綱を抜粋してみよう。

——「社会や科学や精神分析をテクストがいかに主題化しているかということよりも、むしろいかにそれらがテクストの多様な結ぼれにおいてゆらいでいるかということに着目する。このセミナーではきわめて理論が重視されるため、よく知識をふまえたうえでの論議が期待される。」

そして実際、ディレイニーは、専任の教授連さえ彷彿とさせるような教育的センスを発揮していく。毎週火曜日の三限目を使い一二週間に及んだ講義は、以下のように綿密に計画され、みごとに実行された。

①構造主義、わけてもジャック・ラカンの精神分析理論の概説。（三週間）
②それを用いてのSF短編解釈、特にロバート・A・ハインライン「道路をとめるな」（四〇年。邦訳・ハヤカワ文庫SF『デリラと宇宙野郎たち』所収）、シオドア・スタージョン「赤ん坊は三つ」（五三年・邦訳・ハヤカワ文庫SF『人間以上』第二章）、それにロジャー・ゼラズニイ「形づくる人」（六四年。長編版邦訳・ハヤカワ文庫SF『ドリームマスター』）を中心に。（一週間）
③ジョン・ヴァーリイとウィリアム・ギブスンの短編比較、特に「カンザスの幽霊」（七六年。邦訳・ハヤカワ文庫SF『残像』所収）と「記憶屋ジョニイ」を中心に。（二週間）

④サイバーパンク関係の資料・インタヴュー類の輪読。（二週間）
⑤ギブスン『ニューロマンサー』『カウント・ゼロ』の精読。（四週間）

そのさなか、学生たちとの討論を誘導するのに、ディレイニーはさまざまなアイデアを惜しげもなくまきちらす。ラカンがポウ「盗まれた手紙」の分析で看破した「自身の記号内容《シニフィエ》を知らぬ手紙《レター》＝文字《レター》」は、ギブスンにみられる「自身に盛られた記号内容《シニフィエ》を知らぬ記憶屋ジョニイ」と等価であること。ヴァーリイに顕著だった「肉体の再生可能性」は、ギブスンでは「肉体の無意味性＝容器性《ケイス》」（これは主人公ケイスの名と呼応する）の次元でつきつめられること。電脳空間《サイバースペース》のイメージは、ベスター『虎よ、虎よ！』の共感覚タイポグラフィーによるクライマックスを連想させること。

いちばん興味深かったのは、公開講演のひとつで彼がカリフォルニア大学サンタクルーズ校教授ダナ・ハラウェイの論文「サイボーグ宣言」（〈社会主義評論《ソーシャリスト・レヴュー》〉八〇号、八五年）をふまえながら、アン・マキャフリイ『歌う船』（六九年。邦訳・創元ＳＦ文庫）をモチーフに展開したサイボーグ・フェミニズム理論だろうか。フェミニスト的なサイボーグよりも、むしろサイボーグなる「〈有機／無機〉境界侵犯」の構造にこそ、すでにフェミニズムが問題視する「性差《ジエンダー》の危機」が孕まれている、とディレイニーはいう。こうした論理のずらしによって演じられる洞察を目の前にするなら、ぼくたちはたとえば『ニューロマンサー』の女性サイボーグ・モリイが果たす奇妙に危うい役割について、いまいちど考え直してみないわけにはいくまい。

クラス以外でも、キャンパスを散策しながらいろいろ語り合うことができたが、「娘のアイヴァがおしゃれで着るものにさんざんカネを使う」といった話題のほかに一貫してうかがえたのは、皮肉にも現行の「学術的SF批評」批判であった。それは、「SFをSFとして読む習慣のない人々」が主流文学的な尺度を用いてSFの定義を試みようとする理不尽への攻撃といえよう。SFの学は、まさに大学という現場にあってこそ危機に瀕すること……ここでもディレイニーの思考は常識をずらし続ける。

その昔、ウラジーミル・ナボコフがハーヴァード大学に迎えられようとした際、ロマーン・ヤーコブソンはこう反対したという――「ゾウのことを教えるのにわざわざゾウを教壇に立たせる必要はない」（沼野充義氏による）。ところでディレイニーは右のごとく卓越した「SF教育」を施しながら、それを賞賛するぼくにこういい残してイサカを去った――「こっちは素人だからね、そのぶん恥を忍んで夢中でやっただけさ。」

もちろん、通常のゾウがこれほどしたたかにしゃべるはずもない。仮にゾウにはちがいないにせよ、これは少なくともバイオ・チップは埋めこまれたサイバー・エレファントの発言である。加えて、彼の別れた妻であり現代アメリカ・フェミニスト詩を代表するレズビアン詩人の名がマリリン・ハッカーである事実を付記しておくなら、何かのダメ押しにはなるだろうか。

ディレイニーとの対話

巽　サミュエル・ディレイニーによるSFクラスがコーネル大学人文科学研究所で実現したのは、ぼくにとってたいへんエキサイティングな出来事でした。しかもあなたが時にサイバーパンクの先駆者と呼ばれることも考え合わせると、あれはまさしくサイバーパンク自身によるサイバーパンク・クラスだったともいえるでしょう。

それでは、あなたご自身はどうだったのか。つまり、SFの現在がサイバーパンク的なもので構成されはじめたとして、その流れをあなたはどのように受けとめ、SF教育に応用しようとしたのか——今日は、そのあたりを聞かせていただけるとうれしく思います。

まずはじめに、どうでしたか、コーネルでの四ケ月間は？

ディレイニー　実に充実した経験だったよ。何よりも、この一、二年ずっと考え続けてきたことを語る機会を得ることができた。本来、職業作家は思索などという抽象作業にいそしんではいけないんだが、学校教育というのは〈問題／正解〉なる方程式に基づいて思索の抜本的なパロディ化さえ行なう。

クラスだけにかぎらない、とりわけ刺激的だったのは、同僚にとてつもない人々がいたことだ。ディーン・マッコーネル夫妻、メアリ・ジャコウバス、サリー・シャトルワース、それにもちろん人文科学研究所長ジョナサン・カラー……ジュリエット・マッコーネルからはぼくの方法論的中核であるジャック・ラカンについて多くの教示を受けたし、メアリの論文からもフェミニスト批評についてずいぶん勉強させてもらった。そもそも、ジョナサンのものは『構造主義の詩学』（七五年）以来ずっと読み続けていたしね。

巽　創作への影響はありましたか。

ディレイニー　このころ書いていたのは長い短編とでも呼ぶべきもので、これはいま書き継いでいるエイズ・テーマのファンタジー〈ネヴェリヨン・シリーズ〉第四作『失われた欲望の橋』（八七年）の一部になった。コーネルでの経験がどのていど反映したものか、あまり正確にはいえないけれども……そうだ、一ケ所だけイサカの滝から思いついたシーンを入れたよ。（笑）

巽　一定の土地なり空間なりが想像力を誘惑するというのは、とても興味深いことです。もっとも、たとえばJ・G・バラードが『太陽の帝国』（八四年・邦訳・国書刊行会）で上海を原空間ならぬ「原‐内宇宙」として暴露したようには、ギブスンは「電脳空間」を捉えていないんじゃないか。それは、より虚構性が高く、よりコズモポリタンな感覚を強調するハイテク想像力の副産物であり、文体実験の遊び場でもある。その意味で、あなたがクラスでギブスン流の電脳空間を論じるとき、それをベスターが『虎よ、虎よ！』でジョウント効果の副産物として描き出した共感覚幻想、及びそれに伴う言語実験に比べてみせたのは正しかったのではないでしょうか。

ディレイニー　ＳＦというジャンルは、つねに空間を扱いながら、その領域のイメージを言語の力でふくらませてきた。最初に対象となったのはロバート・Ａ・ハインラインやＡ・Ｅ・ヴァン＝ヴォートが探求したような外宇宙で、それも同様な言語的方法論に基づいていたのだが、やがて突然、ＳＦにも新しく開発すべき空間が現われ始める。こういう空間においては、作家はその中に多量の詩的言語を注入することでどういう効果をきたすか、あたかも実験者のような立場をとるわけで、ギブスンが電脳空間を描いてやっているのはまさにそれさ。

巽　ヴァーリイとギブスンを論じる前に、ぼくたちはいわばウォーミング・アップとして三つの短編、ハインラインの「道路をとめるな」、シオドア・スタージョンの「赤ん坊は三つ」、それにロジャー・ゼラズニイの「形づくる人」を読みましたね。そのときにもこういったＳＦ的イディオムについて意識していましたか。

ディレイニー　三つの短編は精神分析批評の方法論に適切と思ったから選んだので、空間に関する話題はまったく新しい切り口にみえるけれども……しかし、そうだ、ふりかえってみればゼラズニイの「形づくる人」に出てくる夢幻空間《ドリームスペース》なんかはいちばん電脳空間に近い。これもまた別の虚構空間で、テクノロジーによって人間が出たり入ったりできる。

巽　もともとギブスンにはゼラズニイの影響が濃厚ですしね。『カウント・ゼロ』などには、はなはだしい。

ディレイニー　もちろん、ゼラズニイにしても、夢幻空間を機能させながらその中で諸々の幻想を描写するときの言語は、ふつうの物語言語とはまるで異なっている。同じことが、ギブスンの電脳空間にもベスターの共感覚幻想にもあてはまる。

　SFには、こうした仮想時空間《サブスペース》がつきものだ。外宇宙にしたって、惑星の表面空間と並ぶ仮想時空間と考えていい。

巽　「赤ん坊は三つ」のように間主観性《インターサブジェクティヴィティ》を扱う短編についてはどうでしょう。

ディレイニー　基本的な準拠枠は同じく精神分析的なものになるだろうが、そもそも本来、精神分析批評というのは、記憶そのものをあるていど仮想時空間と見立てるところがある。いや、「擬似空間《パラスペース》」――あるいは「並行宇宙《オルタナーティヴ・スペース》」と呼んだほうがいいかもしれないな。大切なのは、いちがいに擬似空間といっても、それを「現実空間」との関わりで位置づけようとするなら、決して安易な優劣関係の尺度で割りきれるものではないということだ。擬似空間であれ現実空間であれ、双方の出来事は同時発生するうえに、物語中で終始互いをたぶらかし、互いの力点をずらし続けるものだから。

巽　SFにおける「空間」概念も相当に細分化していますね。

ディレイニー　仮想時空間や超空間というのはあくまで媒介的なもので、我々はそこを通ってある地点から目的とする世界へ旅する。だから、非常に過渡的な空間といえるだろう。たいていのSF

では、こうした空間が現われたとしても、登場人物は一秒かそこら——文章にしてもワンセンテンスかそこら——そこに留まるにすぎない。いっぽう、擬似空間や並行宇宙と呼ばれるものは、じっさいに我々がしばらく滞在する世界を指す。

巽　ベスターとギブスンが共通しているのは、そうした擬似空間描写のために各々共感覚的表現を用いている点でしょう。視覚が聴覚と化し、聴覚が嗅覚と化すような撹乱効果……ベスターの場合、それはタイポグラフィカルな文体冒険として表われました。ギブスンの場合は、電脳空間をきわめて視覚的に描きつつも、同時にパンク・ミュージックが聞こえてくるようなかたちで、五感の混乱が目論まれています。

ディレイニー　アルジス・バドリスの『無頼の月』(六〇年)では、月面で何百年も前に異星人が造った構造物が発見され、その構造物が擬似空間さながら重大な事件を引き起こしていく。何しろ、その中に入ろうとする者を次々に殺してしまうんだからね。

ここで大切なのは、バドリスの設定した空間が、まちがっても仮想時空間風の媒介的、補完的なものじゃなかったことだ。仮想時空間であれば、まず問題になるのはあくまで機能的かどうかということで、それはまさに何かの「お役に立つ」ことを大義名分とするために、結局、小説プロットに従属させられてしまう。ところが、バドリスの扱ったような並行空間に関しては、むしろ小説言語そのものが変容を迫られる。一般言語も詩的言語も等しく修辞性を帯びはじめて、まさにその修辞性こそがテクノロジーへの意識を寓喩化していく。ＳＦの空間性を言語表現のレベルから探究するのは、たしかに興味深い点を多く含む。

巽　ところで、サイバーパンクを特徴づけるものとしては、電脳空間のほかにもうひとつ、ミラーシェードが挙げられます。このイメージは、単にパンク的というのではなくて、それが文字どおり鏡でもあり／なく、眼鏡でもある／ない、というトリッキイな論理を体現している。なるほど、ジョン・シャーリイの『シティがやってくる』以来、ミラーシェードといえば外科手術による眼窩埋め込み式のものとして描かれることが増えましたけれども、もっとさかのぼろうとするなら、それこそあなたの巨大小説『ダールグレン』で主人公キッドが体に巻きつけているのがプリズムと鏡とレンズから成る鎖だった。

ディレイニー　ミラーシェードには、ＳＦにおける視覚というものを考えるのに重要な条件が見てとれる。その表面の鏡状フィルムは、自分の視界を暗くするばかりか視線の発信源をもおおい隠してしまうからね。他人からは、きみがまっすぐ目を見て話しているのか、それともあらぬ方向に気をとられているのか、いっこうに判断がつかなくなるというわけだ。要するに、ミラーシェードは視線の隠蔽と歪曲とを同時にやってのけ、そればかりか読者の視線をも逸脱させる。読者はミラーシェードごしに自分に向けられた視線の発信源を突きとめようとするが、確認できるのは（鏡面に映る）自分のすがた以外のものじゃない。

ディレイニーのSFクラスの授業風景

サイバーパンクという系譜に関するかぎり、ミラーシェードはまさしくこのサブジャンルを表わすにぴったりのアレゴリーだよ。

巽　そのうえ、視線の哲学は、当然、精神分析批評にも関係してくる。

ディレイニー　ジャック・ラカンのことばを借りれば、ミラーシェードは我々にとって「視る」とはどういうことか、そもそもその概念を根本からずらす。鏡像段階ではないが、テクストで起こる出来事を観察するうちに、読者はそこに自分自身を見いだすことになる。ところが同時に、テクスト自体が一定の視線を発していて、それは時にぼやけたりゆがんだりするんだ。

巽　文学作品を読むのはミラーシェードを見るのと同義になるのでしょうか。

ディレイニー　もちろん、読者がミラーシェードをかけているのか、テクストがミラーシェードをかけているの

サイバーパンク・アンソロジー『ミラーシェード』ディレイニー自身も編集参画し、推薦文を書いている

か、いちがいには判定できないんだけれどね。（笑）サイバーパンクの場合は、明らかにテクストがミラーシェードをかけているんだけれども。

巽　ミラーシェードという人工器官が字義的にも隠喩的にも逆照射するのは、もうひとつ、人間と機械の境界線を曖昧にしてしまうサイバネティックス自体の本質です。『ニューロマンサー』のケイスは最初ただの「肉体という牢獄」に堕ちた男として登場しますが、というのも、いったん失った電脳空間没入能力を千葉市《チバシティ》の闇外科医の手で再生してもらうまでは、その肉体は文字どおりカラッポの「容器《ケイス》」でしかないためでした。

もちろん、これはべつに新しい発想でも何でもなくて、あなたの長編『ノヴァ』には、すでに人間の神経系と工場の機械系とが接続され連動するというイメージが出てきます。その点で、時に『ノヴァ』こそサイバーパンクの聖典ではないか（ポール・ディ＝フィリポ）という意見も聞こえてくる。

ディレイニー　そうかもしれない。我々が人工器官を扱うときには、十中八九それこそ人間にとって有益なもの、何らかの肉体的損失を補う良薬にも等しいものと位置づける。ところが、ギブスンの場合《ケイス》においては、『ニューロマンサー』にも明らかなとおり、人工器官がいかにもおぞましい毒薬になりうる場合も描かれていて、ケイスはそのおかげで危うく命を奪われそうになる。もっとも、トム・マドックスの「スネーク・アイズ」の主人公同様、ケイスの人工器官は体の奥深く埋め込まれているわけだが、いっぽう「冬のマーケット」のヒロイン、リーゼには身体障害を克服する外骨格《エクソスケルトン》が与えられている。これは、しかも脊椎部分ソケットとの接続によって自分のみる夢を映像化することさえ可能な装置だ。そこに目をつけた主人公は、やがて彼女の無意識自体を商品化してしまう。

「記憶屋ジョニイ」にも『ニューロマンサー』にも登場するヒロイン、モリイ・ミリオンズの場合は、ミラーシェードがまさに眼の代用品として使われている。つまり、いったいどこからどこまでが人工器官の領域と呼べるのかは、いつもきわめて不明瞭なんだな。

巽　モリイといえば、その人物造型を見るかぎり、ＳＦには珍しく「強い現代女性像」ということで、あなたのネビュラ賞受賞長編『バベル―17』（六六年。邦訳・ハヤカワ文庫ＳＦ）に登場する女性言語学者リドラ・ウォンを連想させるところがありました。

ディレイニー　ぼくはむしろジョアンナ・ラスの『フィーメール・マン』（七五年）に出てくるジェイルを連想したよ。ふたりとも黒のファッションで身を包み、収納自在の刃物じみた爪を持ってるし、冷酷な態度もそっくりだしね。それにどちらもセックス大好きときてる。

巽　ここでおもしろくなってくるのは、あなたがコーネルでの公開講演で主題にしたサイボーグ・フェミニズムとの関連です。

まず、ダナ・ハラウェイが発表した論文に「サイボーグ宣言」（八五年）というのがあった。これが画期的だったんですね、SFにとっても現代批評にとっても。なぜなら彼女は、八〇年代を迎えた現代世界において「我々自身がすでにサイボーグである」――有機体でありながら機械を肉体（環境）の一部とせざるをえない――というテーゼから出発したからです。なるほど、彼女の論理にしたがえば、サイボーグ神話はいまや境界侵犯の物語すべてにあてはまるのであって、そもそも「書くこと」自体が人間とテクノロジーの共生系《インターフェイス》なくしてはありえない。そしてハラウェイは、その場合に女性概念がつねに「余白」として機能してきたことを指摘しながら、最終的にはサイボーグを性差解体後の世界《ポスト・ジェンダー・ワールド》特有の存在と規定する。

こうした見解こそ、あるていどあなたのSF的ヴィジョンにもインパクトを与えたものであり、講演のほうも「読むことの機能」と題され、ハラウェイ論文の解釈からスタートを切りましたね。あの中ではアン・マキャフリイの『歌う船』がハラウェイからの宿題としてテクストにされたわけですが、まったく言及のなかったサイバーパンクについても、サイボーグ・フェミニズムの立場は今後大いに有効性を持ちうるのではないでしょうか。

ディレイニー　そのとおりだ、とりわけギブスンを読むときには。彼のようなヒロイン造型は七〇年代フェミニストSFの系譜なくしては不可能だったろう。そしてこの系譜を忘却することであいう主人公を描きだしたのだろう——これはギブスン自身、すぐにも認めると思う。

話は人物面にかぎらないよ。たとえば、異社会構築にしても、彼はアーシュラ・K・ル＝グィン的な世界律を意識するあまり、それへのアンチテーゼとしてスプロール世界を造りだした。ブルース・スターリングが寄せた『クローム襲撃』への序文には、そんなフェミニストへのコンプレックスがよりあらわになっている。まるで男性作家のみんながみんな、SF史と矛盾してもフェミニストSF運動を否定しようとしているみたいじゃないか、困ったものだ。

ともあれ、多様な断片を使ってブリコラージュするギブスン自身が、いい意味で「ゴミの先生《ジャンク・アーティスト》」なのさ。そして間テクスト的対話というのは、まさにSF自体の身上だと思う。

巽　とすれば、フェミニストSF運動はどのような道筋を経てサイボーグ・フェミニズム理論へ到達することになるのでしょう。

ディレイニー　もちろん、原点はダナ・ハラウェイのサイボーグ・フェミニズム概念であって、ぼくはそこから借り受けたんだが、その焦点は主体の分裂にある。たとえば、有機的全体像をかたちづくるわけでもなく、ことごとくテクノロジーに支配されるわけでもない主体。あるいは、主体と客体の境界線がいつも問題視されるような場としての主体。だいたいこんな意味合から、ぼくはサイボーグ・フェミニズムというメタファーによってぼくらの経験する現実がいかに不確かなものかを意識する――いってみれば、これこそぼくら独自の擬似空間ってとこかな。（笑）そこでは、さまざまな客体がこうした空間の世界像を威嚇し、刺激し、果ては分解してしまう。

巽　あの講演では、むしろメタファーの剰余とも呼びうるものが性差の脱構築によって引き起こされる、という視点があったように覚えているのですけれども。

ディレイニー　メタファーの剰余というのは、どんなメタファーのうちにも発生してくるプロセスだ。たとえば、「なぜ大鴉は机にたとえられるのか？」という問いに対して「なぜならポウは机に着《つ》いて／大鴉に就《つ》いて書いたからである」と答えればメタファーの意味論理が浮上する。ところが、文字テクストの次元を超えて詩的に組織化された心理的剰余もあるんだな、たとえば「羽根《フェザー》」の発音が「皮《レザー》」を呼び、それと同時に「翼《ウイングス》」の形象をも呼んでいくというようにね。このように、メタファーは論理的構造とともに心理的剰余をその必然とするのであって、これら両者の緊張関係こそぼくらがメタファーのエネルギーとみなすものに等しい。つまり非論理的な心理的意図が存在する事実があるからこそ、ぼくらは逆にメタファーの存在を認識する。これをメタファーのフィードバック・システムと呼べるだろう。

こういう立脚点から、旧来のサイボーグ概念はたしかにいままで以上に複雑化していく。たとえば「男も女もサイボーグだ」という言説を仮定してみる。この場合、メタファーの論理学に倣うならば、男女はともに信じがたいほど善であると同時に人間とは思えぬほど悪でもある者たち——にもかかわらず、ともに去勢され（文明化され）征服され、何ものかを欠落させた者たち——として捉えられる。いっぽう、メタファーの心理学に依るなら、男であれ女であれサイボーグであれ、みな肉と金属、神経と電子回路、理解可能な部分と理解不能な部分、所有している部分と欠落した部分をそれぞれ同時に持ち合わせた存在とみなされる。

メタファーの論理学は自動的《テクノロジカル》で、メタファーの心理学は自律的《オーガニック》なのだ。そしてこれらふたつは互いにからみあっている。かくてメタファーは自己散種していくというわけだ。ジャック・デリダいうところの「書くこと《エクリチユール》」の概念を思いだしてもらえればいい。

「書くこと《エクリチユール》」は「声《パロール》」を包含し、純粋に音声的なものであっても書字的な性格を合わせ持つようになる。こうして、またひとつの階層秩序が崩されていく。とはいえ、もちろんこれは暫定的な戦略にすぎず、決して絶対かつ完璧なものとは断言できないのだが。

巽　それでは、こうした文法を持つサイバーパンクは本当のところ運動なのか、それともいまやサブジャンルなのか。これはSF史上での位置づけにも関わってきます。というのも、すでにギブスンが短編「ガーンズバック連続体」でSFジャンルの発明者を皮肉り——もっとも、のちに彼がこ

マンハッタンのディレイニー、6番街58丁目の街角で

の発明者自身の名を冠したSF界最高最大の賞「ヒューゴー賞」を受賞した事件こそ最大級の皮肉ですが――スターリングがエッセイ「真夜中通りのジュール・ヴェルヌ」（八七年）でSFの始祖のひとりをパンク少年扱いすることで、サイバーパンク内部からすでにSF史そのものへの積極的な働きかけが行なわれはじめているからです。

あなたご自身はもちろん、SF史上では六〇年代ニューウェーヴに深く関与されたわけですが、何らかの歴史的類縁関係はあるのでしょうか。

ディレイニー　やはり、さっき述べたことを補強することになるけれども、ニューウェーヴSFのあとにフェミニストSFの爆発があってこそ、サイバーパンクは可能だったんじゃないかな。

〈ヤヌス〉誌最新号に載ったジーン・ゴモルのジョアンナ・ラス宛公開書簡を読んで考えさせられたのは、フェミニズムSFこそ――連中（サイバーパンクス）は不満なのかもしれないが――明らかに、そしてさまざまな意味で、サイバーパンクの引き金を引いたものだということだ。その影響力はニューウェーヴ以上に大きく、革新／反動双方の対応が現われた。政治的冷笑主義を気取ったところは革新的なんだが、同時にそういうポーズは英国ふう「怒れる若者たち」への回帰だからね。六〇年代のむかしにはもう時代遅れだったマッチョな修辞法を回復しようってのは、やっぱり反動的じゃないか。つまり、たしかにモリイみたいなキャラクターはフェミニスト的革新の成果といえるいっぽうで、サイバーパンクはよりマッチョな人間像を奪還しようとその反動性をむきだしにしている。

だが、サイバーパンク運動最大のアイロニーは、サイバーパンクの真打ちとも呼べる作品が、通常サイバーパンク作家とはみなされていないコニー・ウィリスの短編「わが愛しの娘たちよ」（八五年）である、という事実かもしれない。真正にして最大のサイバーパンク作品を探してみたら、運動に先立ってサイバーパンク以外の領域に発見されたということだよ。（笑）

もっとも、サイバーパンクはいつもすでにこうしたアイロニーによって制御されてきた。このアイロニーあるかぎり、ぼくらは戦略的にサイバーパンクの定着・癒着・固着といった事態を避けることができるし、つねにその痕跡を抹消していくこともできる。

巽　ただし、コーネルでのクラスでは、あなたはさほどフェミニストSFとサイバーパンクの複雑な歴史的関係について話すことはありませんでしたね。浮かびあがってきたのは、むしろ五〇年代にはベスターが、六〇年代にはディレイニーすなわちあなたが、七〇年代にはジョン・ヴァーリイが、そして八〇年代にはギブスンが、それぞれアメリカSF独自の伝統を形成してきたというヴィジョンだったような気がします。

ディレイニー　とはいっても、実際のところはラスやヴォンダ・マッキンタイア、ル＝グィンやジョーン・ヴィンジの活躍なしにサイバーパンクは成立しない。サイバーパンクという私生児には当然「父」は存在しないが——あるいは、あまりにも父が多すぎて不在同然なのだが——厳然として「母」はいるんだ。いったいぼくらが彼女たちを排除する傾向にあるのは、SFの持つマッチョ・ヒーロー像の伝統が自動的にフェミニストSFの爆発を牽制してしまうせいなんだろうか。

巽　シャーリイみたいな作家は典型ですね。

ディレイニー　うん、シャーリイはサイバーパンクの持つ最もマッチョな側面を代表していると思う。ところが、ギブスンなんかはきわめて独創的なかたちでフェミニストSFを取りこんだわけだし、その対応のしかたは、サイバーパンク作家ならぬヴァーリイの姿勢にとてもよく似てるんだ。

巽　もうひとつSFとの関連でいえば、ニューウェーヴでの内宇宙《インナースペース》と同様、サイバーパンクでは電脳宇宙《サイバースペース》の探求がポピュラーですが、いってみればともに「空間」へのこだわりがはなはだしい。内時間《インナータイム》とか電脳時間《サイバータイム》を扱った作品はそんなに多くありません。あなたの「時は準宝石の螺旋のように」（六九年）やスターリング＆シャイナーの共作「ミラーグラスのモーツァルト」ぐらいしか思い浮かばないのですけれども。

ディレイニー　たしかに、ＳＦ一般にみられる時間の処理法というのは、たいてい原始的なレベルに留まっているね。ハインラインの『時の門』（一九四一年）や「輪廻の蛇」（五九年。以下邦訳・ハヤカワ文庫ＳＦ）みたいな作品でさえ、時間を直線的に処理しようとする。全体に、ＳＦが表現する時間の結節点というやつは、それがいくら複雑なからみを孕んでいようと、プロットの組みかたしだいで何とかまとまるはずと信じられている風潮があるんだ。五〇年代はともかく、六〇年代初頭になっても、ちょっとフラッシュ・バックの技法を使っただけで「おっ、スゴい実験小説書いてるじゃないか」と感心されたものさ。（笑）

もちろん、ぼくらの日常生活は断片的時間の集積だけれど、ワグナーのパルジファルと同じく、時間は空間的に再構成されたうえで受けとめられがちだし、特にＳＦはその単純化傾向をエスカレートさせてしまった。原因の一端は、時間というのが物語の文脈に支配されざるをえないことにある。時間性が失われてしまえば、物語性自体が成りたたなくなり、まったく別の言語構造物ができあがってしまうからね。そしてＳＦにおけるかぎり、物語構造というのはきわめて単純に捉えられてきた。

巽　ＳＦというジャンルは定義不可能だとあなたはいっています。しかし、ＳＦの物語構造というのは、本質的に先ほども議論した（人工器官の）補綴《ほてい》手術をそれ自体実演してしまっているところがある。あなたに倣えば、ＳＦはモダニズム芸術と通底するし、またティモシー・リアリーに倣えば、ギブスンのＳＦはハイテクと下層社会《ロウ・ライフ》のみならずハイテクと高級芸術《ハイ・アート》の接続によって機能している。『カウント・ゼロ』などは、ＳＦ的装置《ガジェット》としてジョゼフ・コーネルの箱芸術を用いることで、ＳＦとダダ＝シュールレアリスムとの接続さえ例証してみせていますね。

ディレイニー　ＳＦは定義不可能にはちがいなくても定位可能・叙述可能だし、おまけに何にでも接続可能なんだよ。（笑）

　むしろ、ＳＦというのはいつもすでに他者と接続されることだけを身上としてきたんじゃないか。だからこのジャンルほど不純なものもない。ＳＦは科学からも芸術からもたえずいろんなイメージを借り受けている。終末論的地球像をイヴ・タンギーらシュールレアリストのイメージの中に溶かしこんで描きだしたのがバラードだった。その意味で、ギブスンも比較的伝統に即したＳＦ的方法論の持ち主と呼べるだろう。

巽　サイバーパンクは特にそのタイトルからしてずいぶんツギハギ感覚に満ちています。『ニューロマンサー』（新《ニュー》／神経《ニューロ》＋物語作者《ロマンサー》／降霊術師《ネクロマンサー》）しかり、スターリングの『スキズマトリックス』（分裂《シズム》＋回路網《マトリックス》）しかり。そして何よりあなたご自身がコーネルでのＳＦ講座で、ジャンル定義を拒むはずのＳＦの言語と、ジャンル定義からはじまる教育の言語とをみごとに接続してみせましたね。これもひとつの補綴手術でしょうか。

ディレイニー　そのとおり。そもそもSFを教えるという仕事自体がさほどなされてなかったわけだから、SF教育というのは本当に新しい分野なんだよ。それだけに喜びも大きい。SFは時間をかけて、細心の注意とともに教えなければならないし、とりわけSFに文学批評用語を適用するんだったらなおさらだ。SF教育は、したがって既成の文学教育を批判する地点から開始される。それは、文学用語を次々に使ってみればすぐにもわかることだ——使用にたえるものもあれば、たえないものもあるからね。

SFを分析＝脱構築《ディコンストラクト》するには、通常の文学的物語の研究とはまったく異なる作業が必要になる。というのも、たとえばSFにおける決定不可能性《わからなさ》というのは、たとえば一片の情報が小説の人物に関するものか、その構造に関するものか不明になる場合に現れるためだ。

よく引き合いに出す例だけれども、トマス・ディッシュの『３３４』（七二年）の中に「アングレーム」と題された部分がある。この物語は、二〇二四年のニューヨーク・シティを舞台にしており、ミス・クラウスという人物が登場してくる。さて、ディッシュがこれを執筆した当時、つまり一九七〇年のニューヨーク・シティには何とミス・クラウスという奇矯な人物が実在していたんだな。とすれば、果たして二〇二四年のミス・クラウスは一九七〇年のミス・クラウスのことを知っているのか、それともこれは単に一九七〇年という現実世界のミス・クラウスを文学化してテクストに埋めこんだにすぎないのか、それとも……その両方なのか？

この「ミス・クラウス」という名前ひとつをとっても、テクストはぼくらにその読み方を教えてはくれない。この名に歴史的モデルがあるとしても、さてそれなら作中人物としてのミス・クラウスはいかなる手段でこの名を知るのが許されたのか——謎は深まるばかりだ。しかもテクスト中のミス・クラウスは結婚指輪をはめていて、そもそもその「ミス」のついた名前さえホンモノかどうか怪しいときてる。

ＳＦを読むときに必然化する決定不可能性は、まさにこの時点／地点で立ち現われる。これこそ自然主義文学には見うけられない側面であって、ＳＦを分析《ディコンストラクト》すればいかに文学の脱構築《ディコンストラクション》とは異なった歴史的・イデオロギー的問題が提示されるか、そのいきさつがわかるだろう。

ＳＦ教育において、文学的方法論は注意深く扱われねばならない。しかし同時にぼくらは、文学研究とは根本的に異なる方向へと歩みだしているんだ——かつてなかったほど歴史性に注目しながら。この点にこそ、ぼくがなおＳＦ教育に関わり続けるゆえんがある。

（一九八七年三月二一日、ニューヨーク州地区ＳＦ大会ルーナコン会場ウェストチェスター・マリオットにて）

ディレイニー連続体

ディレイニーのスタイルを説明するのは難しい。むろん、それが与える「効果」だけにしぼって、少なくともこうまとめておくことはできる——一般アメリカ人の眼には「鼻持ちならないほどキザな文体」と映り、その耳には「神経が繊細すぎるところがホモセクシャルの典型」と響くのが、彼の文章であり会話であるのだ、と。

なるほど、彼はSF作家のうえにも黒人作家・ゲイ作家であるという、早いはなし「マイノリティの入れ子構造」を体現するような存在だ。ディレイニーの人種的／文化的特性は、いかに作家的名声が高まろうとまちがいなくマイノリティのものである——このアメリカという国においては。だがいっぽう、彼がマイノリティに属さざるをえない理由としてもうひとつ、肉体的／生理的背景が発見されるとしたら、いささか唐突に聞こえるだろうか。

失読症《ディスレクシア》——これが、ディレイニーをSF作家／黒人作家／ゲイ作家のいずれにしても決定的にマイナーな存在たらしめている病名である。それは脳の認知機能に損傷があるため文字の形状・語順を理解しづらくなる病気で、「語盲《ワード・ブラインドネス》」ともいう。作家自身の説明によれば、それは「本のページのみならず単語や単語を構成する各文字が、あたかも多種多様のターンテーブルに乗ったかのように、各々バラバラの速度・方向で回転しはじめる」症状をきたす。そのため、ディレイニーの生原稿には誤字・脱字が信じられないほど多い。

だが逆に考えるなら、彼がほとんどフェティシズムの境地でこだわる言語の美学は、そのようにマイナーな病があってこそ達成されているのではないか。そして、およそ文化が言語の産物ならば、

書斎に座るサミュエル・ディレイニー

彼が好んでマイノリティの文化に足を踏み入れるのも、そんな言語感覚に起因しているのではないか。

こんなふうにご紹介したのは、「マイナーなもの」すなわち「新しいもの」としていつパラダイム転換するか予測できないのが、今日という「多様性《ダイバーシティ》」の時代の特質であるからだ。そしてディレイニーの場合、もとより「マイノリティの言語」への鋭敏な知覚を備えていたからこそ、サイバーパンクという「新しい言語」についてもいちはやく理解したのにちがいない。加えて——まことに皮肉なことながら——サイバーパンクの鏡面《ミラーシエード》が好んで映し出してきたものが、誰よりディレイニー自身のSF言語であった事実をも。

そのためだろう、コーネルでのクラスでも、彼は目を細めるようにしてこう学生たちに尋ねたものだ——「いったいどうして、サイバーパンク作家はみんながみんな、ぼくの作品ばかりを持ち上げてくれるんだろう。誰か説明できるかね？」

今日、ディレイニーの読者はサイバーパンクの萌芽を認めざるをえず、サイバーパンクの読者はディレイニーという原型を認めざるをえない。だが、おそらくディレイニーの批評言語はこういう読みかたさえひとつの陥穽として退けるだろう。そしておそらくギブスンも、ディレイニーとともにこうつぶやくにちがいない——「ぼくはサイエンス・フィクションを書いただけさ」と。

サイエンス・フィクションをサイエンス・フィクションとして読むこと——それは八五年六月、ディレイニーが兼業批評家としての業績によりSF研究協会から第一六回ピルグリム賞を受賞したとき、スピーチの骨子に据えた主題であった。そこで彼は「サイエンス・フィクションの快楽」を、未来の青写真どころか、まさしく「多元的な読みかた」のみに求めたものだ。

そしてその多元性志向こそ、つねに新しく、つねに少数派の文学を読んで／書いてきたディレイニーの存在証明であり、同時にアメリカという場を得て初めて入れ子増殖してきた「内なる差異《マイノリティ》」の別名なのである。

11　世紀末効果
——ラリイ・マキャフリイ

Larry McCaffery

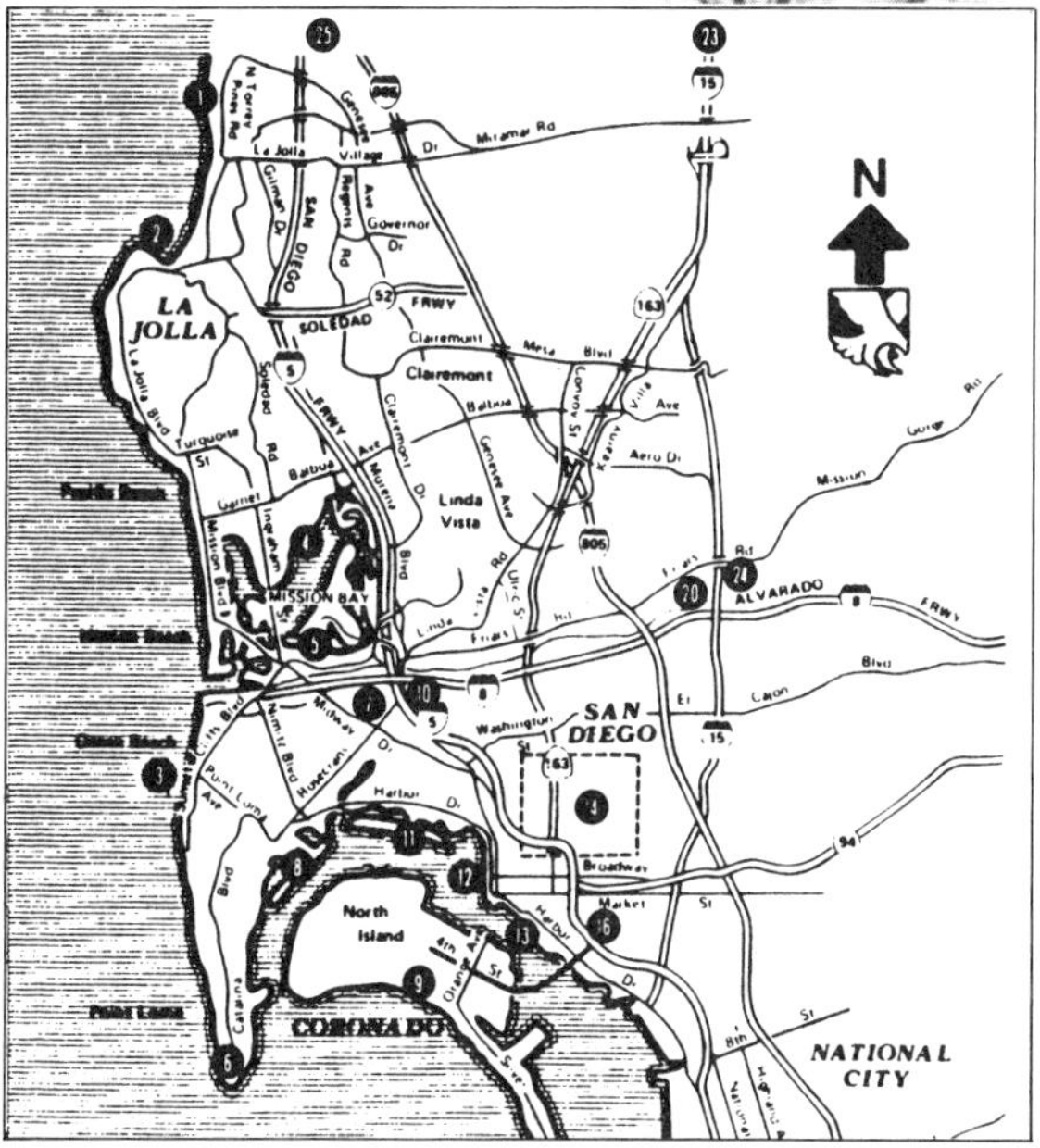

以来、数年が経った。

サイバーパンク「運動」は、いかにその間サイバーパンク「現象」へと転化したか。あるいは、いまなおいかに転化しつつあるか。さもなければ、これからどのように転化していくのか。

そのプロセスは、もちろんあらゆる運動の現象化と構造上変わらないかもしれない。だが、それをいま、試みに「世紀末効果」の名で呼んでみるのも悪くはない。やがてその力は一九九〇年代末に向けて、広く速く発揮されていくだろう。

まず、とりあえずは、理論的中枢から出発することによって。そして同時に、やがてはそんな出発点さえ忘却しかねないほど周辺的裾野を拡大することによって。

批評としてのメディア

たとえば一九八八年六月、東京の年次大会〈SFセミナー〉に招かれたSF学の巨匠ダルコ・スーヴィン（カナダ・マッギル大学教授）による講演「ギブスンと〝サイバーパンク〟SF」。これはある意味で、SF学界随一の理論家たる彼が、サイバーパンク運動の理論家ブルース・スターリングを真正面から咀嚼しようとした試論だった。理論対理論。ギブスンの文学性とスターリングの煽動能力を高く評価するマルクス主義系フォルマリストの論調は、もちろん十八番《オハコ》である「詩学と社会学の弁証法」を留めながら、つまるところ「我々は〝サイバーパンク〟なるものについて語るの

ＳＦ学の大御所ダルコ・スーヴィン、サイバーパンクを語る

を端的にやめるべき」時だと宣告するに至る。しかし同時に、この結論を聞けばどうしても、かつてＳＦ学の定着に向けて熱心に運動し、一九七三年にはその名もズバリ『ＳＦ研究《スタディーズ》』と題される学術誌発刊に尽力したスーヴィンそのひとがいっそう鮮烈にオーヴァーダブしてくるのもまた、避けがたい。

現在では同誌編集の第一線から退きながら、それでも時折『ＳＦ研究《スタディーズ》』顧問として発言するのは「犯罪者が犯罪現場へ戻らざるをえないのと同じ理屈」と断言するスーヴィン。そこには、サイバーパンクという八〇年代「運動」の終結を要望しながら、同時に旧ユーゴスラヴィア出身のスーヴィンがスーヴィン自身の六〇年代「運動」を忘却したいと希望するすがたが垣間見えている。

いっぽう、そんな理論闘争など初めからなかったかのように浮上するのが、周辺現象だろう。その最過激

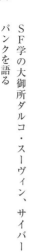

派として、たとえば、八七年六月にテキサス州フォートワースで開催されたスチュアート・アーブライト演出によるマルチ・アート・パフォーマンス〈サイバーパンク・ナイト〉の試みが挙げられる。自身作曲家として未来派ロック・バンド〈デス・コメット〉を率いるアーブライトは、前衛芸術家ロバート・ロンゴと共作しながら「先端科学《ヒップ・テック》と高級文学《ハイ・リタラチャー》」のクロスオーバーに尽力する優れたイベント仕掛人だ。〈サイバーパンク・ナイト〉では〈オムニ〉誌のエレン・ダトロウを調停役に、ギブスンとスターリングのみならずミュージシャンやヴィデオ・アーティストを総結集し、SF内運動の周辺的裾野を一気に拡大してみせた。

このときギブスンは『モナリザ・オーヴァドライヴ』の一部を、スターリングは「ミラーグラスのモーツァルト」を各々朗読したが、それは大がかりなライト・ショウやコンピュータ・グラフィックスを伴い、絶妙に演出されたという。サイバーパンクの視聴覚翻訳者とでも呼ぶべきアーブライトは、最近ギブスンと『狂い咲きサンダーロード』で知られる映画監督・石井聰亙との共同制作にも火をつけたばかりか、目下このイベントをまるごと日本に持ちこむべく構想中である。

文学史に書き込まれて

ところで、理論的中枢でもなく周辺的裾野でもない、いわばその中空に漂う感性が、ごく最近サイバーパンクを軽々と——かつ早々と！——文学史上に記入し終えてしまったこと自体も、まれに

石井聰互（左）と語らうサイバー・パフォーマンスの仕掛人スチュアート・アーブライト

みるサイバーパンク的事件といえるだろう。論より証拠、まずは左の一節をごらんいただきたい。

　今日の日常生活そのものがポスト構造主義テクストよろしくゆらぎはじめてしまったからには、いわゆる現実表象《リアリズム》の手法自体が再考を要する。では、どのように修正したらよいか。そのための手がかりを与えてくれるのが、ロバート・クーヴァーからレイモンド・カーヴァー、ジョイス・キャロル・オーツ、トニ・モリスン、ウィリアム・ギブスン、そしてレズリー・シルコに及ぶさまざまな作家たちである。

（二一六四頁、傍点引用者）

続くパラグラフでは、具体的にギブスンの『ニューロマンサー』がサイバーパンクの典型として紹介され、この作品こそ「テクノロジーが我々の暮らしに

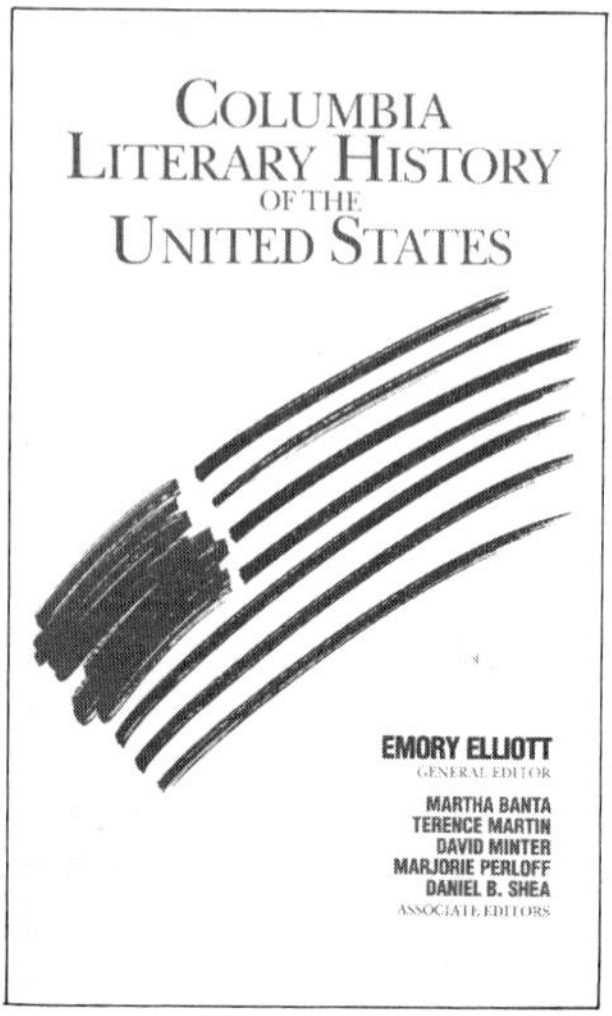

ニュー・ヒストリシズム批評のトレンドに対応して編集された『コロンビア大学版アメリカ合衆国文学史』

浸透してしまっている現実」をみごとに表現したものとして評価される。そしてこの文章が発見されるのは、何とカリフォルニア大学リバーサイド校教授エモリー・エリオットが編集責任者を務める『コロンビア大学版アメリカ合衆国文学史』という、総頁数千二百六十頁に及ぶ、一見あまりにもいかめしい大冊なのだ。

当該項目「現在小説」の執筆者ラリイ・マキャフリイは、一九四六年生まれだから、今年四二歳になるサンディエゴ州立大学の教授。といっても……何だ学者か、と一蹴するのは禁物。大学ではアメリカ文学とともにロックンロールのクラスを担当し、ジョン・シャーリイとは飲み友だち、そのうえ学会発表でも「キャシー・アッカーのパンク美学」とか「パンク・ミュージック、サイバーパンク、そして暴力都市」といったタイトルのものが多い彼は、単なる学者批評家としてはやはり相当に変わっている。

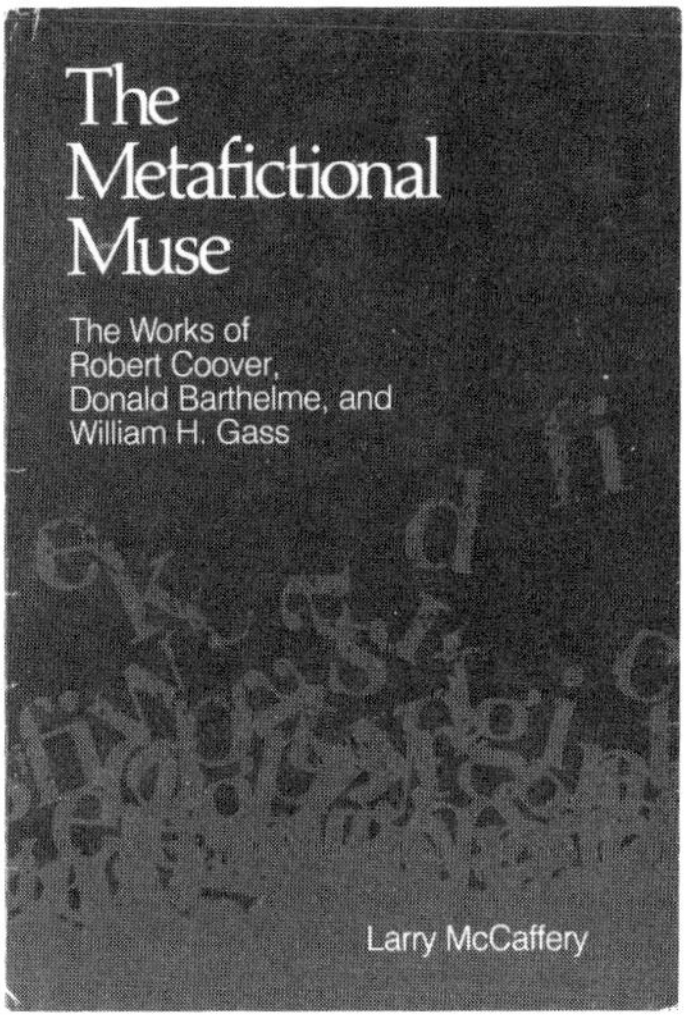

ラリイ・マキャフリイ『メタフィクションの詩神』

その背景には、高校時代を沖縄で暮らした経験が、多少は影響しているのかもしれない。「当時、バスケット・ボールの試合で東京にも行ったよ。あのころは、酒場をハシゴしたり女の子をナンパしたり、さんざんバカをやらかしたなあ。」だから八八年夏より一年間フルブライト教授として北京で教鞭を執ることが決定したときには、東洋への郷愁をかきたてられたのか、こんな興奮を記してきたものだ——「中国のサイバーパンク体制はもう整っているんだろうか？」

マキャフリイの仕事に初めて接したのは、彼の処女研究書『メタフィクションの詩神』（八二年、ピッツバーグ大学出版局）。これはすでに推理小説やSFをポスト記号論の立場から再解釈する優れた現代文学論だったので注目していたら、以後、SF畑も含む現代作家インタヴュー集は出すわ、〈フィクシヨン・インターナショナル〉誌その他の編集には関与するわ、「デリダ」のあとに「ディック」が来るといったノリの『ポストモダン作家事典』（八六年、グリーンウッド社）はまとめてしまうわで、いやはや昨今の彼の大活躍には、ただただあきれるほかはない。

初対面は、八六年のアメリカSF学会年次大会（第6章参照）。当初こそ、硬派で保守的なはずのSFRAがすんなり初のサイバーパンク・パネルをやってしまうとは、おやおや……という印象だったのだが、あとでフタを開けてみればさもありなん、最大の仕掛人は、そのとき大会実行委員長をつとめたマキャフリイだったのだ。メタフィクションからサイバーパンク・フィクションへ――「虚構の再虚構化」を図っていた六〇年代トレンドは、今日「現実の再現実化」さえ受け止めねばならぬ八〇年代トレンドへと目まぐるしく変転を遂げ、それとともに学者批評家のパースペクティヴのほうも変転する。そして、このように時機を見極めるシャープな把握力と、通俗を恐れないファッショナブルな企画力によって、目下の彼はアメリカ現代文学研究のトップレベルに立つ。

サイバーパンク論議の頂点

そんなマキャフリイの最新の業績が、〈ミシシッピー・レヴュー〉誌サイバーパンク特集号（四七／四八合併号、第十六巻二／三号）特別編集長としての仕事であったのは、したがって何ら不思議ではない。特集正式タイトルは「サイバーパンク論争――コンピュータ時代の小説」。もともとこ

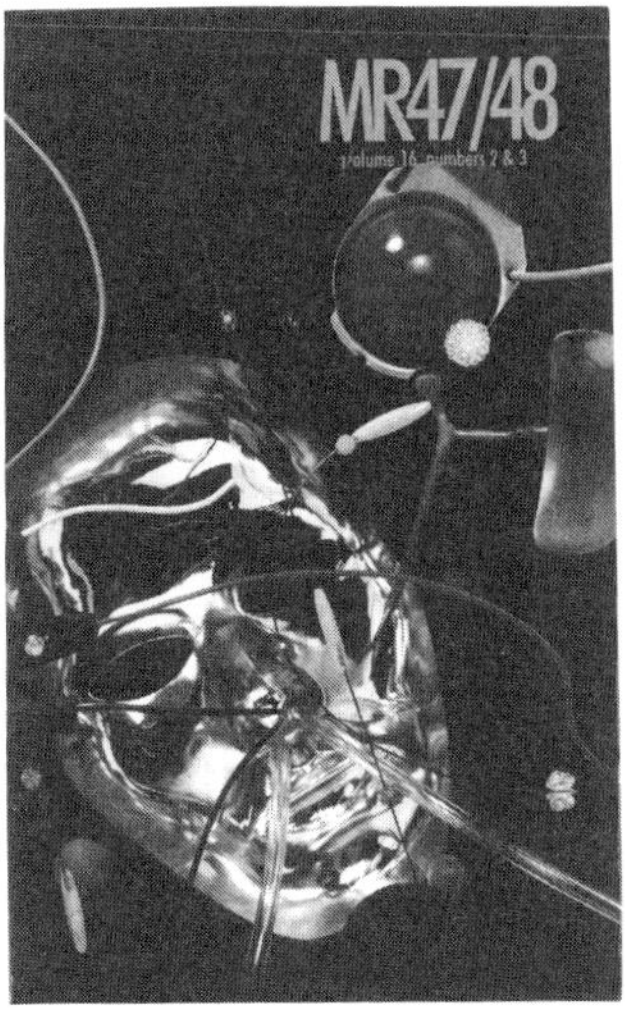

ラリイ・マキャフリイ編集になる〈ミシシッピ・レヴュー〉サイバーパンク特集号

の雑誌は、かねてより論文と創作の双方を掲載しながら現代文学の最先端を探るというたいへん気のきいた文芸誌で、かつてSFジャンル自体の特集を組んだこともある。現在では常任編集長にミニマリスト小説の俊英フレデリック・バーセルミが収まっているが、今回は内容が内容だけに、マキャフリイを迎えたのは正解だった。

というのも、サイバーパンクならぬサイバーパンクをめぐる雑誌特集でにぎわう昨今、彼の見解を得てこそ〈ミシシッピー・レヴュー〉誌は今後の里程標ともいえる出来に仕上がったからである。それはそうだろう、現時点でサイバーパンクスはもちろん、バラードからレイモンド・フェイダーマンに至る英米作家を勢揃いさせ、それに電脳批評家デヴィッド・ポラッシュ、ドラッグ・カルチャーの高僧ティモシー・リアリー、レム研究の大御所イシュトヴァーン・チチェリイ・ロナイといったメンバーを全員集合させることのできるのは、文字どおりマキャフリイをおいて考えられないのだから。

そもそも序文からして、編者はこのように威勢がいい——「これは本当に皮肉なことだが、ポストモダニスト連中はそろいもそろって反リアリズムを標榜するくせに、SFとなるとからっきし苦手ときている。ところが同時に明らかなのは、ここ二十年ほど戦わされたポストモダニズム論争こそ——わけてもそこで浮上したフィクションの記号学ないし構造論こそ——SFやその周辺領域の様式美を理解するのに絶好の手がかりだったということなのだ。」

マキャフリイの目論見が、SFジャンルならぬポストモダニズム全般の文脈にサイバーパンクを位置づけようという点にあるのはいうまでもない。そのためにも、彼は挑発的このうえない構成を選ぶ。まず第一部を「サイバーパンク・フォーラム／シンポジウム」と題し、SF界／主流文学界に限らず多くの人物からアンケートを取りまくり、第二部ではギブスンら一四名の作家たちの実作をずらりと並べた。そして第三部では編者自身のギブスン・インタヴューからジョージ・スラッサーのMTV文学論まで、やや高密度の文章を集めてみせたのだ。コンテクストからテクストへ、そして究極的には、ともするとサイバーパンクとサイバーパンク論の境界線さえ不分明になりかねないインターテクストへ——まことにマキャフリイらしい戦略は、概ね成功を収めた。

もっとも、何よりの収穫といったら、やはり第一部において、ふつう反サイバーパンクと見られているSF作家や、かつては編者自身が傾倒していたメタフィクション作家の一群から根深い反動を引き出したことではあるまいか。

グレゴリイ・ベンフォードは「サイバーパンクにはハードSF好みのスペクタクル感覚が欠如している」側面を、デイヴィッド・ブリンは「ともあれ自分の愛するものたちだけにはサイバーパンク的世界に住んでほしくない」希望を、それぞれ詳らかにしている。加えてレイモンド・フェダーマンは「メタフィクショニズムもミニマリズムも古びた後は、いよいよサイバーパンクだと？　そんなラベル貼りに意味はない、おれたちは六〇年代の昔からすでにサイバーパンクと同じ仕事をやっていたんだ」と激昂し、ロナルド・スーキニックは「サイバーパンクのいけないのは、想像力なんてものにいまどき頼っていることだ、そんなのは広告産業に任せときゃいいのさ」と断言する。

賛否両論まっぷたつに分かれるうちでは、サミュエル・ディレイニーの「SFにおけるサイバーパンクの立場と現代批評におけるディコンストラクションの立場は等価」とする見解が、おそらく最もマキャフリイの編集企画に適うものだったろう。いずれにしても、総勢二二名に及ぶ論客に誌上大論戦を展開させたポストモダニズム論争仕掛人の手腕は、いくら評価してもしすぎることはない。いや、ことはサイバーパンクに限らず、何であれ「特集テーマ」の価値そのものを根本から問い直す姿勢に欠けたところに、本来「特集の美学」はありえなかったはずなのだ。

善かれ悪しかれ、思い込みたっぷりの論文が思いのほか多かったのは、果たして論者たちがこと

SF学者ニール・バロン（右）と談笑するラリイ・マキャフリイ（左）

ごとく運動の「現象性」にあてられてしまったせいか、それとも彼ら自身サイバーパンクの思想ならぬ「パフォーマンス」を再演しようとしたポストモダンな結果なのか。即断は避けなくてはならないが、サイバーパンクがサイバーパンクス自身の思いを超えて、ひとびとの「ＳＦはこうであったら」という思い込みや「ＳＦがこうなるなんてとんでもない」という思い込みをおびただしく誘発してきたことだけはたしかなことだ。そして、ふりかえってみれば、最初のサイバーパンク・パネル以来つきものだったスキャンダラスな性格も、運動自体の「思い」が、それが現象としても触発せざるをえない多様な「思い込み」によってたえず裏切られてきた結果だろう。

もっとも、これはたぶん、さほど悪い状況ではない。あらゆる運動の本質は、それが現象化して初めて理解される場合も決して少なくないからだ。かくて、このように言い切ることもできよう——サイバーパンクがサイバーパンクたりうるのは、あらゆる「運動」と同じく、自ら引き起こす「現象」によって根源的に裏切られるその瞬間にほかならないのだ、と。仮に歴史というものが、人間の「意図」を周辺の「事件」が裏切ることによってのみ成り立ってきたとするならば、サイバーパンク理論とその影響の間の矛盾もまた、ひとつの運動が超高速で歴史化されようとしている証左であると考えてよい。そう、あたかもギブスンが超高速度で文学史上の人物と化してしまったように。

サイバーパンクはSFを再考するのに格好の契機だった。だが、それと同時に、ラリイ・マキャフリイの仕掛けた「サイバーパンク論争」の世紀末効果は、やがて「運動の国」アメリカの時空間を——ピューリタン植民時代からSF黎明期まで決して運動と無縁には形成されえなかったアメリカというテクストを——いまいちど読み直す好機を与えてくれる。

あとがき

語るべきことは、まだまだ多い。

たとえば、サイバーパンク運動最大の仕掛人ガードナー・ドゾワの市場戦略についてはゆうに一章割いてもよかったろうし、サイバーパンク個々のテクストについてもより詳細な分析を試みたかった。そして、何よりも語り残したものがあるとしたら、サイバーパンクをきっかけとして再発見された同時代文化周辺の、とりわけ日本において昨今いっそう多様化をきわめる「動き《ムーヴメント》」だろう。もちろん、これらの事柄が本書でまったく扱われなかったわけではない。むしろ折々に触れられてきたのだが、にもかかわらずそれ以上に拡大しなかったのは、筆者の非力もさることながら、それぞれやりだせばさらに各一冊……どころか各数冊の分量を要する話題であるのが判明したからだ。

つまり、こう考えていただけないだろうか。サイバーパンク小説のアメリカ的環境に限って評伝的に語っただけで、本書『サイバーパンク・アメリカ』一冊分が埋まってしまったのだ、と。とりわけアメリカという「空間と運動の国」に対しては、日本という「時間と消費の国」を視点に将来

『サイバーパンク・ジャパン』という名の評伝が必要なのだ、と。

幸い、それら語りそこねた話題については、すでに筆者以上の適任者のかたがたが、さまざまなメディアでさまざまなアプローチを展開しはじめている。サイバーパンクをめぐる多様な声の同時発生――それこそ、真の意味でのサイバーパンク・パフォーマンスにほかなるまい。

いっぽう、「語るべきだったこと」ならぬ「語ってしまったこと」について。

私事にわたるが、サイバーパンクは一九八〇年代中葉、たまたま筆者が米国コーネル大学留学中に起こった事件である。いわゆる過去の作家の、しかも作品分析のみにいそしんでいればよかった英文学プロパーにとって、サイバーパンクスとはつねにその実作をその挙動によって裏切ろうとする皮肉な現在作家たちだった。

じっさい彼らは、ことあるごとに――パネルであれマニフェストであれインタヴューであれ――発言することを惜しまなかったし、それが作品解釈や運動論争自体を不安定な流動と化してしまったことも少なくない。たとえば、ますます煽動のレトリックに磨きをかけるスターリングは、かつてサイバーパンクを「ニューウェーヴとハードＳＦの結婚」と定義したものだが、いまではもう一歩ふみこんで「ＳＦを品質管理する手段」とさえ再定義するに至っている。いっぽう、あるときは「単なるＳＦ作家」を自称したかと思うとあるときは「反ＳＦ作家」へと移動するギブスンは、かつてあれほど「サイバーパンク」なる造語《レッテル》を嫌いながらも、やがては「結局いちばん便利」という理由でこれを容認してしまう。

作家が語り、作品が語る、そして同時に時代も語り続けているのだという、あてどない動き。それだけに、できれば顔をそむけ、ほうっておきたい動き。けれど、ひとたびこのような「動き」が生成するその瞬間を目撃したなら、ひとは証言しなくてはならない。何ら実体の定かならぬ不穏な動きであっても、ひとびとの「意図」を裏切ってこのような「事件」が発生すること自体が「歴史」の別名であるのを、認識しなくてはならない。そして筆者にとってはそうしたアメリカ的「流動」こそが、まさしくサイバーパンク「運動」の体験だった。アメリカがサイバーパンクを受胎し、サイバーパンクがアメリカを再現する瞬間だった。

となれば、ぼくたちはいま、そんなありさま自体をテクストのざわめきとして読むべき時期に来ているのだろうか。たとえそれが、いわゆる「文学」のためにはいかに危うく、いかに不安きわまる主題であろうとも。

その意味で、本書が語ってしまった物語は、本来最も語るべからざる主題に貫かれていたかもしれない。

最後に、本書が陽の目を見るまでにおせわになったかたがたへ、心からの感謝を捧げたい。

まず、誰よりも本書の主題たち、とりわけインタヴューの再録を快諾してくれた四人の作家たちへ。自ら主題の一部を成すと同時に本書を築く地盤を与えてくれた〈ＳＦアイ〉の仲間たちへ。そして、各章の執筆を仕掛けてくれた日本側編集者の諸氏、わけても〈ＳＦマガジン〉編集長の今岡清氏へ。ほんとうにありがとう。

そのほか、資料面では〈ＳＦセミナー〉及び〈ぱらんてぃあＳＦ研究会〉に大きくご助力いただいた。折しも、西武〈池袋コミュニティ・カレッジ〉からはサイバーパンク全般を再考する講座を担当するという好機に恵まれた。そして、具体的な構成については慶應義塾大学の熊崎俊太郎・八ツ繁克治両氏の発案と、いうまでもなく勁草書房の島原裕司氏の英断が影響するところ大であった。記して御礼申し上げる。

なお、草稿段階よりさまざまな批判や助言を惜しまなかった小谷真理氏への感謝は、本書自体の完成を以て代えても到底あがないきれるものではない。

一九八八年十月四日

著者識

ボヘミアン・ラプソディ電脳篇——増補新版へのあとがき

いまでも二つの瞬間を、つい昨日のように思い出す。

ひとつは一九八五年夏のテキサス州オースティンで、初めてのサイバーパンク・パネルが終わった直後、初対面を遂げたブルース・スターリングが「おれたちの時代が来たのさ！」と満面の笑みを浮かべ自信たっぷりに豪語した時だ。雲ひとつない晴天だった。ただでさえ暑いテキサスがますます熱くなった。

もうひとつは一九八六年春のワシントンDCで、初めてのウィリアム・ギブスンとのインタビューを終えたあと、サイバーパンク批評誌〈SFアイ〉創刊準備中のスティーヴ・ブラウン編集長が「一緒にやろうぜ！」と誘ってくれた時だ。夕暮れのホテルのプールサイドで、傾けていたシャンパンで乾杯した。

それから五年を経た一九九一年。

ギブスンとスターリングはその前年九〇年に「両者にとっての最高傑作」とすら絶賛された共作

長編『ディファレンス・エンジン』を発表し、サイバーパンクの評価は一つの文学的頂点を極めた。その翌年にはポストモダン文学者ラリイ・マキャフリイ編纂になるサイバーパンク必携『現実スタジオの急襲』*Storming the Reality Studio*（デューク大学出版局、一九九一年）が刊行され、現代アメリカ文学研究という文脈にもこの運動はしっかりと根を下ろす。

ところがまったく同じこの九一年に、運動の中枢だったルイス・シャイナーが「元サイバーパンク作家の告白」"Confessions of an Ex-Cyberpunk"を〈ニューヨーク・タイムズ〉一月七日付に、スターリングが「九十年代のサイバーパンク」"Cyberpunk in the Nineties"と題する事実上の「サイバーパンク運動終結宣言」を英国SF誌〈インターゾーン〉六月号に、相次いで発表する。シャイナーは同論考で、サイバーパンクが得意としたウェットウェア埋め込みや多国籍企業支配、ストリート文化、革ジャン&アンフェタミン中毒患者、それに荒廃した軌道上コロニーといった設定がもはや多くの作家たちの乱用する紋切り型《クリシエ》に堕してしまったがゆえに、運動としての意味はなくなってしまったこと、にもかかわらず皮肉にも、形骸化したサイバーパンクという記号はコンピュータ犯罪を話題にする主流文化へ逃げ延び、インターネット以後の世界を描くノンフィクション作家たちが好んで取り上げるところとなったことを説く。

それを承けたスターリングはこの終結宣言で、サイバーパンクの本質を一九八〇年代における「ボヘミアからの声」に求め、それが現代社会に解き放たれたハイテクやそれに伴う社会的変化が対抗文化《カウンターカルチュア》に影響するようになった現象の文学的化身だったことを再確認した上で、こう断言する。「だが、サイバーパンクたち――辛抱強く技術を磨いて印税の小切手を現金に換えている四十歳前後になったベテランSF作家たち――は、もはやアンダーグラウンドのボヘミアンではない」(「80年代サイバーパンク終結宣言」、山岸真編『90年代SF傑作選』[早川書房、二〇〇二年]上巻所収、金子浩訳、489頁)。

スターリングのいうボヘミアンは、その起源を辿れば古く十五世紀ごろ、現在のチェコにあたるボヘミア地方からフランスに流入したジプシーにまで行き着くが、それは十九世紀になると、伝統や習慣にこだわることなく自由奔放、世間に背を向け定住を嫌う芸術家気質一般の意味に転じている。その要因はフランス作家アンリ・ムルジェールがパリの芸術家たちとその恋人たちの無軌道な暮らしを生き生きと描き出した小説『ボヘミアン生活の情景』(一八五一年)にある。同書に啓発されたイタリアの作曲家ジャコモ・プッチーニのオペラ『ラ・ボエーム』(一八九六年)も人気を博したが、昨今ではイギリスのロックバンド・クイーンが歌った「ボヘミアン・ラプソディ」(一九七五年)を想起すればよい。ボヘミアンのサイバーパンク版がアウトロー・テクノロジストであり、サイバースペース・カウボーイなのだ。スターリングはそうしたサイバネティック・ボヘミアンの精神を表現するべく、荒涼たるヨーロッパで文明を建て直そうとするペイザージ市の一派と荒野でハイテク魑魅魍魎を創造しては文明社会へ送り込み攪乱しようとする〈コンヴェンション〉の一派の対立を描く傑作短篇「ボヘミアの岸辺」（一九九〇年、嶋田洋一訳『グローバル・ヘッド』〔原著一九九二年、ジャストシステム、一九九七年〕所収）を発表したほどである。ところが、運動の成果か悪影響なのか、予想以上にサイバーパンクが現代文化全体に浸透し通俗化してしまったために、中心的作家たちは早々と看板を降ろす羽目になったというわけだ。

スターリングの回想によれば、最初のサイバーパンク宣言は、彼がヴィンセント・オムニアヴェリタス名義で一九八五年、〈インターゾーン〉十四号に発表した論考「新しいＳＦ」（New Science Fiction）だったという。したがって、その時点から一九九一年のサイバーパンク終結宣言まで足掛け六年が、本来ならば本書がカバーすべき範囲であったことは、ここに明記しておきたい。その意味において、八八年刊行の本書は、明らかに中間報告にすぎない。

＊

とはいえ一九八七年の夏、三年間のアメリカ留学から帰国したばかりの三十二歳の私に、将来の展開など予測しようもなかった。サイバーパンク運動の興奮冷めやらぬまま、人生最初の単著をどうすべきか、決定的とも言える分岐点を前に立ち尽くしていた。

ひとつの選択肢は、本来の専門である十九世紀アメリカ・ロマン派文学研究の分野で、コーネル大学大学院で完成させた博士号請求論文を何らかの形で出版すること。

そしてもうひとつの選択肢は、長年愛してやまぬＳＦの分野で、一九八〇年代アメリカ最大の台風の眼サイバーパンク運動をめぐるドキュメンタリーを出版すること。

この分岐点の感覚は、二十世紀末を彩ったサイバーパンク映画の傑作『マトリックス』（一九九九年）で、モーフィアスが主人公ネオに迫る二者択一に近い。彼は言う。「青い薬を飲めば、お話は終わる。君はベッドで目を覚ます。好きなようにすればいい。赤い薬を飲めば、君は不思議の国にとどまり、私がウサギの穴の奥底を見せてあげよう」。

ウォシャウスキー兄弟（当時。現在は姉妹）は同作品を監督するのに十九世紀英国作家ルイス・キャロルが一八六五年、少女アリスを主役に描いた地底の「不思議の国」を念頭に置いたが、北米が舞台となれば、さしずめアメリカ初の童話作家ライマン・フランク・ボウムが世紀転換期に少女ドロシーを主役に据えた天空の「オズの国」ということになるだろうか。げんに、ギブスンが崇拝するポストモダン作家トマス・ピンチョンや北米マジック・リアリズム作家スティーヴ・エリクソンなど『オズの不思議な魔法使い』（一九〇〇年）に傾倒するアメリカ作家は数多い。

そのひそみに倣えば、さあ懐かしの古き良きカンザスに帰るのか、まだまだ何が起こるかわからないオズの国に留まるのか？

俗に最初の一冊というのは、のちのちまで書き手のキャリアへ影響すると言われるだけに、この選択には、慎重に慎重を期さねばならなかった。日本における英米文学研究のアカデミズムでデビューしたばかりの大学講師（現在でいう助教）にとって、コーネル大学大学院における三年間の留学の成果は、何をおいても優先すべきものである。それを真っ先に発表することこそ、勤務先に対してもフルブライト奨学金に対しても一番の礼儀だろう。ふつうなら正統的な研究の方を「青い薬」として、迷うことなく飲み込むべきなのである。

にもかかわらず、さんざん迷った末に、私は現在進行形でまだ収束してもいないＳＦ運動を追いかけたジャーナリズムの集積を、人生最初の単著とする決断を下した。あえて「赤い薬」を飲み、もうしばらくの間だけ、「不思議の国」ならぬ「オズの国」に留まろうとしたのだ。

十九世紀アメリカ文学研究はすでに基礎的な方法論の確立した古典研究であるから、青二才がそう焦らなくても、いずれじっくり時間をかけ膨大な先行研究を読みこなし調査を尽くせば、練り上げることができる。断言するなら、時間と労力さえかければいつかは書ける。ところが、今日のようなインターネットもスマートフォンもＳＮＳもアマゾン・ドットコムすらも存在しない八十年代中葉、まさに留学期間と一致する形で私個人がたまたま具体的に目撃し取材し証言することになったサイバーパンク運動はといえば、それを語る方法論も未知数で先行研究など一切存在しなかったからこそ、絶大な勢いがあった。ロナルド・レーガン政権下で「戦略防衛構想《ストラテジック・ディフェンス・イニシアティヴ》」略称ＳＤＩ、いわゆるスターウォーズ構想が樹立されセンセーションを巻き起こしていた米ソ冷戦末期の時代、『ＳＦアイ』編集委員としてサイバーパンクスと伴走することで残してきたジャーナリスティックな仕事には、最もフレッシュな八〇年代的瞬間がそっくりそのまま記録されており、その集大成はそれ自体が以後の第一次資料になるものと思われた。当事者のみが持つ活力はその時期、その場所でなければ絶対につかまえられない。

現存する作家たちである限り、やがて彼らは、先行するさまざまな文学運動と同様、運動自体を卒業し、それに囚われることなく成熟して、個々のスタイルを確立していくだろう。彼らの業績は、やがて個々の作家研究において評価されるであろう。その時、若き日に加担していた運動のことは、とうに忘れられているかもしれない。だが、サイバーパンク運動がなかったら彼らの文学的文化的意義も半減していたであろうこともまた、事実なのである。

だからこそ、たとえ短命に終わろうとも、サイバーパンクという名の運動によって才能ある作家たちが脚光を浴び、インタビューやシンポジウムなどで残したさまざまな足跡を記録しておきたかった。あれらの日々、あれらの場所で、あふれんばかりに発揮された彼らの才気煥発も自己粉飾も傲岸不遜も乱暴狼藉も、今となっては気恥ずかしいかもしれぬ若気の至りだったからこそ、時代を動かす圧倒的なパワーの源泉を成していた。

かつて二十世紀前半、不世出の学者批評家マルカム・カウリーがF・スコット・フィッツジェラルドやアーネスト・ヘミングウェイ、ハート・クレインら若き北米作家たちとニューヨークやパリで過ごした記録『ロスト・ジェネレーション——異郷からの帰還』*Exile's Return: A Literary Odyssey of the 1920s*（初版一九三四年、改訂版五一年、吉田朋正他訳、みすず書房）は、今日では誰もが知るノーベル賞作家を含む俊才たちが一九二〇年代にモダニズム文学運動の中でいかに頭角を表していったかを生き生きと伝えた名著として、広く知られる。カウリーはグリニッジ・ヴィレッジに集ったこの世代の恐るべき作家芸術家たちのことを「ニューヨークのボヘミアン」と呼んでいるので、ひょっとしたらブルース・スターリングが自分たちを新時代のボヘミアンと定義した背景には、同書の影響があったかもしれない。かくして本書は、カウリーの偉業には到底及ばずとも、一九八〇年代の北米でサイバーパンク作家たちと過ごした日々の息吹をなんとか紙面に定着させておくことはできないものかと悪戦苦闘した結果となった。そのような作業は、まだ運動の熱が冷めやらぬ八〇年代後半だったからこそ可能であり、断じて先延ばしにはできなかったのである。

その意味で、私は本書を一種の青春小説のように綴ったかもしれない。それ自体がサイバーパンクの走りとして再評価が求められる日本SF第一世代の代表格・小松左京による青春SFの傑作『継ぐのは誰か?』（一九六八年）を、〈SFマガジン〉連載当時から愛読していたせいだろうか。とはいえ、具体的に本書を書き進める際にモデルとなったのは、留学中に何度読み返したからわからないフォト・ジャーナリスト吉田ルイ子氏によるニューヨーク黒人文化の克明なドキュメンタリー『ハーレムの熱い日々』（講談社文庫、一九七九年）と東京都立大学名誉教授・金関寿夫氏によるホットな現代作家&芸術家たちへのインタビュー集『アメリカは語る——第一線の芸術家たち』（講談社現代新書、一九八三年）の二冊だったことも、今だからこそ明かしておこう。

帰国の翌年八八年の二月と四月にはギブスンとスターリングが相次いで来日し、私は彼らと再び対話する機会を得た（その時のインタビュー二篇が本書の実質的な増補部分である）。サイバーパンク運動を通して知り合ったサンディエゴ州立大学教授ラリイ・マキャフリイも八九年春に来日し、ともに岩元巌筑波大学教授の主催する国際会議「日米文化間の認識・誤認・対抗認識」に出演してサイバーパンクを語り、以後は日米現代文学の最先端を探る共同研究の相棒となった。本書が八八年十二月、すなわち昭和最後の月に刊行されたのは、そうした流れの中の必然であった。

だから、あえてアカデミックな手法を意図的に抑圧したはずの本書が、一九八九年五月には日本アメリカ文学会の重鎮たちを審査員とする日米友好基金賞アメリカ研究図書賞を受賞するに至ったことは、望外の喜びというほかない。八〇年代には依然としてSFは文学的傍流にすぎず、そのような文学サブジャンルを対象とする学問研究は我が国では確立していなかった。その意味で、審査に当たってくださった老練なるアメリカ文学者のお歴々と主催者である日米友好基金が、ありがちな偏見にまったく囚われることなく、本書が孕む未来の可能性に賭けてくださったことは興味深い。それは具体的には、アメリカ文学史に付け加えるべき最新の一ページを提案したことに対する評価であったろう。事実、本書とまったく同じ一九八八年には、第十一章でも述べたとおり、カリフォルニア大学リバーサイド校教授エモリー・エリオットが編集代表を務めた『コロンビア大学版アメリカ合衆国文学史』が刊行されたが、その「現在小説」の項目で早々とウィリアム・ギブスンの作品とともに初めて「サイバーパンク」が記銘されたのは、まさに奇遇であった。

それでは、本書は一九八八年十二月の初版刊行以降、どんなかたちで受け止められたのか。幸運なことに、以後二年間ほどの間に発表された書評は、長短合わせ五十編を超えている。そのすべてをご紹介するわけにはいかないが、昭和末期から平成初期へ至る時代の雰囲気を伝えるナマの声として、いくつか精選してお目にかけよう。

＊

ギブスンをはじめ、ブルース・スターリング、ジョン・シャーリイ等十一人の作家、編集者の仕事やその知的背景を追ってインタビューも含めて構成されたのが本書である。小型の本であり、よくある手軽な紹介と思って手にとったら、とんでもない。完璧にとは言えないが、かなりの濃い密度で、今の時代がなぜこの分野を必要としているかが描き出されている。

栗本慎一郎『朝日新聞』02/05/1989

B6判二七〇ページの本書を最初に手にとったとき、一七〇〇円はちょっと高いかな、という気がした。しかし読み進んで内容の豊富さに感心し、巻末の三〇ページにも及ぶ細かい活字の「サイバーパンク書誌目録」と「サイバーパンク年表」まできて、むしろ安いという印象にかわった。2月の『朝日新聞』書評欄で栗本慎一郎がいみじくも述べていたように、お手軽なサイバーパンク紹介書ではなく、立派な研究書である。

平山洋『パピルス』05/15/1989

この本で巽はフィールドワークに徹する。肉声を集め、コンベンションの「のり」を再現し、ギブスン、スターリング、シャーリイ、ディレイニーとゴキゲンな談義を展開する。俊足のフィールダーの、大リーガー的ハッスルプレイ。いいじゃないか、こういうのって。

佐藤良明『翻訳の世界』03/1989

かくして最後に本書は、SFの現実を建設的な言説に再構成してみせたという点において、「SF批評の体裁をとったSF」でもあり、以上述べた存立の構造ゆえにまた、新しい文芸批評のひとつの方向性を示唆するものであると言っても、おそらく過言ではない。

後藤将之『週刊読書人』02/27/1989

サイバーパンクの熱気むんむんの中に入っている読者にこんな書評は必要ない。彼らはすでに著者の能力をよく知っている。私はこの機会に、一般的に現代文学に関心のあるひとに本書を勧めたいのだ。そうして本書で論じられ、インタビューされている作家（ギブスンをはじめ、ブルース・スターリング、ジョン・シャーリイ、それからサイバーパンク・プロパーではないがディレイニーなど）の邦訳作品を読んでいただきたい。現在の米国ミニマリズム小説に満足できない読者には特に。

志村正雄『週刊ポスト』04/21/1989

ディレイニーは言う、「サイバーパンクという私生児には当然『父』は存在しないが——あるいは、あまりにも父が多すぎて不在同然なのだが——厳然として『母』はいるんだ」と。たしかにこのディレイニーの言葉は、サイバーパンクのみならず本書『サイバーパンク・アメリカ』の陰画までも垣間見せてくれるほど示唆的だ。80年代を刻んだサイバーパンクを語る本書に、もし続編が書かれるとしたら、それは確実に母たちの物語をも綴るにちがいない。

宇沢美子『アメリカ学会会報』11/25/1989

そしてサイバーパンクが横断し、習合し、蹂躙したさまざまなクロスオーヴァー・メディアをも内包して、ますます巨大にふくれあがる情報体〈テクストラ・テレストリアル〉が、もし万一「サイバーパンク・ジャパン」について語りだしたとしたら、それこそ正に〈マトリックス〉の神経症、すなわち〈ニューロマンサー〉より他にないだろう。われわれは今、期待不安のように、巽孝之のその発病を待っているのである。

野阿梓『SF—Eye JAPAN』05/1989

SF界の動向や作品の紹介に、インタビューや会見記あるいは著者自身のサイバーパンクへの参加記録なども適宜盛りこみ、この流行現象の表舞台と楽屋裏を興味津々に綴ってみせる。ジャーナリスト巽孝之の面目躍如といったところだ。なによりも、気楽に読めるアメリカ80年代SFグラフィティとして歓迎したい。

牧眞司『週刊読書人』01/30/1989

特にインタビューというにはあまりにも著者の姿勢は〝構成的〟なものであって、対話はおうおうにしてスリリングな〝誘導尋問〟の様相を示す。「運動」の作家や編集者たちもいずれ劣らぬ論客ばかりなので、彼らの撃ち出す「手」もまた楽しめる。サイバーパンクの現状追認をはからずも逸脱してしまったいくつかのパッセージ、そこにこの本のいまひとつの魅力がある。

上野俊哉『図書新聞』03/04/1989

もちろん、数々の邦訳も書店に並んではいる。しかし一大ムーヴメントのわりには、その出生の地である米SF界で何が起きているのか、いまひとつ見えないまま、ここまで来てしまった感が強かったのだが、ようやく生々しい現場レポートとでも言うべき好著が出た。

松沢呉一『Crossbeat』04/1989

サイバーパンクというムーヴメントがSF界から拡大していく現在、その発生らの過程を至近距離で観察しつづけた著者。彼がW・ギブスン、B・スターリングなどサイバーパンク作家や運動に貢献した雑誌編集者や批評家たちとのインタビューを通じてその現代的な感覚美学を描写する。

無署名『Brutus』04/01/1989

本書はこの10年来、W・ギブスンやB・スターリングらを中心に、そんなお上品なSFに鋭くノンをつきつけているサイバー・パンク・ムーヴメントを、作家たちへのインタビューをまじえつつ走査する。

無署名『Elle Japon』02/20/1989

わが友巽孝之はかつてコーネル大学大学院でサミュエル・ディレイニーのもとで学び、一九八七年には本誌『エクストラポレーション』*Extrapolation* にディレイニー論を寄稿してくれたが、一九八八年に勁草書房から刊行した『サイバーパンク・アメリカ』では、掲載された写真から判断する限り（私は日本語は読めないので）、ディレイニーのみならずギブスンやスターリング、デイヴィッド・ハートウェルまでを論じている。SFの世界はマルチプレックスだ。そこにはわれわれがまだ読みえない多くの兆候や才能がひしめいている。（ドナルド・ハスラー、『エクストラポレーション』一九九〇年春季号）

*

最初の一冊にはその書き手の全てがある、と言われる。それは批評家の場合、おそらく以後のキャリアのみならず「のちに花開く理論的可能性の全て」と言い換えることもできよう。もちろん、リアルタイムにおいて、彼または彼女がそんな将来をあらかじめ知るはずもない。

しかし少なくとも、本書初版あとがきで公約した「サイバーパンク・ジャパン」に関する限り、スティーヴ・ブラウン編集長の勧めで『SFアイ』第12号（一九九三年）に掲載したラリイ・マキャフリイとの共著論文「メタフィクション、サイバーパンクからアヴァンポップへ」"Towards the Theoretical Frontiers of Fiction: From Metafiction and Cyberpunk through Avant-Pop"（マキャフリイ『アヴァン・ポップ』所収［筑摩書房、巽&越川芳明編訳、一九九五年、増補新版が北星堂書店、二〇〇七年」）がアメリカSF学会（SFRA）が主催する第5回年間最優秀論文賞パイオニア賞を受賞したのちに、そのエッセンスを二〇〇六年に刊行する英語圏における初の単著『フルメタル・アパッチ――サイバーパンク・ジャパンとアヴァンポップ・アメリカの相互交渉』*Full Metal Apache: Transactions between Cyberpunk Japan and Avant-Pop America*（デューク大学出版局、二〇〇六年、国際幻想芸術学会［IAFA］学術賞）に取り込むことになった。

加えて、本書第十章の主役でありサイバーパンクにとっての父型的存在《ファザー・フィギュア》サミュエル・ディレイニーから紹介されたカリフォルニア大学サンタバーバラ校教授ダナ・ハラウェイの「サイボーグ宣言――一九八〇年代の科学とテクノロジー、そして社会主義フェミニズムについて」（小谷真理訳）は、ディレイニー自身による批判「サイボーグ・フェミニズム――読むことの機能について」（巽訳）とともに月刊誌〈現代思想〉一九八九年九月号に訳載され、そののち、ジェシカ・アマンダ・サーモンスンのアン・マキャフリイ『歌う船』論と合わせた編訳書『サイボーグ・フェミニズム』（トレヴィル、一九九一年、増補新版が水声社、二〇〇一年）にまとまり、バベル・プレスの主催する第二回日本翻訳大賞思想部門賞を受賞するに至る。この時点では、のちにハラウェイの「サイボーグ宣言」が九十年代に勃興する文化研究《カルチュラル・スタディーズ》の聖典《バイブル》として仰ぎ見られ、フェミニスト・サイエンスが促進されるようになるとは、想像もしていなかった。

さらに言うなら、本書を執筆したことにより、私の中に、北米のサイバーパンク運動に対応して、日本SFはいかなるヴィジョンを示すべきかという問題意識が芽生えたことも、確かなことである。第八章の主役ルイス・シャイナーは当時、この運動の一環としてSFをグローバルにしたいという高邁な志を抱いており、以後の彼はカズコ・ベアレンズの助力を得て、荒巻義雄の一九七〇年代の短編群「柔らかい時計」「緑の太陽」「トロピカル」の英訳にも手を貸したが、特に彼の編纂する反戦アンソロジーのために荒巻が書き下ろした九一年の「ポンラップ群島の平和」が後のベストセラー・シリーズ『紺碧の艦隊』『旭日の艦隊』（一九九〇〜二〇〇〇年）の思想的原型を成した点は重要であろう（『定本　荒巻義雄メタSF全集』第二巻［彩流社、二〇一五年］所収）。

日本SF英訳の前史には一九七〇年代に北米を代表する名伯楽ジュディス・メリルが計画した日本SF傑作選の試みがあるが、のちの一九八九年にはその精神を受け継いだジョン・アポストルーらを編者とするデンブナー社の傑作選（バリケード社より一九九七年に再刊）が、二〇〇七年以降はジーン・ヴァントロイヤー、グラニア・デイヴィスらを編者とする黒田藩プレスの『スペキュラティヴ・ジャパン』）シリーズが出るようになった。さらに二十一世紀に入ると私とマッギル大学教授トマス・ラマールを共同監修者とするミネソタ大学出版局の英訳シリーズ「並行未来《パラレル・フューチャーズ》」がスタート。二〇一七年にはその一環として荒巻SFを代表する長編『神聖代』（一九七八年）がバリオン・ポサダスの英訳でお目見えするばかりか、翌年一八年には和製サイバーパンクの代表格とも言うべき大原まり子の『ハイブリッド・チャイルド』（一九九三年）もジョディ・ベックの英訳でお目見えし、いずれも高い評価を受けている。

加えて、サイバーパンク批評誌〈SFアイ〉九号（一九九一年十一月）に、「NOと言える日本SF」特集企画を持ち込んだことも記しておこう。そこへ当時、北米において批判が渦巻いていたオーソン・スコット・カードの短編「消えた少年たち」（一九八九年）に対し積極的評価をものした名翻訳家・伊藤典夫氏の強力な論考やコニー・ウィリスの問題作「わが愛しの娘たちよ」（一九八四年）を大胆に解読したパンク・フェミニスト小谷真理氏の洞察力あふれる批評を投げ込んだことは、必ずしもアメリカ国内のSF評価のみがスタンダードではないことを示す国際的SF意識の発揚に貢献したはずだ。日本におけるSF批評が北米の言説を追認するだけでなく、時にそれに対して異を唱え応答責任《リスポンシビリティ》を果たそうとする瞬間があることは、もともと環太平洋的な交点を模索していたサイバーパンク詩学にとっても不可欠であった。かくして伊藤論文とともに、スターリングのジュール・ヴェルヌ論（一九八七年）の邦訳に加えその批判を行なった永瀬唯論文をも含めて、のちに私は『日本SF論争史』（勁草書房、二〇〇〇年、第二十一回日本SF大賞受賞作）を編纂したが、ふりかえってみれば同書は「世界SF論争史」への第一歩だったかもしれない。

＊

何しろ三十三年ぶりの増補新版であるから、語りたいことは山ほどある。

本来ならば、三十三年の経過においてサイバーパンクSFが以後どんなふうに展開したかを辿る系譜学や代表作分析を行う論考を用意すべきだったかもしれない。少なくともギブスン&スターリングの『ディファレンス・エンジン』の達成をさらに更新した伊藤計劃&円城塔の『屍者の帝国』（二〇一二年）や高野史緒の『カラマーゾフの妹』（二〇一二年）、樋口恭介の『構造素子』（二〇一七年）などは、いずれも二十一世紀の日本SFの収穫として、それぞれが緻密な分析に値しよう。

だが、あえて言い訳をするなら、ひとつには本書初版刊行時にはまだ生まれてもおらず、にもかかわらず半ば伝説として漏れ聞く本書の復刊を望む若い世代がことのほか多いのをSNS経由で知ったがために、このあとがきでは何よりも初版刊行当時における一九八〇年代後半、すなわち米ソ冷戦末期にして昭和末期という特異な時代の息吹や雰囲気を忠実に復元するのが肝心ではないかと考えたのだ。

そしてもうひとつには、サイバーパンクのSF史上の意義についてなら、すでに拙著『現代SFのレトリック』（岩波書店、一九九二年／二〇一六年）や編著『ウィリアム・ギブスン』（彩流社、一九九七年、増補改訂版、二〇一五年）において、たっぷりと語っている。さらにその先の国際的発展を見据えたサイバーパンク批評の最新の可能性については、筆者が監修を務めたスイスの学術誌『アーツ』*ARTS* 二〇一九年の特集号を参照されたい（https://www.mdpi.com/journal/arts/special_issues/cyberpunk#）。

＊

最初の単著であった本書の増補新版が刊行される今年二〇二一年は、奇しくも私が三八年間勤務した慶應義塾大学において定年退職記念に最終講義を行い、その内容もまた新たな単著として刊行される年に当たっている。それは、一つの起点から出発した路線が一つの円環を成すかのように一巡し、やがて、当時にはわからなかったその起点自体の意義を再確認する歩みに等しい。その結果、私はこの小さな書物が思いのほか、以後の仕事への萌芽を数多く秘めていたことを知った。そんな特権的な増補新版を企画し実現してくださった勁草書房編集部の山田政弘氏には、心から御礼申し上げる。

末尾になったが、サイバーパンク運動当時、日本において共闘した二人のかけがえのない翻訳家、故・黒丸尚と故・小川隆の両氏に、謹んでこの増補新版を捧げたい。

二〇二一年十月四日

於・恵比寿

著者識

二〇二一年版補章①

対談　見慣れた風景の満ちた日本で——映画や新作を語る　ウィリアム・ギブスンVS巽孝之

巽　以前、きみはあるところで「日本人は未来に住んでいる」と書いていた。未来は来たるべき「時間」じゃなくてすでにある「空間」とでもいいたげなところがとても魅力的な視点だった。となると、今回きみはついに未来に来ちゃったんだな。それにいまいるこの店なんか「無国籍料理店」と銘打っている、ギブスンSFのコズモポリタンな性格にはピッタリの舞台だと思ったよ。

ギブスン　だけどねえ、ぼくは来日前に日本関係の本や写真集をいろいろ読みあさっといてホントによかった、やっぱりこれまでの日本に対するイメージは来てみてたちまち崩れ去ったからね。たとえば渋谷《シブヤ》あたりを見てると思ったほど猥雑じゃないんだ、ぼくの考えている未来像とはちがった。何というかあまりにキレイでスッキリまとまった感じでさ。そこでけんめいに憶測たくましくしたもんだ、いったいボクの読者が作品に見いだす日本らしさってのはどのへんなんだろうってね。それがこの店にきてビックリしたよ、ファッショナブルとは聞かされてたけど、まちがいなくぼくの趣味だ、架空の民族を連想させる。

巽　そういえば、昨日来たジョン・シャーリイ（ギブスンとの共作短編「ふさわしい連中」がハヤカワ文庫SF『クローム襲撃』所収）からの手紙にあったな、きみの短編「ニューローズ・ホテル」（同書所収）が近々映画化される。ギブスン&シャーリイの共同脚本で日本で撮影するそうじゃないか。

ギブスン　エド・プレスマンが買ってくれたんだ。『ウォール街』なんかを製作したヒトだ。監督はキャスリン・ビグロー、新作の『ニア・ダーク／月夜の出来事』（一九八七年）はそろそろ日本でも公開されるんじゃないかな。彼女はスゴい、あのサミュエル・ディレイニーご推薦だぜ。

巽　ジョンが史上最高のヴァンパイア映画だと言ってたよ。

ギブスン　そう、ビグローがヴァンパイア映画に及ぼした影響は、サイバーパンクがサイエンス・フィクションに及ぼした影響に等しい。そして彼女の手になる映画版『ニューローズ・ホテル』は、たしかに東京でロケをする。ただし未来の要素は極力削って、できるだけ東京というひとつの「世界」を表現したい。たとえば、こういう渋谷の無国籍料理店みたいな場所を切り取ってくれれば衝撃力も増すだろうね。

巽　ジョンとの脚本コンビはどうだい？

ギブスン　あいつは何といってもロサンジェルスに住んでいるからね、ハリウッドで仕事するには絶好だ。筆足も早いし、それに彼との共作はいつも実にノリのいい物語になる。

巽　彼のプロット作りはすばらしいよね。

ギブスン　そのとおり。だいたい映画ってのはプロットがすべてだからさ。まずボクが設定や人物を決める、するとジョンがその線でうまく肉付けしてくれる。

巽　映画版『ニューロマンサー』のほうが最近ポシャッた。これも同じギブスン&シャーリイ共作脚本で初稿まであがってたのに、スタッフが製作費のかさむのを苦にして解散してしまった。ジョンはすでに脚本を売った『マックス・ヘッドルーム』も打切りになったんでショゲてたけれど。

ギブスン　『ニューロマンサー』は結局『ランボー』をやったプロダクションが買ってくれた。いちおうぼくの脚本でやるし、確実に映画化はされるだろうが、『ランボー』自体は気にいらないんでねえ。いったいヒットするのかどうか、責任はまったくもてないよ。

それよりボクは『エイリアンⅢ』の脚本をついに脱稿した。映画化については、こっちのほうがずっと楽しみなんだ。

巽　問題は生じなかったの？

ギブスン　脚本は二回ほど書きなおしたかな、それにいくらか修正を加えただけだ。監督はリドリー・スコットに頼むけどね、まだ契約書にはサインしてもらってない。

巽　内容的にも、サイバーパンクものとはかなり勝手がちがうんじゃない？

ギブスン　そりゃもう勝手のちがいかたといったら、ぼくはケンタッキー・フライドチキンの国に迷いこんだ寿司屋の板前みたいなものさ。ぼくは自分にできることをやろうとしている、ところがスタッフ連中はこういってせきたてる——「それもいいけど、とにかく売り物《プロダクト》になるよう書いてくださいよ」。(笑)

巽　先行する『エイリアンⅠ』『エイリアンⅡ』はどう消化してゆくのかな。

ギブスン　前二作に込められたSF的要素をもう一ひねりしたんだ。具体的にいえば、あの異世界構造を練りなおしてみた。

巽　政治的ニュアンスを出してみたり?

ギブスン　ⅠとⅡで登場したキャラクターは、今回冒頭から——プロダクション側が気にいりさえすればだが——とある財閥「ウェイランド・ユタニ」のために働いているのが明かされる。これは西欧系の一団なんだが、彼らが宇宙で社会主義者の一団と遭遇するんだ。もっとも米ソの対立じゃない、むしろ後者には第三世界の民族をたくさん盛り込んだ。

巽　最近のきみの活動は、ともかく映画と切っても切れないわけだけど、さらに石井聰亙氏との共同製作についても聞いている。

ギブスン　石井氏のヴィデオ・クリップを友だちに見せてもらったんだ。彼の『逆噴射家族』は純文学ものとして傑作だった。『狂い咲きサンダーロード』には驚かされたなあ、あれこそホントのサイバーパンク映画じゃないか。

巽　というと、ギブスン＝石井作品もサイバー・カウボーイものになるのかな。

ギブスン　それは相談してみないとわからないけど、とにかく石井氏の映像にはもうぞっこんなんだ。個人的には、電脳空間にだけは戻りたくないんだが。

巽　小説の話にしようか。きみは電脳空間ものには属さない長編『ムスタング・サリイの日誌』も並行執筆中ってことになってる。

ギブスン　残念ながらそれは中断してるよ、ブルース・スターリング（テキサス州オースティン在住、ハヤカワ文庫ＳＦに長編『スキズマトリックス』）との共作長篇のほうが先決問題だ。蒸気機関と一緒にコンピュータがすでに発明されていた、という設定の歴史改変ものさ（編註：のちの『ディファレンス・エンジン』）。

巽　ブルースはむかし、きみがアップルを買ったころ、「いよいよパソコン通信で共作ができるぞ！」とワクワクしていた。

ギブスン　安さにつられて買ってみたら、ボクはたまたまブルースのと同じ機種のアップルだったのさ。つないでもみたよ、しかし何といってもバンクーバー＝オースティン間だからね、とにかくカネはかかるけど、ただしこれがおもしろい。

巽　それにしてもずいぶんたくさんのスケジュールをかかえてるんだね、いったい帰国したらどれから先に片づけるつもり？

ギブスン　まずロサンジェルスに寄って、エド・プレスマンに会うよ、映画『ニューローズ・ホテル』の件で。実は彼から「東京を見るまで、まだ脚本にはいっさい手をつけるな！」と命じられてたんで、帰朝報告をしなくちゃ。だからジョンとの仕事をまずやる。つぎにブルースとの共作をスタートする。

巽　ここで思い出すのは、きみが『ニューロマンサー』をタイプライターで書いたという事実だ。ワープロ導入はそのあと。この時点で名実ともにローテクからハイテクへの転換が行われるわけだけれど、どうなんだろう、執筆手段の差異は創作方法をさほど左右するんだろうか。

ギブスン　ワープロはすべてを自動化するだけだ、作家としての経験を左右するもんじゃない。何か微妙に変化をきたしたところもあるようだけど、それはうまくいえないなあ。ともあれ人生はあまりにも短い、ボクはもう絶対タイプライターは使わない。

巽　というのも、タイプライターを使おうがワープロを使おうがきみにとっての電脳空間はつねに想像力の産物として微動だにしないわけで、このことは今回の来日についても非常に愉快な類推《アナロジー》を導き出す。つまりきみが抱きつづけた「日本への思い」が実際の「日本への訪れ」によって少々の幻滅を覚えたとしても、あの「千葉市《チバシティ》」に代表される想像力の産物には何ら支障はないんじゃないか。

ギブスン　まったく同感だ、その類推《アナロジー》は気にいった。ただし、作品には影響せずとも、日本に対する意識には少々変化が生じたような気がする。まず、来てみて自分の日本観が当たってたな、という感動があった。これは運が良かったのかもしれないし勘が働いたのかもしれない。ところが、何よりも衝撃だったのは、この国が実に見慣れた風景に満ち満ちていたことさ。すぐにでも適応できてしまう。六本木や神田を歩いていて、ほんの時たまこう思いだすだけだ、「ボクは日本に来てるんだっけ！」。（笑）東京という都市には、それほどに「異国離れ」したところがある——他人事とは思えないんだ。

巽　ニューヨークと比べてどう？

ギブスン　はるかに東京のほうがいい。ボクはロンドンがお気に入りなんだけど、東京はどこかロンドンに似ている。ロンドンは経済的には左前だが、都市機構の雰囲気が東京を連想させる。

巽　初期短編「記憶屋ジョニイ」なんかに、きみ自身が住んでるバンクーバーの影響はないのかな。ダウンタウンはいま新宿《シンジュク》・歌舞伎町並みに猥雑らしいから。

ギブスン　あの「夜町《ナイトタウン》」は、むしろニューヨークの環境に材を得ている。マンハッタンには、ひとつのネオンサインを眺めると無数のイメージがわきおこってくるようなところがあるからね。いっぽう、バンクーバーってのはそれほど情報レベルが高くない。何事もゆっくりムードだし、むかしカリフォルニアについていわれてたような意味で「レイドバック」しちゃってるんだよ。

そうそう、妻のデボラが日本人に英語を教えてたんでいっぱい日本人の知り合いがいるんだけど、連中のいた東京は相当に緊密な記号連鎖で形成されていたわけだろう。それがバンクーバーに来るといやおうなしにスロー・テンポに合わせなくちゃならない、「リラックス」しなくちゃならない。まあ三ヶ月が限度かな、たいていそれぐらい経つと、こうぼやきはじめるよ――「さあ、いま帰国しないともう日本のテンポに再適応できなくなるぞ！」。

巽　つい最近、きみの新作長編、つまり電脳空間三部作の完結編『モナリザ・オーヴァドライヴ』（バンタム・スペクトラ社刊、ハヤカワ文庫SFで訳出予定）を部分的に読む機会があった。第一章にあたる「煙《ザ・スモーク》の中のクミ」（『花椿』三月号訳出）と、前半のどこかに来るとみられる「銀色の散歩道」（米国麻薬雑誌『ハイ・タイムズ』87年11月号）と。このふたつは、片やヤクザの親分の娘が緊急事態で「幽霊」発生器を携えロンドンに逃がされる物語、片や『カウント・ゼロ』のアンジーがヴィデオ・スターになって人気を集めている世界の物語と、まるでちがうムードなのは例によって多重プロットのせいだと思うんだけど、顕著だったのはむしろ都市の書き方だった。千葉市《チバシティ》の描写なんかあてずっぽうだったらしいのに、今度はたとえば「クミ」の章の上野《ウエノ》や銀座《ギンザ》の描写を見るかぎり、まるでキチンと地図でも参照したかのように正確だ。

ギブスン　日本の読者を意識したのは認めるよ。もっとも、地図というより、あれはエドワード・サイデンステッカーの名著『ハイ・シティ、ロー・シティ』を読んだせいだね。ブルースの短編

「江戸の花」（『ＳＦマガジン』86年10月号）もあの本に触発されている。今回の日本は、だから非常に豊かな国、豊さゆえに過去再生の余裕さえある国として提示される。そして、『カウント・ゼロ』では三つの物語が交差したが、『モナリザ・オーヴァドライヴ』では四つの物語が交錯する。

巽　最新作は電脳空間三部作においてどんな役割を演じるんだろうか。

ギブスン　やはり前二作を掘りさげることになるよ。これまでの課題を解決するのに、ぼく自身があの二作を根本から問い直してみたんだ。電脳空間がなぜヴードゥーの神で充満するのか、その解答も与えられる。モリーも年を重ね、名前をちがえて再登場する。

巽　きみはこれまで「サイバーパンク」なる名称をどちらかというと避けてきていて、ようやく最近公認したかに見えたら、この長編がサイバーパンク総決算になるわけか。

ギブスン　結局この用語が一番便利だからねえ。それに「サイバーパンク」によって示されるのがあくまでひとつのスタイルであるかぎり、必ずしも文学ジャンルにこだわらなくてもよくなる。

巽　この間コロンビア大学からエモリー・エリオット編の大部な『アメリカ合衆国文学史』が出版されたけど、そこでも「現在小説」の章の筆者ラリイ・マキャフリイが「サイバーパンク」と「ミニマリズム」をふたつのスタイルとして対照させる書き方をしていた。

ギブスン　ＳＦのほうだって、べつだんマイクル・スワンウィックが分けたような「サイバーパンク対ヒューマニスト」ばかりが80年代ＳＦスタイルのすべてじゃないさ。本当の対抗馬は、たとえばジェイムズ・ブレイロックみたいな優れたスチームパンクかもしれないし、あるいはアルジス・バドリスらが推進しているあのウサン臭いサイエントロジーかもしれない。

巽　このへんで、日本の読者の参考のために、きみの選ぶ主流文学とSFの各々ベスト5を挙げてもらえないだろうか。

ギブスン　主流文学では、ジェイムズ・ジョイスの『ユリシーズ』、トマス・ピンチョンの『重力の虹』、ウィリアム・バロウズの『裸のランチ』、ジョゼフ・コンラッドの『闇の奥』、それにジョージ・オーウェルの『一九八四年』。SFではJ・G・バラードの『クラッシュ』、アルフレッド・ベスターの『虎よ、虎よ！』、サミュエル・ディレイニーの『ノヴァ』、キングズレイ・エイミスの『去勢』、それにフィリップ・K・ディック『高い城の男』、そんなところだ。

巽　きみはディックの影響を否定してたよね。

ギブスン　『高い城の男』はむかしボクの読んだ唯一のディック作品だった。それはいまも他のディック作品とは一線を画しているように見える。だから、いわゆる「ディッキアン」の趣味で選んだんじゃないんだ。

巽　でも、『高い城の男』が挙がるのはわかるような気がするよ。あれはたぶん歴史改変ものであると同時に、ディックの中では一番無国籍性の強いSFだと思う。そしてきみはアメリカを捨ててカナダへ国籍離脱したコズモポリタンだ。あるいは、これこそぼくの仮説なんだが、むしろ根っからのコズモポリタンゆえに国籍離脱者とならざるをえなかったんじゃないか。

ギブスン　わかった、国籍離脱のメリットを明かそう。19歳でボクはトロントへ行った。何とそこはニューヨークやロサンジェルスよりはるかに暮らしやすかったんだ。衝撃だったね。その意味で、以来ボクはたえず衝撃のある生活をつづけ、しかもそれを楽しんでる。東京だってそうさ、異国でありながら異国じゃない。これがセンス・オヴ・ワンダーじゃなくて何だろう?

渋谷ＮＨＫ前無国籍料理店「スンダ」にて

（初出　『週刊読書人』１９８８年2月22日）

二〇二一年版補章②

対談　SFをゆり動かす
――テクノロジーを批判する自分たち自身がすでにテクノロジーの産物なのだ

ブルース・スターリングVS巽孝之

ポップ・カルチャーとはニワトリとタマゴの関係

巽　きみはたしか一九七〇年ごろに初来日している。

スターリング　父親がエンジニアでプラント建設に関わってたんで、家族ぐるみ外国をどびまわったもんだ。まだ高校生だったよ。当時に比べると東京もずいぶんきれいになった。

巽　散歩でもしてみたかい。

スターリング　ああ、朝早く起き出して、武道館《ブドーカン》の桜並木のあたりをぶらぶらした。それにしても日本の子供たちは土曜でも登校しなけりゃならないんだな、タコでもあげてたほうがいい天気だぜ

（笑）。もっとも、これはアメリカ人が怠け者だから考えるんだが。

巽　そう、日米はいろんな点で違う（笑）。たとえば、このところ、日本でもいよいよサイバーパンク現象なるものが広く浸透しはじめている。ここではあらゆる流行が消費されてて、流行に左右されないのはそれこそ「流行」だけなんだけど、それもこれも日本が本質的に時間の国だからだろうね。国土がせまいぶんだけ時間の先へ先へとフロンティアを開発していかなくちゃならない（笑）。いっぽうアメリカは本質的に空間の国だから、国土の広さに比例してあらゆるものが共存できる。サイバーパンクにしても事情は変わらない。ただし、日本では「サイバーパンク現象」であっても、きみの国ではこれはあくまで「サイバーパンク運動」として盛りあがった。そしてきみこそ運動の理論的指導者、いわば「サイバーパンク党主席」あるいは「サイバーパンク党書記長」だ。日本人には不慣れな「運動」の概念について、ひとまず紹介してくれるとうれしい。

スターリング　サイバーパンク運動は、ＳＦの品質管理システムとでも考えてくれ。アメリカＳＦ界にはびこる安物商品をなんとかしなくちゃ、という危機感にかられた連中が集まって、ＳＦを改良しようとしてるのさ。決して多くの同志がいるわけじゃないが、逆に少数精鋭だからこそ意味をもつ。そのうち外部の奴らがこれを「運動《ムーヴメント》」と呼びだした。なるほど、そうかもしれない――おれたちはあくまでＳＦをゆり動《ムーヴ》かそうとしてきたからね。

巽　そのためにもきみは、ジョン・ケッセルをはじめとするヒューマニストＳＦの書き手たちと活発な論争を重ねている。

スターリング　論争ってのは役に立つ。あらゆる思想は、試してみなけりゃはじまらないからだ。口先ばかりで品質管理を叫んでみても、何ひとつ生まれはしない。ひとつの考え方に盲信することは不可能なんだな。たとえば、おれたちは日本でロック・スターなみに扱われてるが、その裏には盲信がある。

巽　だけど、きみは昔、サイバーパンク作家はポップ・スターみたいなものだなんていってたじゃないか。

スターリング　ロック・スターとポップ・スターはちがうぞ。年をとったらロックはやれない。しかしブルース・ミュージシャンを見ろよ。ジャズ・ミュージシャンを見ろよ、連中は年齢に応じて変化していく。その音楽はあくまでポップであって、しかも永遠の命を持つ。作家だってそうさ、議論を重ね、アイデアを取り引きしながら、刻々と変容してる。おれたちの仕事に終わりはない。

巽　サイバーパンクがポップ・カルチャーに関心を抱くのは、きみの編集したサイバーパンク傑作選『ミラーシェード』（ハヤカワ文庫SF）の序文でも強調されていた。そしていままでは、サイバーパンクが逆にポップ・カルチャーに大きな影響を与えはじめてもいる。

スターリング　ニワトリとタマゴみたいなもんでね、おれたち自身がその影響なるものに生み出されちまった存在なのかもしれない。サイバーパンクはポップ・カルチャーの重要性を認めるばかりか、自らがポップ・カルチャーの一部と思うあまりに、きちんと理解しようとするんだ。表面だけではなく、その深層構造をも垣間見て、見えざるものを見えるようにしてやりたい。

巽　それは、SF以外にも広く応用可能な論理だと思う。

スターリング　典型的な例はフェミニズム運動だろう。彼女たちは女性の不満を発明したわけじゃない、むしろまさにそれを発見したんだ――それまで見えなかった不満を暴露したんだ。サイバーパンクにしてもそうだよ。この造語ができて、それまで見えなかったものがいった見えはじめたら、たちまちみんなの眠気覚ましになったわけさ。

巽　今年のネビュラ賞候補作に挙げられたきみの短編「江戸の花」(『SFマガジン』86年10月号)も、異国の歴史ものというかたちをとりながら、明治時代の深層構造はもちろんテクノロジー社会の深層構造のほうにまで切り込んだ作品だった。

スターリング　あれはおれの短編のうちでもいちばんポピュラーな作品になりつつあるね。テクノロジーを鬼のイメージで浮かび上がらせて、同時にまさに鍾馗のように鬼退治に向かう人間像も対置した。この鍾馗ってやつが、実をいうとおれの考える現代作家のイメージにいちばん近い。たとえば、ヒューマニストSFの連中がそうだ。やつらは鍾馗よろしく顔を真っ赤にしてはテクノロジーを批判するが、誰より自分たちの黒冠の中にこそ小鬼が隠れているのに気がつかない。自分たち自身がすでにテクノロジー社会の産物であるという深層構造に気づいてないんだ。大切なのはテクノロジーを動かすハードウェアどころか、むしろソフトウェアのほうだ。

プリゴジン理論が深層にある『スキズマトリックス』

巽　長編『スキズマトリックス』（ハヤカワ文庫SF）はバイオテクノロジーで生体改造された人間であふれかえってるね。あそこまでいくと通常の年齢概念なんか一気に崩壊するように思うんだけど、基本的には「古い世代」に「若い世代」が反旗をひるがえすという、いささか古典的なモチーフがしっかり設定されている。テクノロジーと世代の問題は、どういう論理でつながってるんだい？

スターリング　ひとつには長命がいかに可能かというテーマへのこだわりがある。たとえば、避妊薬《ピル》ができてはじめて女性は解放された。それまでは技術的に不可能だったんだから、いたしかたあるまい。同じことが長命薬というアイデアにもいえるんだ。以前できなかったことができるようになれば、人々はその可能性を前提とするようになるばかりか、かつてそれが不可能だったことについてさえ怒りをあらわにするものさ――いい、いい、いい、怒れる若者たちふうにね。こうしてテクノロジーの有無を境に世代間の葛藤が生まれてくる。

巽　『スキズマトリックス』はきみ自身によると「サイバーパンク決定版」とのことだが、この哲学的スペースオペラは同時に「ワイドスクリーン・バロック」（ブライアン・オールディス）の典型とも呼べるだろう。しかも、サミュエル・ディレイニーよりはバリントン・ベイリーに近い。

スターリング あのなかでおれはＰＤＫＬ95という麻薬を登場させてるけども、あれは実はベイリー初期長編『スター・ウイルス』（70）に出てくる麻薬ＤＰＫＬ59のアナグラムなんだな。ベイリーの麻薬ってのは、そいつを飲むと理解力が増進して科学書でも難なく読めるかわりに、本の内容よりも、ただものすごい冒険をしたという実感だけを残してくれるシロモノでね。まったくすばらしいアイデアだよ、この作用こそＳＦの読後感そのものだ。おれたち幻視者の経験のメタファーになってるんだ。

巽 日本では『カエアンの聖衣』や『禅〈ゼン・ガン〉銃』が訳されて以来（ともにハヤカワ文庫ＳＦ）、ベイリー人気はうなぎのぼりなんだけど、英米ではいまひとつのような気がする。文章が読みにくいせいだ、というひともいた。

スターリング おれはベイリー作品だったらほとんど読んでるが、彼こそはホンモノのＳＦ作家だ――幻視者中の幻視者だ。ベイリーＳＦが人気を得にくいのは、それがホンモノだからさ――めったに見つからない稀覯本ないし選定書中の選定書みたいなもんでね。だからこそ彼の書くものはつねにホンモノのＳＦ読者だけを喜ばせる。おれなんかベイリーを読むたびに「ああ、おれのしごとは正しかったんだ」と確信していく。その意味で、おれはベイリーの弟子だ。ベイリーこそはおれの先生だよ。

巽　もっとも『スキズマトリックス』に関するかぎり、きみのアイドルはもうひとりいる。イリヤ・プリゴジンだ。きみの住むテキサス州オースティン市には彼はまだ滞在しているのかい？

スターリング　ああ、プリゴジンはいまでもテキサス大学オースティン校の客員教授を続けてるからな。半年ごとにオースティンとブリュッセルを行ったり来たりしてる。いずれにしても、自分の町にノーベル賞受賞者がいるのはたいへんな名誉だ、町の野球チームを自慢するよりはましだぜ（笑）。

巽　プリゴジンの「散逸構造」はもちろん撞着語法《オクシモロン》なんだけど、実はこれこそ『スキズマトリックス』命名のヒントだったんじゃないか。散逸構造に関する教養小説《ビルドゥングス・ロマン》、というのがあの長編の本質のように思うんだが。

スターリング　そのとおり、おれの生体工作者《シエイバー》／機械主義者《メカニスト》シリーズのなかじゃ『スキズマトリックス』や「蟬の女王」（『SFマガジン』86年1月号）なんかが、プリゴジン理論を深層構造にしてる。プリゴジンを一種の宗教《カルト》にみたてたってわけだ。

6年間暖めた奇抜なアイデアをギブスンとの共作で

巽　ところで、サイバーパンク作家たちというのは運動の戦略もあって共作をよくするけれども、それはたとえばきみの場合、昔から創作ワークショップに参加していたことが大きい。クラリオン・ワークショップ、ターキー・シティ・ワークショップ……そして最近きみとウィリアム・ギブスンは、とうとう共作長編『ディファレンス・エンジン』に手を染めた。これはヴィクトリア朝に蒸気機関コンピュータが発明されていたという設定に基づくもので、ある意味ではジェイムズ・ブレイロックやK・W・ジーターなんかがやってる「スチームパンク」のようにも聞こえる。

スターリング　『ディファレンス・エンジン』のアイデア自体は、おれが八二年に思いついてからというものずっとギブスンと暖めてきた。これまでは書きかたもわからなかったし時間もなくてとりかかれなかったが、とにかくこんなとてつもないアイデアは作家の人生のうちでもめったに降ってくるもんじゃない。やるとなったら、とほうもないパワーがいることだけはたしかだからな。

巽　むこう六年間も秘密にしてきたというわけか。

スターリング　そう、ところがその間誰も同じアイデアでやる気配がない。それで共作しはじめて、いま4分の1ぐらいまで終わったとこだ。アイデアだけだとまるでガジェット小説みたいに聞こえるだろうな、チビの蒸気機関コンピュータがシュッポシュッポ活躍するような雰囲気の。だけど、たぶんできあがりは産業革命の概念を問い直すテーマが重たい、奥行きの深い小説になると思う。みんなが避けたがる奇抜なアイデアを選んだ点では、きわめてサイバーパンク的でもある。

巽　きみ自身の新作『ネットの中の島々』もそろそろ出るころじゃない？

スターリング　ギブスンはゲラで読んで、これは「賭け金つりあげ」みたいなものだ、という感想をよこしたよ。他の連中が今後もゲームを続行したいんだったら、これ以上の賭け金を支払うしかない。じっさい、『ニューロマンサー』（早川文庫）がそんな本だった。あれ一冊でゲーム料金が決まっちまって、他の作家は割にあわない思いをしたんだ——さらに賭け金をつりあげるにはどうしたらいいか、ってね。

巽　そのせいだろうか、サイバーパンクは最近ポップ・カルチャー及びアカデミズムという「ふたつの文化」双方から注目されている。きみ自身この六月にはＳＦＲＡ（アメリカＳＦ研究協会）の年次大会に招聘された。これもひとつの可能性だろうか。

スターリング　おれたちはもともと昔流のふたつの文化——文学と科学——のみなしごだからな。どちらにも属さない代わりに、おもしろいと思えばどんな文化でもパクってくるんだ。そして連中の思いもつかないようなかたちで使ってみせるんだ。あらゆる文化の境界線は本質的に曖昧なのさ。ただし、そういうパクリから何かが生まれてこないとはかぎらない。

巽　そういえば、きみはもう生体工作者《シェイパー》／機械主義者《メカニスト》シリーズも続けず『ミラーシェード』も続巻しないと聞いている。

スターリング　『ミラーシェード』ではポール・ディ＝フィリポやマーク・レイドローといった新人の存在も世間に知らせることができたし、おれたちもサイバーパンク読者層をつかむことができた。あとは見てのお楽しみさ。ひょっとしたら数年後には、おれたちはもうサイバーパンク作家でさえないかもしれない。単に作家ウィリアム・ギブスン、作家ブルース・スターリングと呼ばれるようになるんじゃないか。

九段下・ホテル・グランドパレスにて

（初出　『週刊読書人』１９８８年5月2日）

■著者紹介

巽　孝之（たつみ・たかゆき）　Takayuki TATSUMI

1955年東京生まれ。1987年、コーネル大学大学院博士課程修了(Ph.D.)。1989年より、慶應義塾大学文学部英米文学専攻助教授、1997年より教授。2021年に同名誉教授。アメリカ文学思想史・批評理論専攻。2009年より北米学術誌 *The Journal of Transnational American Studies* 編集委員。MLA、日本ペンクラブ、日本SF作家クラブ会員。

代表的著書に『サイバーパンク・アメリカ』（勁草書房、1988年度日米友好基金アメリカ研究図書賞）、『現代SFのレトリック』（岩波書店、1992年）、『ニュー・アメリカニズム――米文学思想史の物語学』（青土社、1995年度福沢賞；増補新版2005年、増補決定版2019年）、『メタファーはなぜ殺される――現在批評講義』（松柏社、2000年）、『「2001年宇宙の旅」講義』（平凡社、2001年）、『リンカーンの世紀』（青土社、2002年、増補新版2013年）、『モダニズムの惑星』（岩波書店、2013年）、『盗まれた廃墟――ポール・ド・マンのアメリカ』（彩流社、2016年）、『パラノイドの帝国』（大修館書店、2018年）、*Full Metal Apache: Transactions between Cyberpunk Japan and Avant-Pop America*（Duke UP, 2006, The 2010 IAFA［International Association for the Fantastic in the Arts］Distinguished Scholarship Award）ほか多数。

編訳書にダナ・ハラウェイ他『サイボーグ・フェミニズム』（小谷真理と共訳、トレヴィル、1991年／北星堂書店、2007年、第2回日本翻訳大賞思想部門賞）、ラリイ・マキャフリイ『アヴァン・ポップ』（越川芳明と共編、筑摩書房、1995年）、編著に『日本SF論争史』（勁草書房、2000年、第21回日本SF大賞）『現代作家ガイド3　ウィリアム・ギブスン』（彩流社、1997年／増補新版2015年）、*Cyberpunk in a Transnational Context*（Mdpi AG, 2019）、共編著に『世界のSFがやって来た！ニッポンコン・ファイル2007』（小松左京監修、角川春樹事務所、2008年、第40回星雲賞ノンフィクション部門賞）、*The Routledge Companion to Transnational American Studies*（Routledge, 2019）など多数。

公式ウェブサイト：http://www.tatsumizemi.com/

初出一覧

序　サイバーパンク・グラフィティ…『別冊宝島79・世紀末キッズのためのSFワンダーランド』（1988年8月）。

1　おれたちはポップ・スターだ！――ブルース・スターリング…『SFマガジン』（以下〈SFM〉と略す）86年7月号（341号）及び88年7月号（367号）。インタヴュー原文は*Science Fiction Eye*（以下*SF Eye*と略す）1号（87年3月）。

2　ある女王の伝説――エレン・ダトロウ…〈SFM〉87年9月号（357号）。

3　サイバーパンクと呼ばないで――ウィリアム・ギブスン…〈SFM〉86年10月号（344号）。インタヴュー原文は*SF Eye*1号（87年3月）。

4　ポスト・ニューウェーヴの岸辺に――チャールズ・プラット…〈SFM〉87年4月号（351号）。

5　鏡眼鏡綺譚――スティーヴ・ブラウン…〈SFM〉87年6月号（353号）。

6　ミラーシェードの洗者ヨハネ――ジョン・シャーリイ…〈SFM〉86年11月、88年2月号（345、362号）、及び慶應義塾大学SF研究会発行〈HORIZM〉16号（86年11月）。インタヴュー原文は*Science Fiction Review* 61号（86年冬号）。

7　メガロポリスは、黄昏――ロブ・ハーディン…〈SFM〉88年4月号（364号）。

8　あなたもアメリカSFが書ける――ルイス・シャイナー…〈ユリイカ〉88年9月号（267号）。

9　黄金時代よ永遠に――デイヴィッド・ハートウェル…〈SFM〉88年10月号（370号）。

10　サイボーグ・フェミニズム宣言――サミュエル・ディレイニー…〈SFM〉87年3月号（350号）及び〈ユリイカ〉87年11月号（256号）。インタヴュー原文は*SF Eye*3号（87年3月）。

11　世紀末効果――ラリイ・マキャフリイ…〈SFM〉88年11月号（371号）。

＊いずれの章にも、大幅な加筆改稿を施した。

＊＊巻末書誌目録は、紙幅の関係上、本書初版以後に邦訳が出版された作品の訳題のみを付加した。

INDEX

1. 本インデックスの適用範囲は本文部分に限られている。
2. 術語に関しては、必要と思われるもののみ注 釈を付した。

ア行

カ行

タ行

ナ行

ハ行

マ行

ヤ行

ラ行

ワ行

サイバーパンク書誌目録
CYBERPUNK BIBLIOGRAPHY

＊〈I〉ではサイバーパンク作家別に分類できるものは作品（長編／短編／詩の部）も評論・インタヴュー（その他の部）も問わず収録した。ただし、「短編」の枠には短編・中編のみならず、そのさらに中間、すなわち「ノヴェレット」も便宜上含ませた点をお断わりする。

＊＊〈I〉Eは各作家のサイバーパンク関与程度に応じて、また作品のサイバーパンク度に応じて、精選してある。つまり、ひとりの作家のほぼ全作品がサイバーパンクに関わる場合と、部分的にしか関わらない場合とを区別している。

＊＊＊〈II〉では、すべて重要と思われるもののみ厳選した。特に、サイバーパンク特集号は数多くあるが、中でもエポック・メイキングなものだけ拾った。

＊＊＊＊略号は以下のとおり。"*F&SF*"=The Magazine of Fantasy & Science Fiction;"*IASFM*"=Isaac Asimov's Science Fiction Magazine:"*SF Eye*"=Science Fiction Eye;"*MR*"=Mississippi Review, #47/48（1988);"〈SFM〉"＝早川書房刊〈SF マガジン〉。

〈I〉作家別作品

A. スターリング（Bruce Sterling）

長　編　1. *Involution Ocean*. New York: Jove,1977. 1978年度ジョン・W・キャンベル賞候補（邦題『鏖クジラの海』）。

2. *The Artificial Kid*. New York: Harper, 1980.

3. *Schismatrix*. New York: Arbor House, 1985. 小川隆訳『スキズマトリックス』（ハヤカワ SF 文庫、1988年)。第21回ネビュラ賞候補。

4. *Islands in the Net*. New York: Arbor House, 1988. 早川書房より邦訳（邦題『ネットの中の島々』)。

5. *The Difference Engine*（with William Gibson). New York: Bantam, 1989 or 90. ギブスンとの共作、角川書店より邦訳（邦題『ディファレンス・エンジン』)。

短　編　1. "Living Inside"（1974). 未発表。

2. "Man-Made Self."*Lone Star Universe*, eds. George W. Procter et al.（Austin, Texas: Heidelberg, 1976).

＊3. "Swarm."*F&SF*, 4／1982. 加藤弘一訳「巣」（〈SFM〉1983年

4 月号)。1983 年度ヒューゴー賞/第 18 回ネビュラ賞候補。

＊4. "Spider Rose." *F&SF*, 8/1982. 小川隆訳「スパイダー・ローズ」(〈SFM〉1983 年 10 月号)。1983 年度ヒューゴー賞候補。

5. "Spook." *F&SF*, 4/1983. 小川隆訳「間諜」(〈SFM〉1985 年 3 月号)。

@6. "Red Star, Winter Orbit" (with William Gibson). *Omni*, 7/1983. ギブスンと共作、小川隆訳「赤い星、冬の軌道」→ギブスン〈短編集〉、スターリング〈編著〉。

＊7. "Cicada Queen." *Universe 13*, ed. Terry Carr (New York: Doubleday, 1983). 小川隆訳「蟬の女王」(〈SFM〉1986 年 1 月号)。第 19 回ネビュラ賞候補。

＊8. "20 Evocations: Life in the Mechanist/Shaper Era." *Interzone*, #7 (Spring 1984). (邦題「〈機械主義者/工作者〉の時代——二十の情景」)

＊9. "Sunken Gardens." *Omni*, 6/1984. 小川隆訳「火星の神の庭」(〈日本版オムニ〉1985 年 8 月号)。第 20 回ネビュラ賞候補。

10. "Telliamd." *F&SF*, 9/1984. 山田順子訳「テリアムド」(〈SFM〉1987 年 2 月号)。

11. "The Unfolding" (with John Shirley). *Interzone*, #11 (*Spring* 1985). 小川隆訳「開示」(〈SFM〉1986 年 11 月号)。

12. "*Dinner in Audoghast*." *IASFM*, 5/1985. 1986 年度ヒューゴー賞候補(邦題「アウダゴストの正餐」)。

@13. "Mozart in Mirrorshades" (with Lewis Shiner). *Omni*, 9/1985. シャイナーと共作、伊藤典夫訳「ミラーグラスのモーツァルト」(〈日本版オムニ〉1986 年 5 月号)。伊藤典夫・浅倉久志共編『タイムトラベラー』(新潮文庫、1987 年)所収→スターリング〈編著〉。

14. "Green Days in Brunei." *IASFM*, 10/1985. 1985 年度ネビュラ賞候補。

15. "Storming the Cosmos" (with Rudy Rucker). *IASFM*, mid12/1985. ラッカーと共作、小川隆訳「宇宙攻略」(〈SFM〉1987 年 9 月号)。

16. "The Compassionate, The Digital." *Interzone*, #14 (Winter

1985–86).（邦題「あわれみ深くデジタルなる」）

17. "The Beautiful and the Sublime."*IASFM*, 6／1986（邦題「美と崇高」）.
18. 日本向け書き下ろし、小川隆訳「江戸の花」（〈SFM〉1986年10月号）。"Flowers of Edo."*IASFM*, 5／1987. 1988年度ヒューゴー賞、第23回ネビュラ賞候補。
19. "The Little Magic Shop."*IASFM*, 10／1987.
20. "Our Neural Chernobyl."*F&SF*, 6／1988. 小川隆訳「我らが神経チェルノブイリ」（〈SFM〉1988年11月号）。
21. "The Gulf War."*Omni*, 2／1988.

短編集 1. 日本側特別編集、小川隆訳『蟬の女王』（ハヤカワSF文庫, 1989年）。「生体工作者／機械主義者シリーズ」の短編だけを集めたもので、上記＊印を付した短篇すべてが含まれる。

2. *Crystal Sphere*, Sauk City, Wisconsin: Arkham House, 1989. 上記〈短編〉2と16ほか1編以外の全短編を収録。

編　著 1. *Mirrorshades: The Cyberpunk Anthology*. New York: Arbor House, 1986. スターリング編、小川隆他訳『〈サイバーパンク・アンソロジー〉ミラーシェード』（ハヤカワSF文庫、1988年）。スターリング作品で収録されたのは上記@印のもの。それ以外の収録作品：ギブスン「ガーンズバック連続体」、マドックス「スネーク・アイズ」、キャディガン「ロック・オン」、ラッカー「フーディニの物語」、レイドロー「ガキはわかっちゃいない」、ケリー「夏至祭」、ベア「ペトラ」、シャイナー「われら人の声に目覚めるまで」、シャーリイ「フリーゾーン」、ディ＝フィリポ「ストーン万歳」。

その他 1. "Preface"to *Burning Chrome*. 小川隆訳「序文」（ギブスン『クローム襲撃』）所収。

2. "The Making of William Gibson."*ArmadilloCon 8 Program Book*（Austin, Texas: FACT, 1986）.
3. "The Profession of Science Fiction, 33: Twisted for a Living."*Foundation*, #35（Winter 1985–86）.
4. "Bruce Sterling Interview"（by Andy Robertson & David Pringle）. *Interzone*, #15（Spring 1986）.
5. "Bruce Sterling and Lewis Shiner Interview"（by A. P. Mc-

Quiddy). *Texas SF Inquirer*, #19 (12／1986).

6. "Letter from Bruce Sterling."REM, #7 (3／1987). チャールズ・プラットによる『ミラーシェード』批判への返答。→プラット 2。
7. "An Interview with Bruce Sterling" (by Takayuki Tatsumi). *SF Eye*, #1 (Spring 1987). 本書収録。
8. "CATSCAN 1: Midnight on the Rue Jules Verne."*Ibid*. 永瀬唯訳「真夜中通りのジュール・ヴェルヌ」(〈ユリイカ〉1987年11月号)。
9. "CATSCAN 2: The Spearhead of Cognition."*SF Eye*, #2 (Fall 1987). スタニスワフ・レム論。
10. "CATSCAN 3: Updike's Version."*SF Eye*, #3 (Spring 1988). ジョン・アップダイク論。
11. "Bruce Sterling: Just a Sci-Fi Guy" (interview). *Locus*, #328 (5／1988).
12. 日本向け書き下ろし、小川隆訳「肝をつぶす、あるいは88年版江戸見聞記」。小川隆訳、〈SFM〉1988年8月号。
13. "CATSCAN 4: The Agberg Ideology."*SF Eye*, #4 (Fall 1988). ロバート・シルヴァーバーグ論。

B. ギブスン (William Ford Gibson)

長　編

1. *Neuromancer*. New York: Ace, 1984. 黒丸尚訳『ニューロマンサー』(ハヤカワSF文庫、1986年)。翌年のヒューゴー／ネビュラ両賞を始め、P・K・ディック記念賞、SFクロニクル読者賞、オーストラリアのディトマー賞、さらに翻訳後は我が国でも第19回星雲賞を受賞。
2. *Count Zero*, New York: Arbor House, 1986. 黒丸尚訳『カウント・ゼロ』(ハヤカワSF文庫、1987年)。1986年度ヒューゴー賞候補。
3. *Mona Lisa Overdrive*. New York: Bantam, 1988. 黒丸尚訳『モナ・リザ・オーヴァードライヴ』(ハヤカワSF文庫、1989年)。
4. *The Difference Engine* (with Bruce Sterling). New York: Bantam, 1989 or 90. スターリングと共作、角川書店より邦訳(邦題『ディファレンス・エンジン』)。

短　編 ＊1. "Fragments of Hologram Rose."*Unearth*, #3 (Summer 1977). 黒丸尚訳「ホログラム薔薇のかけら」。

＊2. "The Gernsback Continuum."*Universe 11*. Ed. Terry Carr (New York: Doubleday, 1981). 黒丸尚訳「ガーンズバック連続体」。

＊3. "The Belonging Kind" (with John Shirley). *Shadows 4*, ed. Charles Grant (New York: Doubleday, 1981). シャーリイと共作、小川隆訳「ふさわしい連中」(〈SFM〉1987年3月号)。

＊4. "Johnny Mnemonic."*Omni*, 5／1981. 黒丸尚訳「記憶屋ジョニイ」(〈SFM〉1986年11月号)。第17回ネビュラ賞候補。

＊5. "Hinterlands."*Omni*, 10／1981. 浅倉久志訳「辺境」。

＊6. "Burning Chrome."*Omni*, 7／1982. 浅倉久志訳「クローム襲撃」(〈日本版オムニ〉1984年12月号〜85年1月号)。第18回ネビュラ賞候補。

＊7. "Red Star, Winter Orbit" (with Bruce Sterling).*Omni*, 7／1983. スターリングと共作、小川隆訳「赤い星、冬の軌道」→スターリング〈編著〉。

8. "Hippie Hat, Brain Parasite."*Modern Stories*, #1 (1983).

＊9. "New Rose Hotel."*Omni*, 7／1984. 浅倉久志訳「ニュー・ローズ・ホテル」(〈日本版オムニ〉1985年12月号)。

＊10. "Dogfight" (with Michael Swanwick). *Omni*, 7／1985. スワンウィックと共作、酒井昭伸訳「ドッグファイト」(〈SFM〉1987年2月号)。1986年度ヒューゴー賞、第21回ネビュラ賞候補。

＊11. "Winter Market."*Vancouver Magazine*, 11／1985. 浅倉久志訳「冬のマーケット」。1987年度ヒューゴー賞、第22回ネビュラ賞候補。

12. "The Silver Walks" (Chapter 15 of *Mona Lisa Overdrive*). *High Times*, 11／1987.

13. "Kumi in the Smoke" (Chapter 1 of *Mona Lisa Overdrive*). 黒丸尚訳「煙の中のクミ」(資生堂刊〈花椿〉1988年3月号)。前項と同じく第三長編からの抜粋。ただし、長編版では章題は "The Smoke" に変更されている。

14. 日本向け書き下ろし、黒丸尚訳「Tokyo Suite」(〈日本版ペントハウス〉1988年5月〜7月号)。

15. "Tokyo Collage."*SF Eye*, #4 (Summer 1988). 前項を加筆改稿した英語版だが、「Tokyo Suite」にみられるターナー、マルリイ、モリイ三者の視点を一切削除したうえでツギハギした文字どおりの「コラージュ版」(日本語版のほぼ二回分までにあたる) のため、あえて別項とみなす。

短編集 1. *Burning Chrome*. New York: Arbor House, 1986. 浅倉久志他訳『クローム襲撃』(ハヤカワ SF 文庫、1987 年)。上記のうち、*印を付した短編すべてを含む。

脚　本 1. "Alien Ⅲ" (screenplay, 1988). 映画「エイリアンⅢ」のための書き下ろし。邦題『エイリアン 3:オリジナル・スクリプト』

2. "New Rose Hotel" (screenplay with John Shirley). 自作短編の映画化にあたって、シャーリイと共作したもの。

その他 1. "Interview with William Gibson" (by Steve Brown). *Heavy Metal*, 5/1985. 最初のインタヴュー。

2. "William Gibson: Interview by Joseph Nicholas & Judith Hanna."*Interzone*, #13 (Autumn 1985).

3. "A Nod to the Apocalypse: An Interview with William Gibson" (by Colin Greenland). *Foundation*, #36 (7/1986).

4. "Lo Tek: An Introduction."*Neuromancer* (West Bloomfield, Michigan: Phantasia Press, 1986). 目下唯一のアメリカ版ハードカバーに寄せられたもの。

5. "The Rise of Cyberpunk" (William Gibson Interview by Mikal Gilmore). *Rolling Stone*, 12/1986.

6. "An Interview with William Gibson" (by Takayuki Tatsumi). *SF Eye*, #1 (Spring 1987). 本書収録。

7. "Disclave 1986 Guest of Honor Interview with William Gibson" (by Tom Maddox). *Ibid*. 黒丸尚訳「ヒーロー騒ぎの渦中で」(〈ユリイカ〉 1987 年 11 月号)。

8. "Alfred Bester, SF and Me."*Conspiracy '87 Program Book* (1987). 浅倉久志訳「アルフレッド・ベスター、SF、そしてぼく」(〈SFM〉 1988 年 3 月号)。当初、第 45 回世界 SF 大会の主賓ベスターへの賛辞として書かれたが、ベスターは欠席、同年 9 月 30 日に永眠した。邦訳は、したがって急遽ベスター追悼企画の一環として収められている。

9. "—The Sterling Tapes—."*ArmadilloCon 9 Program Book*

(1987). 同年、テキサス地区SF大会主賓だったスターリングとのなれそめを自伝的に語る。

10. "William Gibson Interview" (by Lou Stathis). *High Times*, 11／1987.
11. "An Interview with William Gibson" (by Larry McCaffery), *MR*.
12. "Introduction"to *Heatseeker* (Los Angeles: Scream Press, 1988). シャーリイ第一短編集への序文。

C. シャーリイ (John Patrick Shirley)

長　編

1. *Transmaniacon*. New York: Zebra, 1979.
2. *Dracula in Love*. New York: Zebra, 1979.
3. *Three-Ring Psycus*. New York: Zebra, 1980.
4. *City Come A-Walkin'*. New York: Dell, 1981.
5. *The Brigade*. New York: Avon, 1982.
6. *Cellars*. New York: Avon, 1983.
7. *Eclipse*. New York: Bluejay, 1985. 第一部「煙」第六章が "Freezone" の表題で『ミラーシェード』に (小川隆訳「フリーゾーン」)、第二部「ケスラー」第十章が "The Incorporated" の表題で *IASF M*, 6／1985 に (小川隆訳「未来企業」、〈ユリイカ〉1987年11月号) に、それぞれ加筆改稿のうえ発表された。
8. *Eclipse Penumbra*. New York: Popular Library, 1988.
9. *In Darkness Waiting*. New York: Onyx, 1988.
10. *A Splendid Chaos*. New York: Franklin Watts, 1988.
11. *Eclipse Shattered*. New YorK: popular Library, 1989.
12. *The Black Hole of Carcosa*. New York: St. Martin's, 1989.

短　編

1. "The Word'Random'Deliberately Repeated."*Clarion 3*, ed. Robin Scott Wilson. New York: New American Library, 1973.
2. "Modern Transmutations of the Alchemist" (1973 or 1974). 未発表。

*3. "Uneasy Chrysalids, Our Memories."*Epoch*, eds. Roger Elwood & Robert Silverberg (New York: Berkley, 1975).

*4. "Silent Crickets."*Fantastic*, 4／1975.

5. “What He Wanted.”Amazing, 11／1975.

＊6. “Under the Generator.”*Universe 6*, ed. Terry Carr (New York: Doubleday, 1976).

＊7. “The Almost Empty Rooms.”*New Dimensions 7, ed. Robert Silverberg* (*New York: Harper*, 1977).

8. “Two Strangers.”*IASFM* (Summer 1977). 酒匂真理子訳「二人の異邦人」(小松左京・かんべむさし編『海外SF傑作選〈2〉気球に乗った異端者』集英社文庫、1979年)。

＊9. “Tahiti in terms of Squares.”*Fantastic*. 10／1978.

10. “Will the Chill”*Universe 9*, ed. Terry Carr (New York: Doubleday, 1979).

＊11. “The Gunshot.”*Oui*, 11／1980.

12. “The Belonging Kind” (with William Gibson). *Shadows 4*, ed. Charles Grant (New York: Doubleday, 1981). ギブスンと共作、小川隆訳「ふさわしい連中」→ギブスン短編3。

＊13. “Triggering.”*Omni*, 1／1982.

14. “Quill Tripsticker His Bottom.”*IASFM*, Mid-12／1982.

15. “……and the Angel with Television Eyes.”*IASFM*, 5／1983.

＊16. “What Cindy Saw.”*Interzone*, #5 (Autumn 1983).

17. “The Unfolding” (with Bruce Sterling). *Interzone*, #11 (Spring 1985). スターリングと共作、小川隆訳「開示」(〈SFM〉1986年11月号)。

18. “The Incorporated.”*IASFM*, 7／1985.→長編6。

＊19. “What It's Like to Kill a Man.”*Stardate*, 2／1986.

20. “An Alien in L. A.”*Stardate*, 4／1986.

＊21. “Ticket to Heaven.”*F&SF*, 12／1987.

22. “You are the Emperor!”*SF Eye*, #3 (Spring 1988). *A Splendid Chaos* 第五章の部分を短編化したもの。→長編10。

＊23. 日本向け寄稿 “Wolves of the Plateau.” 酒井昭伸訳「〈高原《プラトー》〉の狼」〈SFM〉1988年7月号。*MR*.

24. “Shaman.”*IASFM*, 11／1988.

短編集　1. *Heatseeker* (Los Angeles: Scream Press, 1988). 上記＊印作品と未発表作品 “I Live in Elizabeth”,“Egulibrium”,“Recurrent Dreams of Nuclear War Lead B. T. Quizenbaum into Moral Dissolution” その他、全19編を収める。

脚　本　1. “Video Girl: The Other Side of Evil.”

2. "New Rose Hotel" (with William Gibson).→ギブスン〈脚本〉2.

その他 1. "Pointless Hostility: The Crafts of Science Fiction (part one)." *Scintillation*, #11 (12／1976). 師匠エリスン批判第一弾。エリスンはパンク的世界に関するかぎり「素人」であり、そのために風俗描写上の誤りも多い、と指摘する。

2. "A Reply from John Shirley." *Scintillation*, #12 (3／1977). 前項発表後、エリスンが「シャーリイは事実歪曲までして私をスキャンダラスに書きたてた」と再批判を寄せたため、シャーリイ側も再々批判したもの。「おれにとっていちばん大切なのは真の神だけだ」と応戦している。

3. "Paranoid Critical Statements 1". *Thrust*, #11 (Fall 1978). *Scintillation* が休刊したため、舞台を移してのエリスン批判第二弾。エリスンが「あまりにも多くのSF賞を受賞しすぎている」ことの要因を、彼の「根回し」にあるものと断じた。

4. "Paranoid Critical Statements 2." *Thrust*, #12 (Summer 1979).

5. "Paranoid Critical Statements 4." *Thrust*, #14 (Winter 1980). 理想のSF大会について、真偽とりまぜて語った一文。

6. "John Shirley: Interview by Richard Kadrey." *Interzone*, #17 (Autumn 1986).

7. "Make It Scream: Science Fiction Cowardice." *Thrust*, #24 (Winter 1986). 事実上、シャーリイ個人としては初のサイバーパンク宣言。

8. "Letter: 10-1-86." *The Forum*, #97 (Fall 1986). ネビュラ賞審査経過をめぐり、アメリカSF作家協会々報誌上で、候補者オースン・スコット・カードと対決する。

9. "Interview with John Shirley" (by Takayuki Tatsumi). *Science Fiction Review*, #61 (Winter 1986). 本書収録。

10. "Make It Scream." *Thrust*, #27 (Summer 1987). 超ジャンルSF (GTSF) を提唱する。

11. "SF Alternatives 1: Stelarc & the New Reality." *SF Eye*, #2 (Fall 1987).

D. シャイナー (Lewis Shiner)

長　編　1. *Frontera* (New York: Baen, 1984). 第20回ネビュラ賞候補。

2. *Deserted Cities of the Heart* (New York: Bantam, 1988). 部分を短編化したものが小川隆訳「うち捨てられし心の都」(〈日本版オムニ〉1987年2月号)。邦訳。

短　編　1. "Tinker's Damn."*Galileo*, #5 (10／1977).

2. "Black as the Night" (with Joe Landsale), *Mike Shane Mystery Magazine*, 9／1979.

3. "Rake-Off."*Skullduggery*, 5／1980.

4. "Deep without Pity."*Mike Shane*, 6／1980.

5. "Kings of the Afternoon."*Shayol*, #4 (Winter 1980).

6. "Stuff of Dreams."*F&SF*, 4／1981.

7. "Blood Relations."*Twilight Zone Magazine*, 5／1981.

8. "Tommy and the Talking Dog."*Twilight Zone*. 7／1982.

9. "Brujo."*F&SF*, 8／1982.

10. "Lifelike."*Mike Shane*, 8／1982.

11. "The Circle."*Twilight Zone*. 11／1982. 仁賀克雄訳「輪廻」(アイザック・アジモフ他、仁賀克雄訳『恐怖のハロウィーン』徳間文庫、1986年)。

12. "Snow Birds."*Analog*, 11／1982.

13. "Premises."*F&SF*, 12/1982.

14. "Things That Go Quack in the Night" (with Edith Shiner), *IASFM*, 1／1983. 夫妻共作。

15. "Plague."*IASFM*, 4／1983.

16. "Nine Hard Questions About the Nature of the Universe."*F&SF*, 12／1983.

17. "Man Drowning" (with Joe Lansdale). *Pulpsmith* (Autumn 1983).

18. "Deserted Cities of the Heart."*Omni*, 2／1984.→長編2。

19. "Twilight Time."*IASFM*, 4／1984.

20. "Till Human Voices Wake Us."*F&SF*, 5／1984. 中村融訳「われら人の声に目覚めるまで」(〈SFM〉1987年8月号)。→スターリング〈編著〉1。

21. "Mozart in Mirrorshades" (with Bruce Sterling). 伊藤典夫訳「ミラーグラスのモーツァルト」。シャイナーが発案し、

スターリングとともに一字一句検討しながら完成させたという。→スターリング〈短編〉13、〈編著〉1。

22. "The War at Home."*IASFM*, 5／1985.
23. "Stompin' at the Savoy."*Shayol*, #7（Fall／Winter 1985).
24. "Jeff Beck."*IASFM*, 1／1986. 小川隆訳「ジェフ・ベック」（〈SFM〉1986年11月号）。
25. "Cabracan."*IASFM*, 10／1986.『うち捨てられし心の都』第三章にあたる。
26. "The Long, Dark Night of Fortunato."*Wildcards*, ed. George R. R. Martin（New York: Bantam, 1987).
27. "Dancers."*Night Cry*（Summer 1987). 酒井昭伸訳「ダンサー」（〈ユリイカ〉1987年11月号）。
28. "Six Flags over Jesus"（with Edith Shiner). *IASFM*, 11／1987. 夫妻共作。
29. "Pennies from Hell."*Aces High*（*Wildcards 2*), ed. George R. R. Martin（New York: Bantam, 1987).
30. "Rebels."*Omni*, 11／1987.『うち捨てられし心の都』第二章にあたる。
31. "Chapter Seventeen."*Jokers Wild*（*Wildcards 3*), ed. George R. R. Martin（New York: Bantam, 1987).
32. "Love in Vain."*Jack the Ripper*, ed. Gardner Dozois and Susan Casper（New York: Tor, 1988).
33. "OZ."Lou Aronica & Shawna McCarthy eds., *Full Spectrum*（New York: Bantam, 1988).

翻　案
1. "Soft Clocks."*Interzone*, #27（1–2／1989). 荒巻義雄原作「柔らかい時計」（〈SFM〉1972年2月号、カズコ・ベアレンズ英訳）に則る。
2. "Blue Sun." 未発表。荒巻義雄原作「緑の太陽」（〈SFM〉1971年6月号、カズコ・ベアレンズ英訳）に則る。
3. "Tropical." 未発表。荒巻義雄原作「トロピカル」（〈SFM〉1972年7月号、カズコ・ベアレンズ英訳）に則る。

編　著
1. *Modern Stories*, #1（1983). ギブスンやハワード・ウォルドロップの掌編、それにヴィンセント・オムニアベリタスによる絵物語を収録した。
2. *When the Music's Over*. New York: Bantam, 1989. 非暴力を謳う反戦SFアンソロジー。

その他　1. “Bruce Sterling and Lewis Shiner Interview” (by A. P. McQuiddy). *Texas SF Inquirer*, #19 (12／1986).
2. “Lewis Shiner: A Sterling Example” (interview). *Locus*, #328 (5／1988).

E. 周辺作家たち（関連作品のみ）

グレッグ・ベア（Greg Bear）

長　編　1. *Blood Music*. New York: Arbor House, 1985. 小川隆訳『ブラッド・ミュージック』（ハヤカワ SF 文庫、1987 年）。第 21 回ネビュラ賞、1986 年度ヒューゴー賞候補。

短　編　1. “Scattershot.”*Universe 8*, ed. Terry Carr (New York: Doubleday, 1978). 小川隆訳「散弾」（〈SFM〉1987 年 7 月号）。
2. “Petra.”*Omni*, 2／1982. 小川隆訳「ペトラ」。第 18 回ネビュラ賞候補→スターリング〈編著〉1。
3. “Hardfought.”*IASFM*, 2／1983. 第 19 回ネビュラ賞受賞、1984 年度ヒューゴー賞候補。
4. “Blood Music.”*Analog*, 6／1983. 第 19 回ネビュラ賞、1984 年度ヒューゴー賞受賞。このノヴェレットがのちに長編版へ進化する。
5. “Tangents.”*Omni*, 1／1986. 酒井昭伸訳「タンジェント」（〈日本版オムニ〉1988 年 2 月号）。第 22 回ネビュラ賞、1987 年度ヒューゴー賞受賞。

ブルース・ベスキ（Bruce Bethke）

短　編　1. “Cyberpunk.”*Amazing*, 11／1983.「サイバーパンク」という造語の出生は、すべてここにある。

パット・キャディガン（Pat Cadigan）

長　編　1. *Mindplayers*. New York: Bantam, 1987. 処女長編。

短　編　1. “Pathosfinder.”*Berkley Showcase*, #4 (1981). のちの処女長編で開花するモチーフが見られる。
2. “Nearly Departed.”*IASFM*, 6／1983.

3. “Rock On.”*Light Years and Dark*, ed. Michael Bishop（New York: Berkley, 1984）. 小川隆訳「ロック・オン」→スターリング〈編著〉1。
4. “Pretty Boy Crossover.”*IASFM*, 1／1986. 小川隆訳「プリティ・ボーイ・クロスオーヴァー」（〈SFM〉1986年11月号）。

ポール・ディ＝フィリポ（Paul Di Filippo）

短　編
1. “Rescuing Andy.”*Twilight Zone*, 5／6／1985.
2. “Stone Lives.”*F&SF*, 8／1985. 小川隆・内田昌之訳「ストーン万歳」（〈SFM〉1988年3月号）。→スターリング〈編著〉1。
3. “Skintwister.”*F&SF*, 3／1986. 内田昌之訳「スキンツイスター」（〈SFM〉1988年2月号）。サイバーパンク・イディオムをマスターしきった傑作。〈ローカス〉誌で同年度の収穫のひとつに数えている。
4. “Agents.”*F&SF*, 4／1987. このころより、サイバーパンクのパロディ色を強める。
5. “Kid Charlemmagne.”*Amazing*, 9／1987. 第23回ネビュラ賞候補作。
6. “Conspiracy of Noise.”*F&SF*, 11／1987. ドゾワ編の『年間SF傑作選・88年度版』では、巻末の推薦昨リストに挙げられた。
7. “The Jones Continuum.”*SF Eye*, #3（Spring 1988）.
8. “Instability”（with Rudy Rucker）. *F&SF*, 9／1988. 初めての共作がルーディ・ラッカーとの顔合わせというのも興味深いが、内容的にもウィリアム・バロウズやフォン＝ノイマンが登場するユニークな核実験「蓋然性」もの。

ジョージ・アレック・エフィンジャー（George Alec Effinger）

長　編
1. *When Gravity Fails*. New York: Arbor House, 1987. 第23回ネビュラ賞、1988年度ヒューゴー賞候補作。および同年度ローカス賞次点。サイバーパンク風味でありながらも、まったく独自のSFミステリを編みだした高品質の長編。

邦訳（邦題『重力が衰えるとき』）。

短　編　1. “The Aliens who knew, I Mean, Everything.”*F&SF*, 10／1984. 黒丸尚訳「まったく、何でも知ってるエイリアン」（〈SFM〉1986年4月号）。第20回ネビュラ賞候補。

ロブ・ハーディン（Rob Hardin）

詩　1. “Fistic Hermaphrodites.”*MR*.
2. “Microbes.”*MR*.
3. “nerve terminals.”*MR*.

評　論　1. “Response to‘The Humanist Manifesto’.”*SF Eye*, #2（Fall 1987）.

リチャード・キャドリイ（Richard Kadrey）

長　編　1. *Metrophage*. New York: Ace, 1987.「ブレードランナー」と『ニューロマンサー』の影響濃厚な処女長編。

短　編　1. “Firecatcher.”*Interzone*, #12（Summer 1985）.

ジェイムズ・パトリック・ケリー（James Patrick Kelly）

短　編　1. “Solstice.”*IASFM*, 6／1985. 浅倉久志訳「夏至祭」→スターリング〈編著〉1。このころより、ケリーはサイバーパンクへ転向。
2. “Rat.”*F&SF*, 6／1986. 浅倉久志訳「ラット」（〈SFM〉1987年2月号）。1987年度ヒューゴー賞候補。
3. “Prisoner of Chillon.”*IASFM*, 6／1986.
4. “Glass Cloud.”*IASFM*, 6／1987.

マーク・レイドロー（Marc Laidlaw）

長　編　1. *Dad's Nuke*. New York: Donald I. Fine, 1986. 友枝康子訳『パパの原発』（ハヤカワSF文庫、1988年）。処女長編。
2. *Neon Lotus*. New York: Bantam, 1988. 第二長編はガラリと変わり、チベット仏教を主題にしたハイテク冒険SF。

短　編　1. "400 Boys."*Omni*, 11／1982. 小川隆訳「ガキはわかっちゃいない」→スターリング〈編著〉1。
2. "Nutrimancer."*IASFM*, 8／1987. 黒丸尚訳「ニュートリマンサー」(〈SFM〉1988年7月号)。

トム・マドックス (Tom Maddox)

短　編　1. "The Mind Like a Strange Balloon."*Omni*, 6／1985.
2. "Snake Eyes."*Omni*, 4／1986. 小川隆訳「スネーク・アイズ」(〈日本版オムニ〉1986年9月号。→スターリング〈編著〉1。
3. "Spirit of the Night."*IASFM*, 9／1987. 小川隆訳「夜のスピリット」(〈SFM〉1988年7月号)。
4. "In a Distant Landscape."*MR*.

その他　1. "Cobra, She Said: An Interim Report on The Fiction of William Gibson."*Fantasy Review*, 4／1986. ギブスン論。
2. "The Wars of the Coin's Two Halves: Bruce Sterling's Mechanist/Shaper Narratives."*MR*. スターリング論。

ルーディ・ラッカー (Rudy Rucker)

長　編　1. *White Light*. New York: Ace, 1980.
2. *Spacetime Donuts*. New York: Ace, 1981.
3. *Software*. New York: Ace 1982.P・K・ディック記念賞受賞。部分が木原英逸訳「ソフトウェア」(ダグラス・ホフスタッター編『マインズ・アイ』TBSブリタニカ、1984年［原著1981年］)。長編全体も同題で邦訳。
4. *The Sex Sphere*. New York: Ace, 1983.
5. *Master of Space and Time*. New York: Bluejay, 1984. 黒丸尚訳『時空の支配者』(新潮文庫、1987年)。
6. *The Secret of Life*. New York: Bluejay, 1985. 黒丸尚訳『空を飛んだ少年』(新潮文庫、1988年)。前項作品とこの作品が、いわゆるディック風味「トランスリアリズム」にあたる。
7. *Wetware*. New York: Avon, 1988. 自ら「この作品をもってトランスリアリズムからサイバーパンクへ転換した」と述

べている長編。邦訳（邦題『ウェットウェア』）。

短　編　1. “Tales of Houdini.”*Elsewhere 1*, ed. Terri Winding et al. (New York: Ace, 1981). 黒丸尚訳「フーディニの物語」→スターリング〈編著〉1。

2. “The Man Who Ate Himself.”*F&SF*, 12／1982. 黒丸尚訳「自分を食べた男」(〈SFM〉1987 年 2 月号)。

3. “Inertia.”*F&SF*, 1／1983. 黒丸尚訳「慣性」(〈SFM〉1984 年 2 月号)。

4. “Monument to the Third International.”*F&SF*, 12／1984. 黒丸尚訳「第三インター記念碑」(〈SFM〉1986 年 1 月号)。

5. “Storming the Cosmos” (with Bruce Sterling). *IASFM*, Mid-12/1985. スターリングとの共作、小川隆訳「宇宙攻略」。→スターリング〈短編〉14。

6. “Instability” (with Paul Di Filippo). *F&SF*, 9／1988. ディ＝フィリポとの共作。→ディ＝フィリポ〈短編〉7。

その他　1. “A Transrealist Manifesto.”*The Bulletin of SFWA*, #82 (Winter 1983).

2. “Profile of Rudy Rucker” (interviewed by Charles Platt). *F&SF*, 12／1984. 黒丸尚訳「ルーディ・ラッカーの横顔」(〈SFM〉1986 年 1 月号)。

3. “What is Cyberpunk?”*REM*, #3 (1／1986). 酒井昭伸訳「サイバーパンクってなんだろう？」(〈SFM〉1986 年 11 月号)。

4. “Raising the Level: Postscript to‘What is Cyberpunk?’”*MR*.

ノーマン・スピンラッド（Norman Spinrad）

長　編　1. *Little Heroes*. New York: Bantam, 1987.

その他　1. “The Neuromantics.”*IASFM*, 5／1986. 書評欄を使ってサイバーパンク作家群を論じたもので、「サイバーパンク」の代わりに「ニューロマンティック」という名称を提唱している。

マイクル・スワンウィック（Michael Swanwick）

長　編　1. *Vacuum Flowers*. New York: Arbor House, 1987.

短　編　1. "Dogfight" (with William Gibson). *Omni*, 7／1985. ギブスンとの共作、酒井昭伸訳「ドッグファイト」。→ギブスン〈短編〉10.

評　論　1. "Viewpoint: A User's Guide to the Postmoderns."*IASFM*, 8／1986. 小川隆訳「ポストモダン利用案内」(〈SFM〉1987年2月号)。

ウォルター・ジョン・ウィリアムズ (Walter Jon Williams)

長　編　1. *Hardwired*. New York: Tor, 1986. 邦訳（邦題『ハードワイヤード』)。

2. *Voice of the Whirlwind*. New York: Tor, 1987.1 の続編。

短　編　1. "Video Star."*IASFM*, 7／1986. 酒井昭伸訳「ビデオ・スター」(〈SFM〉1987年8月号)。

2. "Wolf Time."*IASFM*, 1／1987.1.　と同系列。

コニー・ウィリス (Connie Willis)

短　編　1. "All My Darling Daughters."*Fire Watch*. New York: Bluejay, 1985. サミュエル・ディレイニーその他をして「サイバーパンク以上にサイバーパンク的」といわせしめた短編（邦題「わが愛しき娘たちよ」)。

〈Ⅱ〉二次資料

A. エッセイ他

Candace Berragus."Punk Postures."*Cheap Truth*, #12 (Summer 1985). この『ニューロマンサー』批判が、シャーリイやダトロウの反響を呼ぶ。

Steve Brown."The Life and Death of Richard Bachman: Stephen King's Doppelgänger."*Kingdom of Fear: The World of Stephen King*. Ed. Tim Underwood et al (New York: Signet, 1986). スティーヴン・キングを最も激励するとともに、書き手スティーヴ・ブラウン自身を最も有名にした記事。

——."Cyberfashion." 巽孝之訳「サイバーファッション」(〈SFM〉1988年7月号)。

Ellen Datlow."Cyberpunk." 小谷真理訳「回想のサイバーパンク」(〈SFM〉1988年7月号)。

Samuel R. Delany. *The American Shore—Meditations on a Tale of Sience Fiction by Thomas Disch*—"Angouleme". Elizabethtown, New York: Dragon, 1978.

——."Reading at Work and Other Activities Frowned-on by Authority: A Reading of Donna Haraway's'Manifesto for Cyborgs'."11／10／1986. コーネル大学における講演原稿。未発表。

——."Some Real Mothers: An Interview with Samuel R. Delany" (by Takayuki Tatsumi), *SF Eye*, #3 (Spring 1988). 本書収録。

Gardner Dozois."Science Fiction in the Eightees."*Washington Post: Book World*, 12／30／1984. ドゾワが公式に「サイバーパンク」を運動の名としてもちだしたのは、これが最初であろう。ただし、同紙12／2／1984のクリスマス読書特集にはすでに『ニューロマンサー』が無署名で紹介され、「電脳未来のサイバーパンクス」を描く作品として紹介されている。あるいは、これもドゾワの筆になるコピーだったのか。

——."Introduction: Summation: 1984."*The Year's Best Science Fiction*. Ed. Gardner Dozois (New York: Bluejay, 1985). 前項と重複部分が多い。

Harlan Ellison."A Fineness of 0.995."Introduction to *Involution Ocean* (New York: Jove, 1977). エリスンによるスターリング処女長編への序文。1988年、エース再版時には、スターリングはこの序文を削除し、代わりに自らの『ミラーシェード』序文を巻末再録している。

Donna Haraway."Manifesto for Cyborgs."*The Socialist Review*, #80 (3／4／1985). (邦題「サイボーグ宣言」)

David Hartwell. *Ages of Wonders: Exploring the World of Science Fiction*. New York: McGraw Hill, 1984. 東京創元社より邦訳。

Gerald Jonas."Science Fiction."*New York Times Book Review*, 11／24／1985.『ニューロマンサー』なるタイトルを『ネクロマンサー』の連想で誤解し、非SFと思って一年以上書評を放棄していたことを告白する。

John Kessel."The Humanist Manifesto."*SF Eye*, #1 (Spring 1987). 巽孝之訳「ヒューマニスト宣言」(〈SFM〉1988年7月号)。

Brooks Landon,"Cyberpunk: Future so bright they gotta wear shades."*Cinefantastique*, 12／1988. サイバーパンク作品の映画化を語る。

Timothy Leary."Cyberpunks."*Spin* (April 1987).

——."The Cyber-punk: The Individual as Reality Pilot."*MR*.

Locus."Austin NASFIC: A Hot Time in Texas."*Locus*, #298 (11/1985).

最初のサイバーパンク・パネルの顚末を批判調に伝えるもので、これ以降同誌はしばらく「反サイバーパンクの牙城」として見られることになる。

Larry McCaffery.“The Fictions of the Present.”In *Columbia Literary History of the United States*. Ed. Emory Elliott (New York: Columbia University Press, 1988).「サイバーパンク」をアメリカ文学史上に再回収した「現在小説」論。

——.“The Desire of the Real: The Cyberpunk Controversy.”*MR*.

Vincent Omniaveritas,“The New Science Fiction.”*Interzone*, #14 (Winter 1985-86). ただし、初出はプエルト・リコの同人誌 *Warhoon*, #31 (1985).

Charles Platt.“Science Fiction.”*Washington Post: Book World*, 7／19／1984.『ニューロマンサー』に関する積極的な批評としては、世界でも最初のうちのひとつ。

——.“Cyberpunks: the Leaders of the Pack.”*Washington Post: Book World*, 12/28/1986.『ミラーシェード』の書評を中心にサイバーパンク「思想」を批判検討するもの。

Donald Richie.“Cyberpunks Reinvent Science Fiction.”*Heavy Metal* (Winter 1987).

Darko Suvin.“Reflections on Gibson and‘Cyberpunk’SF.”山田和子訳「ギブスンと“サイバーパンク”SF」(〈SFM〉1988年10月号)。同年5月のSFセミナーのための講演原稿。

Gene van Troyer. 日本向け書き下ろし、黒丸尚訳「アメリカSF界レポート——憎しみと嫉妬の渦」(〈SFM〉1978年1月号)。エリスン／シャーリイのケンカ別れを伝える。

B. 特集号（精選）

〈SFマガジン〉早川書房刊、1986年11月号（特集・サイバーパンク！）。ギブスン「記憶屋ジョニイ」、スターリング&シャーリイ「開示」、キャディガン「プリティ・ボーイ・クロスオーヴァー」、シャイナー「ジェフ・ベック」、ラッカー「サイバーパンクってなんだろう？」、それに大原まり子の「イド島のラフレシアたち」を並べたもの。小川隆による詳細な特集解説、山岸真他によるデータ・ファイル、および作家たちからのメッセージが付されている。これが「世界初」のサイバーパンク特集号となる。

Science Fiction Eye, #1 (Spring 1987).“Requiem for the Cyberpunks” と銘打ち、ギブスンへのインタヴュー二本にスターリング・インタヴュー、およびSF研究協会のサイバーパンク・パネル “Cyberpunk or Cyber-junk?” を採録。
〈ユリイカ〉青土社刊、1987年11月号（特集・P・K・ディック以後――サイバーパンク・カルチュアへ）。ディック「警告――われわれが警察だ」(TV「インベーダー」脚本、浅倉久志訳)、フレドリック・ジェイムスン「アフター・ハルマゲドン」(ディック論、大橋洋一訳)、シャイナー「ダンサー」、シャーリイ「未来企業」、ギブスン・インタヴュー(マドックス)、スターリング「真夜中通りのジュール・ヴェルヌ」、ディレイニー・インタヴュー（巽）のほか、以下の日本人論客による論文を収める――粉川哲夫、志賀隆生、永瀬唯、村松伸、小山明、浜口稔、大場正明。SF研究協会における上記パネル（大森望訳）も収録。ややアカデミックなアプローチとしては最初のもの。
Mississippi Review, #47／48 (Vol. 16, No. 2 & 3, 1988). Ed. Larry McCaffery.“The Cyberpunk Controversy” をテーマに三部構成。第一部では、肯定派から懐疑派に亘ったアンケート集成。第二部にはギブスン『モナ・リザ・オーヴァードライヴ』やスターリングの「生体工作者／機械主義者」からの再録に加えて、ディッシュ（“Hard Work or the Secret of Success”）やキム・スタンリー・ロビンスン（“Down and Out in the Year 2000”）も寄稿。第三部が本格的論文を集めており、マキャフリイによるギブスン・インタヴューや、マドックスのスターリング論、リアリーのエッセイのほかに（以上、各人の項目を見よ）、以下三本の論文が収められている。Brooks Landon,“Bet on It: Cyber/video/punk/performance”; Istvan Csicsery-Ronay,“Cyberpunk and Neuromanticism”; George Slusser,“Literary MTV.”

サイバーパンク年表
1972〜1988
CYBERPUNK CHRONOLOGY

＊年表の年月は、便宜上すべて雑誌の月号表示をも代理している。したがって、実際の発売日は年表の月日よりつねに一、二ケ月さかのぼるものと了解されたい。

＊＊日本側の出来事は膨大な数にのぼるため、88年度SFセミナーのプログラム・ブックに掲載された野口誠編ビブリオグラフィを参考に、任意選択した。

1972年8月　19歳だったジョン・シャーリイ、ハーラン・エリスンを講師とする〈クラリオン・ワークショップ〉（於ワシントン州シアトル）に初参加。

1977年3月　エリスンとシャーリイ、かつての師弟関係を清算して決裂。いっぽう同年1月に、やはりクラリオンでエリスンの指導を受けたブルース・スターリングは、〈エリスン新人発掘シリーズ〉の一環として処女長編『退縮海』（邦訳『塵クジラの海』）を出版。8月にはウィリアム・ギブスンが「ホログラム薔薇のかけら」で〈アンアース〉誌に、10月にはルイス・シャイナーも「修理屋の物語」で〈ガリレオ〉誌にそれぞれ商業的デビューを飾っており、かくてこの年、サイバーパンクの役者はすべて出そろう。

1980年6月　ブルース・ベスキ、短編「サイバーパンク」を執筆。同年には、シャーリイ第四長編『シティがやってくる』とスターリング第二長編『アーティフィシャル・キッド』が出版。ギブスン、この年初めてシャーリイと出会い、彼の紹介で〈オムニ〉誌編集者エレン・ダトロウに「記憶屋ジョニイ」の草稿を送る。

1981年5月　ガードナー・ドゾワ、年間SF傑作選の序文でスターリング、ニコラス・ヤーマコフ（サイモン・ホーク）と並べシャーリイの前掲長編を「パンクSF」と評価。

9月　第39回世界SF大会〈デンベンションⅡ〉（於コロラド州デンバー）にて、ドゾワ司会のパネル「パンク・ネビュラの彼方」にスターリング、ヤーマコフその他が出演。ギブスンとスターリング、ここで初めて出会う。ギブスン、第四短編「クローム襲撃」を朗読。この年以降、サイバーパンクス間の共作が頻繁

になり、「運動」がめばえる。

1982年7月　ギブスン、この年初春に〈ターキー・シティ・ワークショップ〉に提出し好評を博した作品「クローム襲撃」が、〈オムニ〉誌に掲載。

10月　ギブスン、テキサス地区SF大会〈アルマジロコン〉(同市)に初参加。ますますテキサスSF界との親交を深める。

1983年3月　ジョン・ケッセル、ノース・キャロライナ州立大学英文学クラブ主催の講演でパンクSFをテーマに語り、シャイナーとパット・キャディガンを注目株と評価。このころ、ヴィンセント・オムニアヴェリタス編集のサイバーパンク党広報紙〈チープ・トゥルース〉が創刊。また、同年中にはルイス・シャイナー編集による単発創作誌〈モダン・ストーリズ〉が、ギブスンやスターリング(オムニアヴェリタス名義)からも寄稿を得て発刊。

11月　前掲ベスキの「サイバーパンク」が、紆余曲折を経た末、この月〈アメージング〉誌に掲載。これは、80年の執筆直後〈アジモフズ〉誌からは却下され、82年9月になって〈アメージング〉誌に持ち込まれた。

1984年4月　ギブスン、処女長編『ニューロマンサー』出版。

9月　シャイナー、処女長編『フロンテラ』出版

1985年3月　ギブスン、前年発表の処女長編『ニューロマンサー』でP・K・ディック記念賞受賞。これは以後引き続くネビュラ賞(5月)、ディトマー賞〈SFクロニクル読者賞〉(6月)、ヒューゴー賞(9月)に至る五冠王を予兆する。

5月　ドゾワ、年間傑作選序文でスターリング、ギブスン、シャイナー、キャディガン、そしてグレッグ・ベアらをひとまとめに「サイバーパンクス」と命名。これが、SF界向けには最初のサイバーパンク概念披露となる。一般向けには1984年12月末、おそらくは上掲ベスキ短編のタイトルにヒントを得たドゾワが、〈ワシントン・ポスト〉紙書評で「サイバーパンク」の語を用いたのが最初とみられる。

6月　ドゾワ、〈アジモフズ〉誌新編集長の座につく。前編集長ショーナ・マッカーシーがバンタム社へ移ったため。

8月　北米SF大会〈ローン・スター・コン〉(於オースティン)にて最初のサイバーパンク・パネル。司会者マイヤーズとパネリストの一部、スターリング、シャーリイ、シャイナーといった面々の間に軋轢が生まれ、サイバーパンクを地で行く最も暴力

的な結末を迎えた。このころ、〈チープ・トゥルース〉紙上でも『ニューロマンサー』評価をめぐり論争が激化。チャールズ・プラットによりサイバーパンク系毒舌書評誌〈REM〉が創刊。

9月　シャーリイの第六長編『エクリプス』出版。これをもって、主要サイバーパンクスのサイバーパンク長編がすべて出そろったことになる。

1986年1月　ルーディ・ラッカーのサイバーパンク宣言「サイバーパンクってなんだろう？」が〈REM〉3号に掲載。

3月　ニューヨーク地区SF大会〈ルーナコン〉にて、パロディ集団〈サイバープレップ〉が宣言とともに旗揚げ。
同月、トム・マドックスが第七回国際幻想芸術会議（於テキサス州ヒューストン）にて世界初の本格的ギブスン論「コブラ、シー・セッド」を発表。

5月　スターリング、第三長編『スキズマトリックス』がネビュラ賞最終候補に残るが、惜しくも受賞は逃がす。折も折、彼はサイバーパンク傑作選『ミラーシェード』（同年11月出版）の序文を「サイバーパンク宣言」決定版として脱稿。同月、ギブスンはワシントン地区SF大会〈ディスクレイヴ〉にて、初めてのゲスト・オヴ・オナー待遇を受ける。なお、ノーマン・スピンラッドが〈アジモフズ〉誌の書評欄で「サイバーパンク」に代わる新名称「ニューロマンティックス」を提唱したのも、この当時である。

6月　SF研究《R》協会《A》第十七回年次大会（於カリフォルニア州サンディエゴ）にて、SF学界初のサイバーパンク・パネル。シャーリイ、否定派のベンフォードやパネル乱入者デイヴィッド・ブリンらを相手に熱弁をふるう。

7月　上記SFRAと一週間をおかず、西海岸SF大会〈ウェスターコン〉にて、再度サイバーパンク・パネル。パネリストにはリチャード・キャドリイ、ロバート・シルヴァーバーグ、エド・ブライアント、チャールズ・プラットというユニークな面々をそろえながら、結局持越しのシャーリイ対ベンフォード論争が尾を引き、両者の関係が悪化するのみに終わった。
日本語訳『ニューロマンサー』出版。内容もさることながら、「英語圏人が原作の語法、たとえば和製英語の乱舞を読んだときと同じ違和感《インパクト》を与えるため」（訳者・黒丸尚氏）ルビを多用

したその翻訳文体が、各界に大きな話題を呼ぶ。

8月　マイクル・スワンウィックがエッセイ「ポストモダン利用案内」を〈アジモフズ〉誌に寄稿し、80年代作家の現状をサイバーパンク対ヒューマニストの図式で語るも、賛同より反発のほうが大きく、とりわけサイバーパンクスからは総スカンを食らう。

第44回世界SF大会〈コンフェデレーション〉(於ジョージア州アトランタ)にて、サイバーパンク・パネル。〈オムニ〉のエレン・ダトロウを司会に、ギブスン、シャイナー、ブライアントといったメンバーながら、やや散漫な印象を残した。このとき、ギブスンが「サイバーパンク」の名称を避けて単に「Cの字文字《シー・ワード・リタラチヤー》」と呼ぶことを提案。

9月　サミュエル・ディレイニーによるサイバーパンク講座「SF・精神分析・社会」が、「コーネル大学人文科学研究所の秋季プログラムの一環として開講。

10月　第九回〈アルマジロコン〉(於オースティン)。スターリングからトム・マドックスまで、オールスター・キャストによるサイバーパンク・パネル。「対抗勢力がパネリストにいないとつまらない」という感想もあったが、最も党派性を強く打ち出したものとして歴史的意義があろう。

11月　〈SFマガジン〉(早川書房)、小川隆氏の肝煎りで、短編翻訳を中心に世界初のサイバーパンク特集を決行。

12月　プラット、〈ワシントン・ポスト〉紙で前月出版された『ミラーシェード』を「非人間化を謳う陰鬱な美学」と評し、スターリングから「サイバーパンクは非人間化《デヒユーマナイゼーション》じゃない、脱人類化《ポストヒユーマナイゼーション》だ」と猛反発を受け、翌春〈REM〉誌上論争となる。

1987年1月　シャイナーの発案で、日本SFの英訳計画がスタート。荒巻義雄氏の短編「柔らかい時計」(70年)がカズコ・ベアレンズ女史の翻訳とシャイナー自身の編集で草稿完成。

3月　スティーヴ・ブラウン、ダン・ステファンの編集になるサイバーパンク系批評誌〈SFアイ〉が創刊。1号はサイバーパンク特集。そこに収録されたケッセルによる『ニューロマンサー』批判「ヒューマニスト宣言」は、やがてロブ・ハーディンの批判を呼び起こし、ルーシャス・シェパードの再批判まで加わって一大論争と化す。

5月　オースン・スコット・カード、前年の『エンダーのゲーム』に引き続き『死者の代弁者』でネビュラ賞長編部門を再度受賞。サイバーパンク派は二年連続敗北を喫してしまう。案の定、本書は候補作になった段階からシャーリイの批判を受け、俗に「ネビュラ・ウォーズ」と呼ばれるカード対シャーリイ論争の幕開けとなったが、結局マイクル・ビショップが行司を買って出て一件落着する。

6月　スチュアート・アーブライト演出によるマルチメディア・パフォーマンス〈サイバーパンク・ナイト〉(於テキサス州フォートワース)開催。ギブスン、スターリング、ダトロウが招かれ、約200名が結集。

8月　第45回世界SF大会〈コンスピラシー〉(於英国ブライトン)で、ギブスンはパネル「ニューウェーヴ再び」「未来は文盲者のもの」「一夜にしてスターダムへ――その明と暗」に出演。
このころ、カバナ・ボーイ・プロダクション製作予定だった『ニューロマンサー』映画化が、諸問題で坐礁。いっぽう、ギブスン自身は映画「エイリアン3」の脚本初稿を脱稿。

9月　この月末日、サイバーパンク先駆者のひとりアルフレッド・ベスターが死亡。ギブスンはちょうど〈コンスピラシー〉プログラム・ブックに寄稿したベスターへのオマージュの中で、「彼の『虎よ、虎よ!』は古臭くならないが『ニューロマンサー』は古臭くなりそうな気がする」と書いたばかりであった。
サイバーパンク風味のアーティスト末弥純、〈SFアイ〉2号の表紙画によりアメリカ・デビュー。

10月　第七回アルマジロコンが、スターリングをゲスト・オヴ・オナーに迎える。

11月　〈ユリイカ〉(青土社)、評論を中心にサイバーパンク特集を構成。
アーブライト、〈サイバーパンク・ナイト〉日本版の可能性打診のため初来日。石井聰亙氏の川崎工場地帯ロケハンに同行。

1988年2月　ギブスン、〈ペントハウス日本版〉(講談社)の招きで初来日。大友克洋氏と歓談、TBSテレビにも出演。このときの印象記は「TOKYO SUITE」と題して同誌に三回連載。

4月　スターリング、早川書房の招きで来日。西武百貨店のサイバーパンク企画に出演。三上晴子氏とも歓談、加えておびただしいインタヴューを受ける。スターリングと日本人サイバーパンク

作家・柾悟郎の共作準備始まる。

5月　スターリング『ネットの中の島々』、シャーリイ『素晴らしき混沌』、シャイナー『うち捨てられし心の都』など最新長編が一斉に出版。〈SF アイ・ジャパン〉創刊。

6月　東京における年次大会〈SF セミナー〉がサイバーパンクを統一テーマ化、ちょうど来日中だったダルコ・スーヴィンがサイバーパンク論を講じる。

7月　〈SF マガジン〉誌がサイバーパンク再特集。上掲 SF セミナーのテクストとして企画された（同誌の場合、7月号は5月末に発行される…前注＊参照）。初のサイバーパンク評論コンテストを含む。

8月　第46回世界 SF 大会〈ノーラコン〉（於ルイジアナ州ニューオーリンズ）において、トム・マドックスを中心にサイバーパンク・パネル。これには、短編「サイバーパンク」の作者ベスキの異色の参加があった。

〈ミシシッピー・レヴュー〉増刊号が、学者批評家ラリイ・マキャフリイを特別編集長にサイバーパンク特集。

9月　〈WAVE〉誌（ペヨトル工房）が、インタヴュー中心のサイバーパンク特集。「サイバー・シティ東京」と題され、前月再来日したアーブライトの談話も含む。

11月　ギブスンの長編第三作『モナリザ・オーヴァドライヴ』がバンタム社より刊行（英国ゴランツ社版はすでに7月に刊行）。これをもって、この年、再びサイバーパンクスの最新長編が出そろったことになる。

12月　シャイナー編の反戦アンソロジー、最終準備段階に入る。シャイナー翻案による英訳版「柔らかい時計」、英国のポスト・ニューウェーヴ SF 誌〈インターゾーン〉に掲載。

サイバーパンク・アメリカ［増補新版］

1988年12月20日　第1版第1刷発行
2021年10月31日　増補新版第1刷発行

著　者　巽《たつみ》　孝《たか》之《ゆき》
発行者　井　村　寿　人

発行所　株式会社　勁《けい》　草《そう》　書　房

112-0005　東京都文京区水道2-1-1　振替　00150-2-175253
（編集）電話 03-3815-5277／FAX 03-3814-6968
（営業）電話 03-3814-6861／FAX 03-3814-6854
理想社・松岳社

ISBN978-4-326-85198-0　　Printed in Japan

＊落丁本・乱丁本はお取替いたします。

https://www.keisoshobo.co.jp